城市研究系列

Urban Studies

城市研究系列

主　　编　周　宪　［加］罗伯·希尔兹

项目总监　王瑞书

项目执行　任　晖

VIRGINIA WOOLF AND LONDON

伍尔夫与伦敦

城市的性别政治

THE SEXUAL POLITICS OF THE CITY

[美]苏珊·M.斯奎尔（Susan M.Squier） 著
谢文娟 译

江苏凤凰教育出版社
Phoenix Education Publishing, Ltd

图书在版编目(CIP)数据

伍尔夫与伦敦：城市的性别政治 / (美) 苏珊·M.斯奎尔著；谢文娟译. —南京：江苏凤凰教育出版社，2021.1

ISBN 978-7-5499-9081-8

Ⅰ.①伍… Ⅱ.①苏… ②谢… Ⅲ.①伍尔夫(Woolf, Virginia 1882—1941)—文学研究 Ⅳ.①I561.065

中国版本图书馆 CIP 数据核字(2020)第 261016 号

书　　名 伍尔夫与伦敦：城市的性别政治
作　　者 [美]苏珊·M.斯奎尔(Susan M. Squier)
译　　者 谢文娟
责任编辑 俞　婷　蒋志君
监　　印 杨赤民
出版发行 凤凰出版传媒股份有限公司
江苏凤凰教育出版社(南京市湖南路 1 号 A 楼　邮编 210009)
苏教网址 http://www.1088.com.cn
照　　排 南京紫藤制版印务中心
印　　刷 江苏凤凰通达印刷有限公司(电话 025-57572508)
厂　　址 南京市六合区冶山镇(邮编 211523)
开　　本 787 毫米×1092 毫米　1/16
印　　张 17
版　　次 2021 年 1 月第 1 版
2021 年 1 月第 1 次印刷
书　　号 ISBN 978-7-5499-9081-8
定　　价 45.00 元
网店地址 http://jsfhjycbs.tmall.com
公 众 号 苏教服务(微信号:jsfhjyfw)
邮购电话 025-85406265, 025-85400774, 短信 02585420909
盗版举报 025-83658579

苏教版图书若有印装错误可向承印厂调换
提供盗版线索者给予重奖

出版说明

城市研究领域很深广，涉及多学科内容。经济、政治、文化、环境、资源、规划、可持续发展等主题，都与城市有关。这些主题大致涵盖了实体的物质空间和抽象的文化空间，也许在一定程度上与当代生活有关的问题大多是城市问题。

“城市研究系列”即是对中国城市化进程中可能遭遇的各种问题在理论上的一种回应。“系列”以经典性与前沿性为导向，理论研究与实证研究并重。在内容方面重点关注与城市主题有关的经典性著作、各学术流派的代表作、当代前沿问题研究、城市研究新理论、城市文化现象与发展方向的探讨等。这些内容不仅追溯了城市发展的历史进程中诸多富有影响力的节点，也契合了当前社会的热点和趋势。

“城市研究系列”既重视国外先进的城市研究著作的引入，也重视国内城市研究领域中优秀的原创著作的出版。我国的城市研究起步较晚，引入国外先进的学术理论，其目的是丰富我们认识城市的路径，建立更加科学的观照体系，从而形成并完善我们本土的城市理论系统建构。

作为中国城市化进程的目击者、参与者、解释者、引领者，我们有责任告诉世界这个历史悠久的农业大国在这一巨大的城市化转型中所发生的一切。而城市本身所具有的多样性与复杂性，也值得我们去探究，去呈现，去引领。

我们期待“城市研究系列”这一高水准的中外城市理论研究出版平台所带来的新角度和新方法，所开启的新视野，所探讨的新问题，能为我国新型的城市化进程提供充分的学术支持。

江苏凤凰教育出版社

献给高恩和凯特琳

我们是文字；
我们是音乐；
我们是事物本身。

目　录

插　图

致　谢

本书得益于诸多女性文学批评家、理论家以及伍尔夫学者的研究，他们不仅让一位有志女学者能更好地表达她所面对的斗争，也为研究都市场景的个人、文化与文学的意义提供了途径，但是直到本书完稿之时我才意识到这一点。引言部分介绍了早期研究对我解读伍尔夫的都市小说、短篇小说和散文的影响。然而，对于我所得到的帮助，我无法一一回报，因为这种帮助并非来自某个人，而是来自多年来我写作本书所感受到的一种氛围，一种女性主义批评（尤其是针对伍尔夫的批评）领域所特有的极富活力、持续创造性互动、不断争论却又相互支持的氛围。

我非常感谢纽约州立大学石溪分校与其他地方的朋友和同事，他们在本书写作的不同阶段均给予我诸多帮助与支持，提出宝贵的批评意见。帕特·奥尔登是本书书稿的第一位读者，她提出的评价极富洞见、充满鼓励，对我而言极为重要。海伦·库珀让我享受到了同事间互相批评的愉悦，我们多年以来的交谈对本书的成形起了重要作用。萨利·希尔斯对逻辑和风格的敏锐见解让我收获良多,对此我十分感激。大卫·希恩、大卫·劳伦斯和艾德丽安·慕尼黑均在本书写作的不同阶段给予我宝贵的意见和真诚的鼓励。多年以来,路易丝·A.德萨尔沃一如既往地慷慨无私,她不仅愿意与我分享她未发表的研究,并且总是能给我提出意见和批评,总是不断鼓励我。布兰达·希尔沃和简·马库斯代表了真挚友谊的快乐与学术研究的严肃完美结合的典范,她们提出的意见十分宝贵,她们散发的正能量令人鼓舞。卢西奥·若图罗的研究生研讨课程让我初次接触伍尔夫的作品,他也是我获得鼓励、幽默与友谊的源泉,在此我再次向他表示感谢。

我同样要感谢弗吉尼亚·伍尔夫文学遗产执行人昆汀·贝尔教授和安吉莉卡·加尼特夫人,感谢他们允许我引用伍尔夫未发表手稿中的段落。此外,我还要感谢纽约公共图书馆亨利·W.与阿尔弗雷德·A.博格英美文学藏馆馆长罗拉·L.斯拉蒂兹博士以及萨赛克斯大学图书馆的伊丽莎白·英格利斯女士为我提供重要帮助。我也要感谢纽约州立大学在1978年、1979年和1981年为我提供了纽约州立大学研究基金会的教师研究奖学金;同时,感谢纽约州立大学石溪分校英语学院同意让我在1982年春季学期休假,使我能顺利完成本书。同样感谢苏·拜厄罗斯托斯基、格温·杜菲以及桑德拉·艾斯多弗尔在本书写作过程中的悉心指导。

最后,我要感谢我的父母,还有罗宾、诺曼和弗吉尼亚·斯奎尔多年以来的陪伴、关怀和支持。我尤其想感谢莫林·蒙克与我的交谈,使得本书最初的创作想法和感受变得清晰。我的丈夫高恩·罗珀对我的帮助潜移默化,无处不在,他的幽默与鼓励,他的睿智理性与情感洞悉,他对我因写作本书而造成的生活混乱无限包容，这一切于我而言无比重要。感谢凯特琳·斯奎尔-罗珀能做真实的自己。如果没有高恩和凯特琳，本书仅仅是一个理念，不会成为现在的“实体”。

作品简称对照表

《房间》	《一间自己的房间》。纽约:哈考特、布雷斯与世界出版社,1957。
《通报》	《"两大块":〈岁月〉最终修改稿中删除的章节》。格蕾丝·雷丁(编)。《纽约公共图书馆通报第 80 期》(1977 年冬季刊):221—251。
《船长》	《船长临终时(随笔散文集)》。纽约:乔万诺维奇出版社,1950。
《读者一》	《普通读者一》。纽约:哈考特、布雷斯与世界出版社,1953。
《读者二》	《普通读者二》。纽约:哈考特、布雷斯与世界出版社,1960。
《飞蛾》	《飞蛾之死及其他》。纽约:乔万诺维奇出版社,1970。

《日记一》至《日记四》	《弗吉尼亚·伍尔夫日记》。安·奥利弗·贝尔(编)。纽约:乔万诺维奇出版社。《日记一》,1915—1919(1977);《日记二》,1920—1924(1978);《日记三》,1925—1930(1980);《日记四》,1931—1935(1982)。
《阿弗》	《阿弗小传》。纽约:乔万诺维奇出版社,1961。
《琼·马丁》	《弗吉尼亚·伍尔夫的〈琼·马丁夫人的日记〉》。苏珊·M. 斯奎尔和路易斯·A. 德萨沃(编)。《20 世纪文学》第 25 期(1979 年秋/冬刊):237—269。
《信一》至《信六》	《弗吉尼亚·伍尔夫书信集》。奈吉尔·尼克尔森和乔安娜·特劳德曼(编)。纽约:乔万诺维奇出版社。《信一》,1888—1912(1978);《信二》,1912 —1922(1976);《信三》,1923—1928(1977);《信四》,1929—1931(1978);《信五》,1933—1935(1979);《信六》,1936—1941(1980)。
《风景》	《伦敦风景》。纽约:弗兰克霍尔曼出版社,1975;伦敦:霍加斯出版社,1982。
《瞬间》	《存在的瞬间(未完成的回忆录)》。珍妮·舒尔坎德(编)。纽约:乔万诺维奇出版社,1976。
《达洛维》	《达洛维夫人》。纽约:哈考特、布雷斯与世界出版社,1953。
《夜》	《夜与日》。纽约:乔万诺维奇出版社,1948。

《奥》	《奥兰多》。纽约：Signet 出版社，1948。
《帕吉特》	《帕吉特家族：〈岁月〉的小说-随笔部分》。米切尔·A. 利斯卡（编）。纽约：纽约公共图书馆，1977。
《街头》	《街头音乐》。《国家评论》第 45 期（1905）：144—148。
《基尼》	《三个基尼》。纽约：哈考特、布雷斯与世界出版社，1966。
《昆汀一》至《昆汀二》	《弗吉尼亚·伍尔夫传》（两卷本）。昆汀·贝尔。纽约：乔万诺维奇出版社，1972。

第一章　引言

“我的创作为何如此恒久地钟情于伦敦?”弗吉尼亚·伍尔夫在生命的最后阶段问道(《信六》,434)。本书认为,伍尔夫在作品中意图通过这座城市来找寻其作为一名生活在父权社会中的女性所体验的文化源流和意义。城市是伍尔夫小说和散文的重要背景、意象和象征,伍尔夫对城市的运用体现了她高超的文学技巧,这些技巧让她能成为发出独特声音的女作家。本书第一章侧重个人和心理层面的分析,后面的章节进一步展开并探讨伍尔夫对整个文化的综合批判,因为她对伦敦这座城市的处理方式不仅反映出个人历史,也反映出她在理解性别与阶级差异的政治和心理意义这一问题上所经历的变化[①]。

和很多女性一样,伍尔夫为了当一名作家也需要面对一个棘

① 这一批判最典型的观点是伍尔夫认为国外的战争与家庭对女性的压迫之间存在关联。在《镜像与母性》一文中,笔者探讨了这一批判的另一个方面,即她对母性机制让男性侵略得以长期存在的分析。

手的双重认同难题：她既模仿了她的父亲及男性文学传统，又模仿了她的母亲及母性社会与文学传统[①]。伍尔夫的早期作品不仅反映出她对伟大男作家们的谨慎学习，也反映出其内心备受抑制的焦虑——一种害怕因自己是一名女性而不具备文学创作才华的恐惧[②]。在伍尔夫的想象中，这种认同矛盾与她早期居住地的地域性割裂有关，即居住在伦敦（她认为伦敦是男性传统的代表）的岁月与在康沃尔郡塔兰德庄园的乡村和母性传统的岁月。成年后的伍尔夫面对这种地域和心理割裂的方式是先吸纳接受，然后再对这一男性文学和社会传统（以及体现这一传统的城市）进行修正。最初，伍尔夫多是借助于被她自称为“茶桌训练”的经历，用伪装的方式通过写作表达自我，此时她的表达受到诸多限制，男性文学传统所认可的价值观占据主导地位。后来，伍尔夫改变了对城市的描绘，在她的想象中，城市文学和城市文化都反映出女性主义价值观。因此，她成功地找到了解决早期认同矛盾的路径，形成了属于自己的成熟风格和创作主题。

城市对于这种艺术再创作行为，至关重要，这不仅仅是因为城市在伍尔夫的生活中所具有的个人意义（正如《一间自己的房间》中两个城市意象所示），还因为城市既代表着一名女性作家想在父权文化中占据一席之地所面临的困境，也代表着通过表达未被言说的女性经验而走出困境的可能性。在伍尔夫著名的女性主义批

---

① 有关女性作家对父系与母系传统的认同，参见桑德拉·吉尔伯特和苏珊·古芭，《阁楼上的疯女人》；玛格丽特·霍曼斯，《女性作家与诗意自我》；圣西亚·格林芬·沃尔夫，《词的盛宴》；路易丝·A. 德萨沃，《1897：弗吉尼亚·伍尔夫 15 岁时》；海伦·库珀，《伊丽莎白·巴芮特·勃朗宁》，未出版手稿。

② 有关伍尔夫向莱斯利·史蒂芬学习的经历，参见德萨沃，《1897：弗吉尼亚·伍尔夫 15 岁时》；凯瑟琳·C. 希尔，《弗吉尼亚·伍尔夫和莱斯利·史蒂芬》。有关“作者焦虑”的探讨，参见吉尔伯特和古芭，《阁楼上的疯女人》，43—49。

判作品中，虚构的女诗人朱迪斯·莎士比亚便是一名心怀抱负的作家，她逃离乡村生活，来城市寻找灵感。她的一生是一则寓言，反映身处由男性主导的文化之下女作家的遭遇。正如伍尔夫向小说家玛丽·卡迈克尔这位想象的聆听者所解释的，朱迪斯·莎士比亚伦敦之行的故事对当代女作家们有重要意义。它不仅说明了如果一名女性想成为作家，必须要先拥有支持她们的环境，也暗示了新作家们应该关注的主题。此外，朱迪斯·莎士比亚所处的伦敦与玛丽·卡迈克尔所处的现代都市之间的对比，也简明地预示了伍尔夫作品中城市构想的发展变化。她笔下描绘的伦敦，从一种对女性充满敌意的环境（如同朱迪斯·莎士比亚后来去的城市一样）变成了与玛丽·卡迈克尔所处城市相似的地方，至少它能为独特的女性——乃至女性主义——声音和价值观的形成提供可能。

对于朱迪斯·莎士比亚而言，逃离乡村来到伦敦，并没有让她成为一名名利双收的戏剧家，而是备受讥讽，落得未婚先孕且最终自杀的下场。和她哥哥莎士比亚一样，她之所以选择去伦敦是因为她想写作，而城市则充满诱惑，是她“急切渴望去见识的”文化世界的化身（《房间》，49）。然而，朱迪斯想在伦敦闯出一片天地，实现作家梦的计划失败了，因为她那颗“诗人的心”被“禁锢在女人的身体内”（《房间》，50）。威廉·莎士比亚离开乡下的拉丁文课堂，轻而易举地转身来到伦敦当上一名戏剧演员，“登台演出，当街卖艺，甚至出入宫廷，为女王演出”，而朱迪斯·莎士比亚却找不到通往创作、职场、社会和政治权力的通道。与此相反的是，虽然她“和哥哥一样，对语言的音韵很有天分”，她的寻梦之旅却遭遇重重障碍，只因她是女人。她缺乏教育，被父亲过于保护的关爱所限制和压迫，同时还受到来自家庭内外的严格社会束缚。一旦她只身踏上前往伦敦的寻梦之旅，所有这些阻碍她当一名作家的内在和外在阻力，就开始酿造最惨痛的结局：

> 只需略具心理学方面的知识，就会明白，一个天资聪颖的女子想要将才华用于诗歌，除了旁人的百般阻挠，自己内心充满矛盾的本能也来折磨她，撕扯她，最终必然落个身心交瘁理智尽失的结局。任何女子，只要来到伦敦，站在剧院门前，并且想方设法见到了演员经理，都会在此过程中伤害自己，承受一种或许没有来由的……却不可避免的……痛苦。对身为诗人和剧作家的女性而言，想在16世纪的伦敦过着自由的生活，就意味着要承受完全有可能将她推向绝路的精神压力和困境……那么，一个具有诗歌天分的女人，如果生在16世纪，她必是不幸的女人，必是只会自己折磨自己的女人。想要释放她脑海中的聪明才智，需要具备好的精神状态，而周遭的所有条件，所有她的本能都与这种精神状态相抵牾。
>
> （《房间》，51—52）

伍尔夫所讲述的关于朱迪斯·莎士比亚的故事，生动地揭示出都市环境对女性作家的创造力所产生的影响：城市既可以培养它，也可以毁灭它。在遭受讥讽、驱逐和性剥削之后，朱迪斯·莎士比亚只能在嘲讽她的伦敦风景中结束生命，并讽刺性地成为伦敦风景的一部分，埋葬“在大象与城堡火车站外公交车停靠的某个十字街口”（《房间》，50）。伍尔夫指出，认识到城市对朱迪斯·莎士比亚的敌意很重要，因为这反映了社会整体的态度。女性必须要意识到自身因性别而承受的无数限制，也要意识到社会普遍认为想当作家的女人都是不贞洁的女人。从朱迪斯·莎士比亚的故事中伍尔夫得出了她最著名的观点：作家只有沉着平静地忽视性别意识，才能在创作中挥洒才华，而想要获得这种性别无意识的状态，必须要有钱，要有一间自己的房间①。不过，虽然伍尔夫的观点人尽皆知，但人们往往忽视了城市环境对它的影响，而城市正是朱迪斯·莎士比亚追逐梦想并惨遭重重文化抵牾的地方。

正如伍尔夫在《一间自己的房间》中所展现的，城市对现代女作家经验而言同样重要。就像伍尔夫对朱迪斯·莎士比亚的现代化身小说家玛丽·卡迈克尔所说的，如果说伦敦既吞噬了16世纪朱迪斯·莎士比亚个人，也吞噬了其作为作家所发出的声音，那么20世纪的城市则代表虽未被言说却蕴含巨大能量的女性存在。伍尔夫坚信，将这种女性存在付诸文字是当代女作家要肩负的重任：

> 所有这些默默无闻的生命，都有待我们去记载，我对玛丽·卡迈克尔这样说，仿佛她就在我面前。随即，我的思绪又飘向伦敦的街道，想象着所有这些从未被记载的生活，感受麻木带来的沉重。我仿佛看到了两手叉腰站在街角的女人，戒指深深陷进肿胀的手指里，指手画脚，吵吵嚷嚷，像是莎士比亚剧中的人物；还有门洞下卖紫罗兰和火柴的老太婆；还有漂

① 《一间自己的房间》结尾处形成的雌雄同体美学令人存疑，原因有以下几点。不仅过于强调莎士比亚属于真正艺术家的那“一类雌雄同体，兼有男性女性思维的人”可能会导致忽视朱迪斯·莎士比亚早期的重要性，而且它对艺术创造的描述也很可能将艺术敏感度的女性层面纳入男性层面之内。文中的叙述者想象着作家“一旦结束他的体验”，就应该让“他的思想在黑暗中为思想的联姻而欢喜”（着重号为笔者所加）。伊莱恩·肖沃尔特在《他们自己的文学》一书中也讨论了《一间自己的房间》中的上述问题。显然，这段话不应该被视为伍尔夫关于女性作家们正确声音或构想的最终立场。有关《一间自己的房间》中女性作家所起作用的探讨，参见简·马库斯的未发表手稿《反其道而行之：弗吉尼亚·伍尔夫性别区分之阴谋论》。

泊的少女，她们的脸庞如同随着阳光和云朵荡漾的波浪，映出迎面走来的男男女女和商店橱窗里闪闪的灯光。我对玛丽·卡迈克尔说，握紧你手中的火炬，所有这些人，你都应该去探究。

(《房间》,93)

伍尔夫明确地告诉玛丽·卡迈克尔，这些充斥着伦敦大街小巷的未被言说、未被记述的女人们是女作家最合适的写作主题[①]。伍尔夫在《班尼特先生与布朗夫人》一文中曾督促作家们，“不要理所当然地认为那些存在于大处的生活一定比小处的生活更丰富多彩”(《读者一》,155)。通过将目光转向这些女人，当代作家能像伍尔夫所设想的那样改变艺术。城市里的街道和商店、在此漫步和工作的女人们，与文学史上所有那些传统男性主题和背景一样，能为文学想象提供丰富的主题。

想象中，我走进了一家商店，店内铺着黑白相间的地砖，挂满了五颜六色的缎带，异常美丽。我想，玛丽·卡迈克尔路过时一定也曾进来看过，因为它就像安第斯山脉白雪皑皑的山峰和怪石嶙峋的峡谷一般引人注目，最适合写进书里。还有那站在柜台后面的女孩——比起拿破仑的第一百五十部传记、研究济慈的第七十本专著、老教授Z等学者正在研究的济慈对弥尔顿式倒装的运用，我倒宁愿写出她的真实故事。

(《房间》,94)

---

① 此外，她还在文中暗示，那些拥挤在伦敦街头与商店的女人们自身都有成为作家的潜质，她们莎士比亚式的姿势和面孔都映射着城市景象的千变万化。

当代伦敦和女性的城市体验是现代女作家创作的理想主题，这是因为它们一直被文学传统所忽略[①]。伍尔夫在《一间自己的房间》中对这一主题的关注代表了其后期成熟风格的修正主义特点。早期伍尔夫只是将城市看作对女性充满抵牾的男性领地；后期她的理解进一步深化，认为可以借助城市的力量表达女性体验。尽管在她的写作生涯中，伍尔夫对城市的描绘经历了变化，但城市在她的创作中所占的中心地位从未改变，城市永远是她从个人、文化与文学层面探讨女性生活的背景。

在伍尔夫的创作生涯中，城市是她探索和融合多种体验的工具。从儿时在肯辛顿公园的散步，到成年后的都市漫步，伦敦对伍尔夫的个人记忆有着特殊的个人意义[②]。在随笔、书信和日记中，她不断提到伦敦对她一生的重要意义。青春期时，伍尔夫被强制送到乡下，因此她对城市充满渴望；成年后，看到遭德国轰炸后满目疮痍的伦敦，她深感绝望。城市深深地影响了她的政治分析、创作艺术的发展以及对未来的憧憬，这在她的写作中都有所反映。

---

① 伍尔夫的散文和小说中有很多段落都表达出确信男性文学传统忽视女性体验的观点。其中，我个人最喜欢的一段是《一间自己的房间》中著名的克洛伊和奥利维娅段落，伍尔夫在这段内容中写道："女性之间的所有这类关系，都不免过于简单，我一边想着一边迅即联想到小说中那些光彩夺目的女性形象。人们忽略了那么多东西，未做尝试。……但几乎毫无例外，她们的形象总需在与男性的关系中才得以展现。简·奥斯汀时代之前，小说中的所有杰出女性，不仅是从另一性别的角度来呈现的，还是从其与另一性别的关系中来呈现的，这想想就让人奇怪。而这些是女人生命中多么微小的一部分啊，而且，男人通过鼻梁上架起的或黑或红的性别观念有色眼镜，从这微小的部分中看到的又何其少啊。唯其如此，或许，才有了小说中女性的奇特个性，她那令人震惊的极端的美貌与可怖，她那变换的天使般的美好与魔鬼般的堕落——恋人因此将她视为心上的玫瑰或堕落之人，幸福或不幸"(《房间》，86)。这段内容带给我的诸多乐趣之一在于它预示着吉尔伯特和古芭在《阁楼上的疯女人》中的观点，并证明作为女性主义批评家，我们都是弗吉尼亚·伍尔夫的女儿。

② 参见德萨沃，《1897：弗吉尼亚·伍尔夫 15 岁时》。

然而，伍尔夫对城市的描绘绝不仅是简单的模仿：她笔下的城市，尤其是散文和小说中的城市，是由早期经历和后期理念共同塑造的。不管是有意识还是无意识地，伍尔夫总会借助童年的城市经历来组织其后期的经历和写作[①]。她在后期就曾用记忆中出版第一本小说前所观察到的两个伦敦社区之间的对比，来表述因她的成功而闻名遐迩的"老布鲁姆斯伯里"区的性质。

> 莫莉要我写一篇关于老布鲁姆斯伯里——也就是1904年至1914年期间的布鲁姆斯伯里——的回忆录。我眼中的布鲁姆斯伯里自然是从我的角度所见，并不是你们的眼中所见。对此我希望你们能够谅解。要是从我的角度来描述它的话，我会从海德公园门谈起——就是那条弯弯曲曲的死胡同里的那个小房子，旁边是皇后大门，对面是肯辛顿公园……虽然如今海德公园门看似离布鲁姆斯伯里十分遥远，可是前者

① 笔者认为这些场景表达了女性作家的最初自我意识与世界观，也借鉴了D.W.温尼科特的论述和南希·乔多罗对"客体关系理论"这一心理分析视角的女性主义修正。乔多罗认为，空间本身是婴儿时期之后内心与人际关系的重要比喻和实际载体。客体关系理论认为，婴儿与母亲（或其他养育之人）分离后第一次建立起自我时，使其与照料者的连续性变成邻近性的是被温尼科特称为"潜在空间"，即孩子与照料者之间的中间区域的建立。按照温尼科特的说法，在这一幻想性区域，婴儿感到既与照料者融为一体，又与其分离，而这一中间区域正是文化体验的起源。这一理论认为，孩子通过在这一"潜在空间"玩游戏而戏剧化地建立起其自我意识——使与母亲或照料者既统一又分离的体验展现出来。因此，这种婴儿时期与"潜在空间"的最初接触决定着成年人文化体验的结构与范围。孩子拥有的在幻想中体验这种与照料者既统一又分离的令人慰藉的中间状态的"空间"越大，成年后其所获得的创造自由就越多。参见D.W.温尼科特，《游戏与现实》，尤其是112—121；也可参见南希·乔多罗，《母性的再生产》；茱莉叶·米切尔，《心理分析与女性主义》；盖尔·卢宾，《女人交易：性的"政治经济学"初探》；多萝西·丁内斯坦，《美人鱼与牛头怪：性别安排与人类不安》；梅瑞狄斯·斯库拉，《心理分析过程的文学功用》；黛安·亨特，《歇斯底里、心理分析与女性主义》；还有玛丽安·赫希，《母亲与女儿》一文。

的阴影仍然落在后者之上。如果没有之前的海德公园门 22 号，戈登广场 46 号的意义一定大不相同。

(《瞬间》，159—160)

记忆俱乐部原本邀请伍尔夫写写“老布鲁姆斯伯里”的文化和社会史，她却别具一格地写了这篇类似对城市景观的回忆。她用其观察布鲁姆斯伯里的实际“角度”——也就是她之前居住的狭小的海德公园门 22 号与后来居住的戈登广场 46 号之间的实际反差——来解读“老布鲁姆斯伯里”文化敏感度的原因，并借此仿拟从肯辛顿观察布鲁姆斯伯里(即便是在想象中)所必须采用的实际视觉角度。

伍尔夫运用具体的空间形态而不是抽象概念的方式来呈现记忆，这使其写作策略的两个方面得以兼容并存：吸纳与修正[①]。她所采取的“角度”并非看待问题的主观视角，而是物体或场所在空间内的实际位置关系，这也说明了被她称之为“场景描写”的手法对其写作的重要意义。在《往事札记》中，对此她这样描述，这是“以一整张具体图片对那些细节进行总结和再现”的方式(《瞬间》，122)：

这些代表性的、难以忘怀的场景总会自己显现出来……如果它们不是由相对永恒的存在构成的，为何年复一年它们在记忆中还是完好无损？这种对场景的偏爱是否正是我写作冲动的源泉？……显然，我开发了描写场景的能力，因为我几

① 吉尔伯特和古芭在《阁楼上的疯女人》中探讨了 19 世纪女性作家们所特有的这些策略。在笔者看来，它们代表了一种更广为使用的策略，其形成过程很值得探讨。

乎在所有写作中都必定要使用场景。描写人物的时候，我一定会找出这个人生活里有代表性的场景；描写一本书的时候，我一定会找出书里面的诗歌、小说……

(《瞬间》，122)

上述引文中的表述很明显，这种“场景描写”背后是一种试图保存过去的冲动。然而，她的描述还暗示了另一种更为大胆的动机：“我几乎在所有写作中都必定要使用场景”(着重号为笔者所加)。在为文学传统中争得一席之地而斗争的过程中，伍尔夫不可避免地打破其所继承的文学和社会领域。而表达其个人构想的行为本身，就意味着打破窒压女性体验的这个世界。因此，对于伍尔夫而言，场景之所以重要，不仅因为它是保存那些难以割舍的过往的方式，还因为它是其发出作者的声音这一挑战性行为的体现。事实上，“场景描写”代表着伍尔夫写作中最核心的双重文学策略：吸纳与修正。难怪她会猜测“这种对场景的偏爱是否正是我写作冲动的源泉”(《瞬间》，122)。

都市场景为伍尔夫的艺术想象提供了尤为丰富的可能性，它们不仅具有重大的个人意义，还具有重大的文化意义。她能发现都市场景中所体现的社会和文化原则，这些原则反过来又塑造了个人情境。为了更好地探讨都市场景的文化维度，我认为它们在伍尔夫作品中的象征意义不仅是其创造者的真实写照，也是伍尔夫所生活的文化的真实写照，从而揭示出个人维度与文化维度之间的关系。我们可以朝两个方向来“解读”都市景观：一是向内，解读其创作者的个人和心理生活，这由它们在象征性表达中反映，且在某种程度上被其塑造；二是向外，理解它们象征和反映的、又受其影响的文化现实[①]。例如，莉奥诺·达维多夫详述了都市景观在连接经验的个人与文化维度上所起的作用，并且说明维多利亚时代英国中产家庭的孩子们看待阶级和性别的态度"反映在他们对其所处世界的空间观察上，这种观察始于他们自己的身体，延伸至他们所居住的房子，并最终扩大到他们所在的村庄、乡镇和城市"[②]。仆人们居住房屋的后庭对应身体的后庭；仆人对应身体"不洁"的部分和城市的偏远地区，而那是处理垃圾和进行工业生产的地方。因此，我们从一名小孩对城市的理解中，能推断出其看待阶级、性和性别的态度。儿时的伍尔夫生活在维多利亚时代晚期的中产阶级家庭，从《伦敦码头》的手稿中我们能依稀看到这种对应关系的痕迹。尽管伍尔夫对维系这种对应关系的文化进行了隐晦的批判，文中城市的工业区和垃圾堆却仍然对应着女仆和整个工人阶层。伍尔夫的街景描写既揭示出她写作时所处的文化，又对这种文化进行了批判。因而《达洛维夫人》中人物的思绪，正如他们所穿行的城市一样，反映出战后伦敦父权社会中社会与个人、男性和女性之间的割裂；《阿弗小传》和《岁月》中，伍尔夫通过都市场景和人物都市经历的描绘，对这种文化提出了严厉的女性主义批判[③]。

---

① 有关城市生活映射私人与公共世界的观点，笔者借鉴了很多女性主义理论家和文学批评家的观点，尤其是雪莉·B.奥特纳，《女性之于男性是否如自然之于文化?》；米切尔·Z. 罗萨尔多，《女人、文化与社会》；谢丽尔·E.格雷斯，《探寻和平王国》，安东尼·威德尔，《街道场景》。

② 莉奥诺·达维多夫，《维多利亚时代英国的阶级与性别》，97。

③ 卡罗尔·史密斯-罗森伯格的开拓性研究《女性世界的爱与仪式》，有助于确立对两性生活的情感与社会世界之间差异的批判意识。此外，这篇文章还包含有关这两个割裂世界启示意义的充分论述，对此史密斯-罗森伯格提出 18 世纪中叶至 19 世纪中叶美国所特有的性别角色差异"使女性能与其他女性形成多种多样的亲密情感联系"。但是，尽管史密斯-罗森伯格的文章创新性地在社会文化中而不是在纯

我认为，不仅城市对伍尔夫而言具有重要的个人与文化意义，伍尔夫对城市的处理也反映出她本人在复杂的文本网络中所处的地位。作为文学主题，城市拥有久远的文学传统，在文学传统中占有重要地位。伍尔夫笔下的城市不仅受其个人经历的影响，还受到所处文化、对这种文化的抗争以及对其他城市文学作品的理解和应对的影响[①]。她的日记中随处可见她与早期文学作品中的伦敦形象产生的思想碰撞。例如，她在读笛福的《摩尔·弗兰德

心理分析中理解情感关系，因此代表着女性主义理论中的重大标志性研究，但文章也形象地佐证了那一历史时期与社会对长期同性社交对象选择的社会禁忌，因此文中不断重复女性友谊最终以女性大多不情愿的婚姻而结束的故事。在笔者看来，假如一个社会建立在男女割裂以及由此产生的两性情感与社会分离的基础之上，那么这个社会很可能认为同性之间的社交关系是很大的禁忌。这在《达洛维夫人》中极端父权与性别差异的世界中尤为明显。当克拉丽莎爱上萨利，塞普蒂默斯爱上埃文斯时，小说情节发展最重要的一点便是让他们的爱情被迫痛苦终结的这一同性恋禁忌。

① 雷蒙德·威廉斯在《乡村与城市》中探讨了英国文学中乡村与城市意象的社会含义，而在欧文·豪的《文学中的城市》一文中则进行了更概括的梳理。有关18世纪英国文学中城市意象的探讨，参见麦克斯·伯德，《被改变的伦敦》。有关18世纪至20世纪，英国、欧洲和美国女性作家城市描绘的探讨，参见论文集《女性作家与城市》，苏珊·M.斯奎尔(编)。多萝西·布鲁斯特在《弗吉尼亚·伍尔夫的伦敦》一书中介绍了伍尔夫在作品中对伦敦的描绘。亚历山大·韦尔什在《狄更斯的城市》中展开了精彩分析，唐纳德·范格在《陀思妥耶夫斯基与浪漫现实主义》一书中探讨了俄国文学中城市的重要意义。理查德·桑尼特对城市的论述并非过誉，不过我们期待他能用讨论男性那样的严谨来探讨都市环境中的女性体验。虽然桑尼特有关城市的著述都是在探讨都市体验本身，而不是其文学描绘，但是他在《公共人的衰落》一书中对文学中的城市有详尽的分析。马尔科姆·布拉德伯里探讨了"现代主义城市"，门罗·K.斯皮尔斯在《狄俄尼索斯与城市》一文中分析了现代主义文学中都市意象的含义。有关现代作家与城市之间的关系，很多批评家与作家都有所探讨，例如：《文学与都市体验》，迈克尔·C.杰伊和安·查尔莫斯·沃茨(编)；《现代文学中的城市意象》，伯顿·派克。马歇尔·伯曼在《一切坚固的东西都烟消云散了》中阐释了文学与艺术现代主义、科技现代化与都市环境之间的复杂关系。除了这些文学中城市形象的研究之外，分析城市的社会与历史意义的论著也让笔者受益匪浅：卡尔·E.休斯克，《欧洲思想中的城市概念》；理查德和桑尼特，《无序的运用与城市文化经典论文集》；《女性与美国城市：〈符号〉特刊》，凯瑟琳·R.斯蒂姆普森(编)；《论城市街道》，斯坦福·安德森(编)。

斯》时曾在日记中写道：

> 我未能按计划于昨日读完《摩尔·弗兰德斯》，我很想停止阅读，去伦敦转转，因此偷来了这些短暂的闲暇。然而，我所见之伦敦，尤其是亨格福德桥上所见的白色教堂和王室府邸，都是从笛福的视角所见；我所见的卖火柴的老太婆亦乃笛福所见，圣詹姆斯广场边衣衫褴褛的小女孩仿佛就是罗克珊娜和摩尔·弗兰德斯本人。是的，一个伟大的作家注定要在两百年后让我这般挥之不去。
>
> （《日记一》，263）

伍尔夫在1920年的一则日记中写道："现在，我经常为伦敦所折服；甚至会想起那些曾在此行走的逝者。"（《日记二》，47）无论是她在早期散文随笔中盛赞的那些安葬在西敏寺的文学巨匠，还是《阿弗小传》中戏剧化呈现的伊丽莎白·巴芮特从温坡大街逃亡的回忆，伦敦的逝者，也就是在那里诞生的伟大作家们，不断出现在伍尔夫的作品中，对其作品产生了重要影响，成为对话与争辩的源泉。由于伍尔夫在描绘伦敦时，经常会考量其他文学作品对伦敦的描绘，她对都市环境的描写也透露出其为在文学传统中占有一席之地所采用的应对策略。通过描绘伦敦，伍尔夫不仅向笛福、菲尔丁、布莱特、巴芮特·勃朗宁等早期都市作家们表示致敬，也对他们进行了修正，从而展现其本人的都市体验。

伍尔夫在《一间自己的房间》中督促当代女作家的原型玛丽·卡迈克尔去记录伦敦街头那些令人深思的"默默无闻的生命"（《房间》，93）。她的日记和书信证明她的确采用了自己的这一建议，在城市大街小巷的漫步不断激发她的创作想象，让她想通正在创作的作品中一段难写的段落，让她为散文和小说找到新鲜素材。从写《达洛维夫人》不久前她手绘的格林公园和邦德街地图，到书信中夹杂的伦敦传闻与对街道场景的简述，到日记中对漫步在街道时突如其来的思绪的深思，伍尔夫的写作中无处不渗透着她对城市这一具象而又富有象征性的实体的钟爱[1]。或许，下面这则日记最能说明城市在伍尔夫思想和想象中的中心地位。在这则日记中，她重申了她赋予玛丽·卡迈克尔的任务，谈及她从城市街道中所观察到的斗争与解决办法。她写道："我一直在思考组织场景的不同办法，想象着无穷无尽的可能性。当我走在街上，我所见的生命仿佛一块看不透的巨大素材，等着我用语言将它表达出来。"(《日记一》，214)

"我的创作为何如此恒久地钟情于伦敦?"她问道。本书认为，城市之所以对弗吉尼亚·伍尔夫有着持久的影响，不仅是因为她的一生几乎都在那里生活("当了这么多年的伦敦佬!"她在离世之年感叹到)，也不仅是因为她作为一名现代作家对这最本质的现代环境难以割舍，而是因为对作为一名女作家的她而言，城市是连接个人、文化和美学关怀的交集(《信六》，460)[2]。城市不仅将个人历史与文化相连，还将这两者与文学传统相连，从而为伍尔夫的艺术想象与政治分析提供功能多样的工具。本书希望通过探讨孕育这些作品中的城市，对这些作品形成更全面的理解。

---

① 布兰达·R. 西尔弗，《弗吉尼亚·伍尔夫的读书笔记》，235。笔者在《伍尔夫〈奥兰多〉中的传统与修正》一文中也探讨了伍尔夫对"笛福叙事"的运用与修正。

② 有关现代主义对城市的探讨，参见布拉德伯里，《现代主义城市》。有关伍尔夫有别于现代主义者之处的探讨，也可参见简·马库斯，《将她就位》。

第二章　塔兰德庄园与海德公园门街

在一则写于母亲祭日的日记中，伍尔夫暗自发誓："有一天，我一定会写写伦敦，写写它如何不费吹灰之力地占据并延续着人们的私人生活。"(《日记二》，301)伍尔夫对这座城市的强烈兴趣在很大程度上是她用以面对母亲去世这一巨大悲痛的方式。失去母亲之后，她在被她称为"马戏团"的父权化伦敦中孤独地进行着成为女人、成为作家的斗争。为了更好地理解弗吉尼亚·伍尔夫成年后在作品中对伦敦的描绘，我们首先必须要从她的早年儿时生活着手[①]。

13 岁之前，弗吉尼亚·史蒂芬一直享受着舒适的生活节奏：夏天住在康沃尔郡，冬天住在伦敦。1878 年 3 月，莱斯利·史蒂芬与茱莉亚·达科沃斯结婚之时，买下了位于伦敦肯辛顿海德公园门 22 号的房子。弗吉尼亚·史蒂芬一出生，他们又买下了位于

① 虽然伍尔夫是她婚后的姓，但为了方便起见，笔者在讨论她结婚前发生的事时也会经常用伍尔夫来称呼她。

康沃尔郡圣艾夫斯的塔兰德庄园。1882 年到 1894 年间，他们每年夏天都来这里避暑。这期间的岁月就这样被一分为二，每一处都有重要意义，都有其各自的职责与快乐，也有其独特的氛围。在伦敦度过的冬天是在宽道和肯辛顿公园的散步，在池塘里放小帆船，读《点滴》杂志的时光。如果说这些时光大部分都由无聊或者说是纯粹的无意识活动（伍尔夫后来把它称作“非存在”）构成，这其中也不乏一些为痛苦和愉快深深触动的瞬间：比如当她看到一个眼睛细长、尖声哭叫的智障男孩时（出于害怕和同情，她把一整袋俄国太妃糖都给了他），害怕到瘫软无力；她用敏锐的观察把球和贝壳变成色彩缤纷、极为独特的物品。圣艾夫斯的夏天代表着海湾、海滩和悬崖边的散步；是大人们用绳子把晚餐吊到育婴室窗边，她从中翻找好吃的；是坐在帆船上钓鲭鱼和鲂鱼。最重要的，它是由康沃尔郡海岸转瞬即逝的美所带来的纯粹的快乐。

生活在伦敦和康沃尔郡的这些童年记忆如图片般鲜活。伍尔夫后来在她的回忆录散文中，尤其是《往事札记》《海德公园门 22 号》和《老布鲁姆斯伯里》中，将它们记录下来。不过，在写于 1897 年到 1909 年间的早期日记中，她也提到了很多关于儿时的回忆[①]。之所以选择她成年后期的回忆录而不是她早期的日记来展开对伍尔夫的城市描绘的研究，是因为她对童年经历的回忆不仅仅具有自传意义，《存在的瞬间》中所提到场景还和所有文学场景一样，其结构和内容由多种因素决定：既是一种无意识心理过程无意而为之的产物，也是一种有意识的文学创作过程刻意而为之的产物。它们在伍尔夫的回忆录中占有特殊地位，因为它们是她在走向生

---

① 在笔者写作时，路易斯・A. 德萨沃和米切尔・A. 利斯卡仍在编辑伍尔夫早期的日记。笔者很感激他们能让我提前阅读打印书稿。

命尽头时精心挑选的、用以表达她独特个人经验的方式，反映了她在生活与艺术中创作和表达自我时所选用的策略。通过对心理现实的后期重构，而不是将实际儿时经历直白地讲述出来，它们向我们展示了一种处在被文化和社会建构过程中的身份，既揭示出伍尔夫本人的心理结构（因为这由她儿时的人际关系所决定），又反映出作为身处由男性主导的现代伦敦中的一名女性、一位满怀志向的作家，她所采取的社会与文学对策。

从上文提到的那些场景来看，伦敦无论在哪方面都比康沃尔郡明显逊色。两地的地理环境、能做的事情以及两地的氛围都存在巨大差异，这种差异也带来了很多冲突。然而，在弗吉尼亚·伍尔夫最初的 13 年岁月中无论何种冲突总能被一个永恒的存在所化解——她的母亲。母亲能消融所有的差异，“她是全部；塔兰德庄园到处都是她的身影；海德公园门到处都是她的身影”（《瞬间》，83）。虽然伍尔夫在很小的时候曾认为母亲和乡间生活关联最密切，但她感觉到无论是城市还是乡间，母亲那令人宽慰的身影都无处不在。然而，随着母亲的去世，伍尔夫再也感受不到她与周围环境之间的和谐了。葬礼六个月后，塔兰德庄园便被出售，那些在康沃尔郡度过的让她心醉神迷的夏天也一去不复返。茱莉亚·史蒂芬仅凭自己的存在而营造的团结、祥和的生活氛围也随之远去。

茱莉亚·史蒂芬离世后，塔兰德庄园和伦敦之间的和谐存在也随即被打破，伦敦开始占据主导地位，伍尔夫寄托于两地的不同价值观也开始出现明显的冲突。失去了茱莉亚·史蒂芬治愈性的影响，史蒂芬家庭生活所隐藏的缝隙变得日益明显，就像《到灯塔去》中所描写的那样，拉姆塞夫人一离开，整个拉姆塞家庭立刻纷争四起。身份是在关系中塑造的，这里的关系不仅包括人与人之间的关系，还包括人与地方之间的关系。因此，随着母亲的离世，弗吉尼亚内在自我的和谐也被打破。虽然她身处都市环境，但作为一名女性，她却连自己在这个城市的地位都遭到边缘化，她被迫与难以化解的内心矛盾——即倾向于认同母亲（以及女性和局外人）与后期倾向于认同父亲（以及男性和局内人）之间的矛盾——做斗争。通过对四篇重要的伍尔夫回忆儿时的文章（三篇关于母亲去世前，一篇关于母亲去世后）进行详细研究，我们可以发现伍尔夫因环境的不同所呈现出的自我与社会地位认知的变化。通过对这些回忆文章的分析，我们还可以看到伍尔夫因母亲的离开而经历的内在心理与社会变化：她从乡间来到一种模糊地带、最终来到城市的过程与心理上从融合到分离到最后边缘化的过程相呼应。

伍尔夫把圣艾夫斯育婴室的记忆看作她“最初的记忆……她所有回忆中最重要的一段回忆。如果人生有根基，如果人生是需要我们不断倾注的器皿——那么这段回忆无疑就是我人生器皿的根基”（《瞬间》，64）。这段带有明显乡间色彩的回忆呈现了一个与环境极为和谐的瞬间：“我躺在圣艾夫斯育婴室的小床上，半睡半醒。耳畔是淡黄色百叶窗外浪花拍打着海岸的声音——哗啦——哗啦，声音时远时近。我听见百叶窗被微风吹起，百叶窗底部小橡果形状的坠子轻轻拂过地面——沙沙沙……听着浪花的拍打，看着迷蒙的光线，享受着我所能想象的最极致的快乐，我能静静躺在这里，这几乎完美的不可能。”（《瞬间》，64—65）躺在乡间育婴室的摇篮里，半醒半睡，海浪阵阵拍打着海岸，就像婴儿吃完奶依偎在母亲怀抱里听到的呼吸声，节奏如此均匀，给人安慰。心理学家勒内·史毕兹这样描述刚出生的婴儿：他或她“不能将这个‘物体’和那个‘物体’区分开；他不能将（外部）物体和自己的身体区分开，在他的感受中，周围事物和他自己并非是分开的。因此，他把满足他需求、为他提供食物的乳房也看作(如果他能对乳房有认知的话)他自己的一部分。而且,刚出生的婴儿,其物自体[①]是无差异、无结构的……”[②]

伍尔夫记忆里充满了母性存在,即使在母亲不在场的情况下,这种感觉也很强烈。这种母性存在感源于她对周围事物栩栩如生的描绘:底部有小橡果形状坠子的百叶窗、光线、海浪有节奏地拍打沙滩的声音等等。按照史毕兹的分析,这种强烈而直接的画面表明,她回忆中的婴儿仍然认为周围与她是和谐的一体,仍然认为世界是她自己的一部分。她的世界是快乐的、满足的,母亲作为这个世界的一部分,也被她当作她自己的一部分——房间里母亲忙碌的身影、百叶窗、小橡果,还有最明显的海浪阵阵拍打的沙滩。因此,这幕场景表现了一个刚刚喝饱奶的婴儿所感受到的放松满足和模糊的感官意识,她的极致快乐(她所能想象的最极致的快乐)来自一个矛盾的信念——“我能静静躺在这里,这几乎完美的不可能”。这句话带有非存在的意蕴,虽然乍一看令人颇为诧异,却表达了她和母亲之间是如此亲密地融合在一起,仿佛一种躺在母亲怀里的幻觉,以至于她的自我几乎与这样躺着所带来的快乐难以区分。美妙的塔兰德庄园之夏天从而与一种更早的奇妙体验相呼应——一种自我完完全全地依赖于母亲关爱的共生体验。

在这段最初的记忆中,伍尔夫表达了婴儿时期与母亲紧密相连时所感受的极致快乐,并把这与乡间、与塔兰德庄园明确地联系起来。心理分析师们认为,创造性表达体验的能力取决于儿时是

---

① Thing in itself,物自体,自在之物。——译者注

② 勒内·史毕兹,《生命的第一年》,36。上述引文的后半部分为:“哪怕就离散的神经中枢与肌肉效应器这种基本的关联而言,似乎也仅有极少的特殊区域被分割成功能单元。”

否感受到存在本身的快乐[1]。因此，伍尔夫明确承认这段记忆是她所有记忆中最重要的一段，是她之后生活体验的根基，这是非常准确的。这份学语前在纯粹的存在中最初获得的快乐瞬间，是她长大后作为女性所取得的成就的根基。这一瞬间又依赖于两个实体：母亲和塔兰德庄园。

可是，成年后她作为女人想要获得文化创造性，就不得不告别最初孩提时对母亲的完全依恋，在相对分离中寻找快乐，在嬉戏打闹中探索“过渡空间”。这一变化反映在伍尔夫的下一段儿时记忆中，奇怪的是，她把这段记忆也看作她“最初的记忆”。在伍尔夫50岁着笔的回忆性散文《往事札记》中，她便将这一段记忆作为开篇。她描绘了记忆中这幅异常清晰的场景：“黑色的背景——母亲的连衣裙——上面绽放着红色紫色的花；当时母亲正坐在火车或公交车上，我坐在她的大腿上，所以能近距离地看到她裙子上配戴的花。现在，这些绽放在黑色背景上的紫色、红色、蓝色的花依然在我眼前闪耀，我猜这些花应该是银莲花。当时我们也许正在前往圣艾夫斯的路上，不过从当时的光线判断，应该是晚上，所以更有可能是在返回伦敦的火车上。”（《瞬间》，64）尽管这段记忆看似“关于”一个意象——“黑色的背景上面绽放着红色紫色的花”，事实上它却呈现出一种人与人之间的关系，以及这种关系所带来的情感。这里不仅有彩色与黑白、图案与实体空间的对比，幼儿和母亲之间的对比也打动着我们，而母亲充满安全感的大腿则构成了这段回忆的背景。

这段回忆的结构既是理解其含义的关键，也解释了伍尔夫之所以把它也视为“最初的记忆”的原因。它的双重结构分别暗示了

---

① D.W. 温尼克特，《客体的功用》，《游戏与现实》，100—111。

视觉与情感两个层面的含义：一种人像/背景关系，这最好的例子可能就是我们熟悉的灰色背景上的白色花瓶突然变成两张对视的人脸侧影这一视觉错觉。心理分析学家罗伊·谢弗认为，无论我们是从视觉上还是从情感上来理解它，这种人像/背景关系都体现了两种社会地位：人像暗含着“定义、界限、表达、结构、意义和影响——是所见，是所看；它通过凸显自我来呈现自己，能被我们铭记于心”。背景或者环境，与之相反，它“无形、无解、无表达、无结构——只有通过对人像的衬托才可见，只能为了他者而存在；它是低调的、隐性的、无名的、后置的或者甘居其后的”①。这一“最初的记忆”通过对人像/背景关系的视觉与情感双重体现，很好地展现出这一复杂的社会情景：独立意识出现的那个最初瞬间。

年幼的伍尔夫稳稳地坐在母亲的腿上，感觉自己是一个人像，一个拥有需求、希望和渴望的独立个体，而母亲呵护性的存在则是这个人像的背景。这段“最初的记忆”对伍尔夫而言可能尤为重要，因为它纪念了一种全新的体验——母亲和女儿共同乘坐火车或公交车。这里的特别之处并不是旅途本身，而是旅途为茱莉亚·史蒂芬带来的给予孩子持续关爱的机会。在伍尔夫的回忆中，母亲通常是很难有机会亲近的：“我现在能回忆起和母亲独处超过几分钟的时候吗？总会有人过来打扰我们。”她总是要处理无数的事情，她“养育了七个孩子，年龄大些的孩子她需要关注他们的成长问题，有四个孩子在育儿室里待人照料；老八智力发育不良，也与我们生活在一起；而我们的父亲、她的丈夫年长她 15 岁，且为人苛刻，难以相处，对她极度依赖；我现在明白了，一个女人想把这一切打理得有条不紊，是不可能抽出时间和精力来与这七八

① 罗伊·谢弗，《语言与洞见》，151。

个孩子独处的，她对每个孩子而言，只能是一个泛泛的存在，而不是某个能被独享的人。”(《瞬间》，83)不管母亲的存在多么泛泛，它仍然是这段有关银莲花的记忆中唯一的、明确的背景。事实上，或许正因为茱莉亚·史蒂芬作为背景是如此重要，更具体的背景反而变得难以确定。重要的是，母亲为小女孩提供了背景，让她能去探索、体验，让她可能第一次把自己看作一个独立、自主、明确的个体。

虽然这份“最初的”回忆勾起了母亲呵护性存在的记忆，看似在怀念母女之间无比亲密的瞬间，但它的结构也暗示了她们即将面临的分离。就像色彩绚丽的银莲花在母亲黑色连衣裙的映衬下清晰可见一样，孩子坐在母亲的腿上，全新地发现母亲变成了衬托她自己作为人像显现的背景。这个瞬间既体现了母女之间的密切统一，又反映出孩子成长中的独立自我。这种身份的分离虽是成长中一个积极正常的过程，但也为另一种不可避免的痛苦分离做了铺垫：母亲的离世。这段文字描绘了黑色长裙和银莲胸花的意象，其阴郁的笔调也让我们想到之后她经历的另一个时刻：海德公园门22号院的客厅“满是鲜花怡人的香气”，弗吉尼亚·史蒂芬站在楼上的窗边看着给母亲看病的大夫离开，绝望地感到“所有一切都终结了”(《瞬间》，92，84)。最后的这幅画面在空间关系上也让人联想到《一间自己的房间》中的场景，里面故事的讲述者站在楼上的窗边注视着下面的城市街道，陷入对女性和小说之间关系的沉思。这两处画面结构都暗示着下面街道上发生的事情与上面窗边观察者内心的情感之间的关系，伍尔夫在小说和散文中也会对这种关系进行探讨。正如我在本章中所表明的，茱莉亚·史蒂芬的离世对《一间自己的房间》的核心问题，即女性创造权，产生了至关重要的影响。这一段“最初的记忆”在内容和语气上都呈现出了一个矛盾却平衡的时刻，它所赞美的分离预示着后来死亡带来的痛苦别离，而它的背景却明显带有模糊色彩。她们究竟是前往圣艾夫斯，还是像记忆的画面中黄昏的光线所暗示的那样，是在返回伦敦的途中？而无论她们的目的地是何处，它们都具有重要意义（伦敦暗示着母亲的死亡，圣艾夫斯代表了儿时她与母亲相聚的时光），将背景的模糊性转变成一种矛盾，正如绚丽的花朵与有不祥预兆的黑色长裙之间的色彩混合一样，这段记忆本身也反映出母女分离的矛盾色彩，而分离既是健康的又是悲剧性的，既是自愿的又是被迫的。

上述第二段记忆说明，弗吉尼亚·史蒂芬在很小的时候就将她和母亲的分离与人像/背景以及物理环境的矛盾性联系起来了。然而，人像/背景与城市/乡村之间的对比似乎更像是一种文学策略，其目的是表达场景所呈现的记忆（即与母亲的分离，尤其是母亲的死亡）所产生的影响。伍尔夫写到，“从艺术角度上来看，把这趟旅程看成前往圣艾夫斯更好些”，这就表明了美学选择对呈现记忆原材料所产生的影响。同样的，她很不理性地认为这两段“最初的”记忆是最重要的，这说明各种无意识之力对她回忆的性质和形态所产生的持续影响。最后，这两段回忆的交织还揭示出小女孩对自我、物理环境与社会环境的认知在性质上的改变。在有关乡村的回忆中，母亲没有特定的位置，母亲无所不在；虽然此时背景清晰可见，但是自我却缺乏中心。相比之下，对银莲花做的胸花的这段记忆中则出现了独立意识的萌芽，对母性存在的强烈而清晰的意识，以及模糊的，甚至问题重重的背景。第二段记忆表现出一种社会体验，一种在与他人的交往中确立自我身份的体验，这与第一段记忆完全沉浸在自我中的感觉形成对比。从育儿室到母亲的大腿和胸花，记忆不断在分离和自我化的过程中找寻自我。

不过，伍尔夫就连自我身份确立的时刻都以母亲那令人宽慰的存在为根基，并由它所决定。就像《存在的瞬间》中女儿在美好甚至带有宗教色彩的第三段童年记忆所描述的那样，正是茱莉亚·史蒂芬赋予其体验以形态。“母亲当然一直在那里，她一直在我童年时代这座大教堂的最中心，她从最初的日子开始就一直在那里。”（《瞬间》，81）如果童年时代是一座伟大的教堂，那么这段记忆中她崇拜的对象似乎就是母亲茱莉亚·史蒂芬本人。就像教堂中受众人膜拜的上帝一样，她的存在充满悖论，她虽是中心却无迹可寻；她属于周遭或环境的一部分，而不是一个独立的存在。“她当然是我的中心。我觉得‘中心’这个词最能表达我的总体感觉，这么多年来我完全生活在母亲的影响之下，从未能跳出她的影响来看待她本人。”（《瞬间》，83）她是家里的天使，既是圣母又是女主人。虽然她是女儿敬仰的对象，但她自身从未曾成为场景里的人像。相反，她总是以背景的形式出现，她是生活的背景，是生活的中心和意义所在。

或许没有什么会比《存在的瞬间》中的第四段记忆能更形象地反映母亲这一核心人物的离开给女儿带来的毁灭性打击了。这段记忆记录的是关于茱莉亚·史蒂芬离世后伍尔夫在海德公园门度过的日子。

> 我的心情就像流浪汉或者吉普赛人站在帐篷门口看里面的马戏表演时的心情一样。维多利亚社会的表演达到高潮，乔治[乔治·达科沃斯]就像是表演钻铁圈的杂技演员，而我和凡妮莎是观看表演的观众。我们坐的位置很好，然而我们却只能旁观，不能参与表演。我们只能鼓掌，俯首听命——这

就是我们所能做的全部……我 20 岁的时候就觉得乔治和赫尔伯特·费舍尔一样对这个父权社会的规则恪守不渝。

(《瞬间》,132)

听到伍尔夫把童年的自己叫做“流浪汉或者吉普赛人”,我们可能会感到很诧异,因为从她在《往事札记》中记录的成长经历来看,她的童年和穷困潦倒的流浪汉绝对大相径庭。“那么我是谁呢?”她自问自答,“艾德琳·弗吉尼亚·史蒂芬……我的祖先有的赫赫有名,有的默默无闻;我出生在一个大家庭,父母虽然不是大富大贵,但也家境殷实;我出生的 19 世纪晚期……人们能说会道,文采飞扬。”(《瞬间》,65)然而,如果我们把她将自己比作流浪汉或吉普赛人的描述,看成对母亲去世后她和身边最亲近的人之间关系的描述,那么这个意象的意义就不难理解了。随着母亲的离世,伍尔夫与身边的人和地方之间的关系发生了显著的变化。伍尔夫称自己在那段岁月里体会着痛苦的“局外人的感觉”。从多种意义上来说,她的确是一个局外人。就像母亲的离世使她被童年的“大教堂”驱逐出去一样,她的性格和性别让此刻的她遭受父权社会这个“马戏团”的排挤,因为父权社会的代表父亲莱斯利·史蒂芬坚信“女人要纯洁无瑕,男人必须要雄伟健壮”(《瞬间,130》)。于是,弗吉尼亚·史蒂芬每年的收入只有 50 英镑,而同父异母的哥哥乔治·达科沃斯每年却有 1 000 英镑。她只被允许参加某些社交活动,而家族中很多男性成员都已在公共生活中跃跃欲试,能“在 60 岁左右时候当上校长、海军上将、内阁大臣或者法官”(《瞬间》,132)。

“马戏团”和“大教堂”这两个意象之间的对比也反映出伍尔夫社会角色的变化。“大教堂”的意象代表了以女性为中心,以崇拜为主要模式;而“马戏团”(在她的想象中)则以男性为中心,以炫耀和竞争为主要模式:莱斯利·史蒂芬特别看重“老师发的成绩单……奖学金、剑桥的学位考试和全奖”(《瞬间》,132)。尽管在这两个意象中她都是观众,但在第一个意象中,她是崇拜另一名女性的小女孩,而她崇拜对象的泛化存在使(作为崇拜者的)她成为了意象中唯一的人物。除此之外,她自己将来也有可能成为她所崇拜的对象。因为性别的缘故,她(在社会意义上和生物学意义上)也有能力成为那个处于中心位置的呵护家庭的母亲,虽然这种能力福祸并存。与此相反,作为一名观看乔治·达科沃斯在父权社会这个“马戏团”里表演的观众,她是而且只能是被边缘化的。因为性别的缘故,她不断遭到驱逐——先是被驱赶到舞台之外,最后被赶出帐篷。她情感上对流浪汉和吉普赛人的认同表明,即使站在帐篷门口,她仍感到自己转瞬即逝、穷困潦倒、无依无助。

这些记忆在空间位置和形态上的差异,反映了中心人物对由它们组织或占据的世界所产生的不同影响。大教堂的场景对应伍尔夫两段早期回忆中的空间不确定性,不过,它所体现的融合意蕴更符合塔兰德庄园记忆的特点。和她坐在母亲腿上的场景一样,此时背景几乎不再重要,重要的是对一种双重事实的敏锐认知:母亲的存在只是作为协调性背景而存在,作为崇拜者,她本人的独立自我才是主要人像。与此相反,马戏团的场景则带有明显的都市色彩,这不仅是因为它的位置在海德公园门,还因为其隐喻性内涵。正如尼尔·哈里斯所指出的,在19世纪,马戏团永远和世界上的大城市联系在一起,对很多观众而言,马戏团是这些工业大都市所具有的复杂性、多样性和现代性的映射[①]。伍尔夫笔下的马戏团意象是集中化、程式化、仪式化的，它反映出维多利亚时代晚期和现代英国早期都市生活的禁锢体制。

因此，伍尔夫把自己形容为偷看马戏团表演的流浪汉或吉普赛人，也体现出她与她成长所处的都市社会间的异化。现代读者可能难以理解马戏团的固定性与观众的漂泊性之间的对比，因为我们往往认为马戏团代表着移动性的娱乐方式。实际上，在 19 世纪，马戏团是长期固定于城市生活中的一部分，而流浪汉和吉普赛人却遭受社会规范和不公正法律的驱逐，被迫四处漂泊。伍尔夫此处的比喻表明，作为一个小女孩，她感到漂泊无助，对社会环境中庸俗浮夸的华丽表演嗤之以鼻，因为这对她而言毫无意义。由于连在自己周遭环境中体验自我的可能性都已失去，所以她选择用都市意象来表达她对社会和自我的新认识。在她看来，社会是异化的、作秀的、肤浅的，而自我一直处在受排挤的边缘。

从局内人变成局外人，从人像变成背景，从拥有自主权的能动者到权力尽失的观众，伍尔夫这一社会地位转变大致发生于母亲去世前后。她发现自己无法发展成独立的人像，只能成为家庭中男性成员的背景和观众。当然，对处在当时社会中的女性来说，出现这种转变是必然的。即便茱莉亚·史蒂芬还活着，她女儿最终也可能会同样面临地位和权力的丧失。不过，如果真是那样的话，这一丧失过程可能会缓慢一些，她可能会被逐渐社会化，渐渐获得“女性气质”，而不是像伍尔夫所回忆的那样，人格突然被放逐。伍尔夫在成年后不得不面对一个复杂的难题：如何在一个本质上与她敌对，置她于无助、无关地位的社会中，在作为女人与作为作家

---

① 尼尔·哈里斯，《谎言》，235—253。

之间建立一种主动、可行的身份。母亲的离世对伍尔夫而言不仅意味着失去一个亲人，它还触发了从乡村到城市，从大教堂模式的体验到马戏团模式的体验，最重要的是它触发了从把自我看成重要的人像到把自我看成无足轻重的背景这一系列的转变，并由此引发对自我和环境的彻底重构，这里的自我和环境既是实际上又是心理上的，既是外在又是内在。通过把伦敦社会描绘成父权马戏团意象，她极其尖锐地指出了这种转变所具有的含义。

伍尔夫认为身份是通过关系网络建构的，她把这种关系称为"隐形存在"，即"其他人群的意识带给我们的冲击；公众的言论；他人的言语和思想"。她在《往事札记》中写道："这些人就像磁铁一般，吸引我们成为这样或那样的人，或者使我们排斥某种观点，让我们变得与之不同。"（《瞬间》，80）通过对上述四段记忆内容和结构的分析，我解读了伍尔夫在自我和世界认知上的变化。我的解读借鉴了身份建构意味着与物体建构关系这一观点，即"成为一个人意味着成为一个处在关系与社会环境中的人"[①]。伍尔夫早期的记忆记录下诸多关系建构的瞬间（即便像在育儿室的那段记忆中一样，母亲的存在仅仅是一种幻想），这使我们得以窥见塑造她个人身份的早期社会过程：对母亲的认同和对性别的区分。[②]

然而，人格的构成和发展不仅取决于早期形成的原始内在物体关系，一个人性格的形成也受到后期其他影响的作用。其中一个主要的影响就是教育，这既包括正式的也包括非正式的教育。

① 南希·乔多罗，《母性的再生产》，76。

② 有关母女关系的最重要女权主义研究及对乔多罗贡献的评价，参见玛丽安·赫希《母亲与女儿》。赫希提出了极其重要的一个观点：虽然心理分析理论中有关客体关系的讨论丰富了女权主义研究，但是在运用它们的时候需要注意，它们的核心是"一种经过发展的、以男性为中心的系统，即便在解构与重新定义之后，这仍然是一个决定性和限定性的立足点"（205）。

对年少时期的弗吉尼亚·史蒂芬而言，住在海德公园门22号时的下午茶茶桌为她提供多种多样的非正式教育。在那里，她不仅能见到维多利亚时代和爱德华时代的“伟人们”——西蒙德斯[1]、瓦茨[2]、梅瑞狄斯[3]、洛威尔、詹姆士等家族朋友——她也能听到：

> 乔治[乔治·达科沃斯]、杰拉尔德[杰拉尔德·达科沃斯]和杰克[杰克·希尔斯]在茶桌边谈论邮局、出版社和法院的事情。而同坐在桌边的我却无法和它们联系起来。世上有这么多不同的圈子，但每个圈子都与我隔着千万里。我无法把它们联系起来，也无法感受它们。我的很多青春时光都花在了烦躁地拿它们做比较上。毫无疑问，这种干扰和我发现的差异后来都派上了用场，变成了一种教育方式……
>
> （《瞬间》，137）

对史蒂芬家的女儿们在母亲去世后海德公园门时期所受的更为正式的教育而言，干扰和差异正是这种教育的原则——“楼下是纯粹的传统”而“楼上是纯粹的知识”，这种地理位置上和心理上的两极分化明显地说明了这一点（《瞬间》，135）。对于凡妮莎和弗吉尼亚而言，她们的每一天都被分成了两半：“它[维多利亚社会的规范]这个词开始产生效力是在晚上华灯初上的时候。白天人们要工作，可以穿工作装。凡妮莎要去专科学院学习，我要查《利德尔和史葛的希腊英语词典》，学习古希腊戏剧。但是，到了晚上就是

---

① 约翰·阿丁顿·西蒙德斯（1840—1893），英国诗人、文学批评家，早期同性恋拥护者。——译者注

② 瓦茨·邓顿（1832—1917），英国评论家和诗人。——译者注

③ 乔治·梅瑞狄斯（1828—1909），英国维多利亚时期诗人、小说家。——译者注

社会风尚大行其道的时候了……比起我们学的绘画和希腊语，衣服和发型可要重要得多。”（《瞬间》，129—130）在白天的自由时光里，她们可以享受（这些在传统意义上属于男性知识领域的）艺术课和希腊语课带来的快乐与严厉，也可以穿“工作装”（带有男性色彩的实用服装）。但是，每当夜晚的灯亮起，社会规范便开始产生效力，强制她们学习“有女人味的”行为举止。这些晚间学习“有女人味的”行为举止的课程，有时极为痛苦，伍尔夫在回忆录中记载了很多同乔治·达科沃斯在公开场合和私下里发生的冲突，因为他总是先哄骗两姐妹行为举止要“得体”，让她们向母亲学习，待哄骗不成功之后，就强制她们学习这样的行为，并以此为乐。

虽然弗吉尼亚和凡妮莎白天在学习知识和艺术的自由中享受着纯粹的快乐，对晚间训练女性行为举止的课程，她们的反应却很复杂，在顺从地接纳她们的角色与颠覆性的反抗之间摇摆不定。由于这两种反应都会出现在伍尔夫的文学和社会策略中，我想更全面地分析一下它们的性质和意义。伍尔夫对女性角色的接纳部分源自她所感到的那些“隐形存在”，也就是那些影响其身份建构的人、思想和体制所带来的引导性力量。对周围现象的这种心理反应我们还可以用认同理论来描述：“在这一过程中，主体会改变自己的动机、行为方式以及与此相对应的自我表证，从而实现与另一种或多种物体表征相似或者相融合的体验。”[①]人生早期的认同建立顺序大体与伍尔夫列出的影响其性格和个人身份的“隐形存在”出现顺序相一致。除了母亲这一最初和最重要的“隐形存在”，她还列出了后来使其自我得以建构的其他影响，比如父亲、兄长和

① 罗伊·谢弗，《内化面面观》，140。

很多男性友人都参加的“剑桥使徒协会”[1]，高尔斯华绥、本涅特、威尔斯等人的小说流派，妇女选举权运动，以及一战等等(《瞬间》，80—81)。伍尔夫列出的单子暗示着她的身份确立源自对这些人、组织和事件的反应或反抗，而这些人、组织和事件或友好或怀有敌意，或是传统女性的或是传统男性的，或与母亲一致或与父亲一致。此外，这份单子也勾勒出各种关系的变化进程：从具有强烈个人色彩的(与母亲之间的)关系，到更具社会和文化性的(与“剑桥使徒们”，与他们所代表的父亲和兄长们，与高尔斯华绥、本涅特、威尔斯等人的小说流派之间的)关系，再到与社会和历史事件之间的关系。

这一认同发展模式也与心理分析中的事物-关系理论相符。伍尔夫最初对母亲产生认同；后来为了使自己不被这些重要人物击败或控制，她对母亲、父亲和兄弟姐妹的认同具有防范性；最后，当她的自我和性别认知牢牢地确立后，她对父亲以及超越父亲的社会世界的认同变成了防卫性认同[2]。此外，心理分析中的事物-关系理论在分析女性人格发展时认为，比起男性，经历俄狄浦斯情结危机后女性的心理结构更为复杂，这和伍尔夫所抗争的矛盾性认同相一致。该理论认为，有俄狄浦斯情结和后俄狄浦斯情结的女儿们，既保持着与母亲之间的联系，又对父亲产生了具有性意识的新依恋，注定要承受归属感的分裂。虽然她仍对母亲有着强烈的原始认同，此时她也因社会和性需求对父亲产生依恋，可能会开始认同父亲所代表的价值体系。对于伍尔夫这位“来自书香门第

---

① 剑桥座谈协会的俗称。“老布鲁姆斯伯里”的年轻核心成员大多都是这个协会的。——译者注

② 乔多罗，《母性的再生产》，70—71。例如，在防卫性认同过程中，孩子“接过先前的外部控制，以阻止这种控制的发生”(70)。

的女儿”而言，由俄狄浦斯情结危机所造成的原始内在分裂可能是后来社会性矛盾产生的根源，即：史蒂芬家庭在日常生活中对“男性”知识教育与“女性”社会/情感教育的区分，以及由此导致的认同矛盾——在情感上认同母亲（与对母亲的记忆），在思想上认同父亲，也想模仿他当一名作家[①]。

想要进一步分析伍尔夫年少时，乃至成年后矛盾性认同产生的社会原因和根源，我们不妨回到伍尔夫的第四段回忆，看看她对乔治·达科沃斯向父权社会马戏团规则妥协的描述：“他在里面游泳、钻圈，要他做什么他就做什么。我能感到他对这些规则忠贞不渝，他遵守传统，对它们坚信不疑。一旦传统得到普遍认可，正如他的信仰为所有的朋友认可一样，就具有一种权威感，连局外人都能被感染，让传统变成颠扑不破的、自然而然的、理所当然的真理。”（《瞬间》，132）这段话中的语言保守得让人惊奇，这也表明伍尔夫已经被迫接受达科沃斯所推崇的传统价值观。这里所使用的概括手法与其所体现的平衡感让人联想到伍尔夫在《一间自己的房间》中提到的“19世纪初”所盛行的“男人的语句”。对此她别出心裁地解释：“[这些小说巨匠们]作品之壮观于他们是一种争辩，他们不能半途而废，必须砥砺前行。没有比展示他们的艺术、发掘无穷的真与美更让他们兴奋和满足了。成功催人奋进，习惯助人成功。”（《房间》，79）虽然对广为接受的普遍信仰这种无意识和暂时的接受，给生活带来的影响甚微——例如，对于听到国歌“天佑国王”时产生的信仰感，她会立刻进行自我批评，但这对她的语言和对她的作家身份的认知所产生的影响却是持久的。她的回忆录

---

① 有关这个复杂问题的讨论参见凯瑟琳·C. 希尔，《弗吉尼亚·伍尔夫和莱斯利·史蒂芬》。

中甚至也会流露这种矛盾，她承认“正是因为这些隐形存在，‘回忆录主体’每天的生活才会受到这样或那样的牵引；正是因为他们，他才能有自己的位置”（《瞬间》，80）。尽管这段话中语言遵守传统，用男性人称代词“他”来指代“回忆录主体”，然而，这段话也流露出对男性创作权所产生的未经批判、无意识的认同，因为“回忆录主体”是女人这个事实被忽略了。在隐形存在的牵引之下，在传统意义上的男性（回忆录作家的）影响之下，伍尔夫的自我变成了“他”，而她自己则被驱逐到处在边缘、不为人所见的位置。难怪她会产生“生命写作”的徒劳感：她就像“溪水里的一条小鱼，迷失方向，被困在水中，却又描述[不出]这溪水的样子”（《瞬间》，80）。伍尔夫在这里很好地展现出认同矛盾给她带来的痛苦：一边是男权主义文学环境的期待，一边是她作为作家不得不忠于的女性身份，而她被夹在中间动弹不了。她既没有宣告女性身份的自由，也不能逃脱所处文化中男性认同的媒介。她无法对此进行剖析，因为这需要她摆脱男性模式的压制，远远地从外部来观察，而这是她做不到的。因此，她作为回忆录作者，在描述（女性）作家的经验时，在描述她所处的这条生命溪流时，迷失了方向。如果说当她发现自己会暂时认同乔治·达科沃斯，会被爱国歌曲感动时，肤浅的自我认知会被动摇，这种对回忆录作家只能是男性的认同则威胁到她作为女人和作家这一最深层的身份。

然而，在海德公园门22号时期伍尔夫被迫接受的女性教育让她找到了调和“女性”和“作家”这两者之间矛盾的办法。她把在20世纪初学到的维多利亚式的间接表达艺术称之为“茶桌训练”。她回忆到，推行这一传统的正是为乔治·达科沃斯制定马戏团行为规则的那个社会：“从没有人打破这个规矩。如果你和我一样一直在旁边听的话，你会感觉就像在看一局游戏。你必须要知道游戏规则。”(《瞬间》,129)当然,这种特殊的游戏有诸多弊端,它意味着把维多利亚时代价值观中“克制、同情、无私等所有文明特征”变得根深蒂固(《瞬间》,129)。

但是,对于既想在男性社会中艰辛地争取立足之地,又不愿放弃自己对经验的独特理解的年轻女孩来说,这种表面顺从的社会人格有一点明显的好处。伍尔夫把它称为“肤浅的礼仪”,它能让“人表达很多东西,而这些东西如果你直截了当地说出来,恐怕是没人会听的”(《瞬间》,129)。虽然说受到的“得体”女性行为举止教育让弗吉尼亚和凡妮莎无法对她们在外围观看的马戏团式文化生活进行批评,这种教育却让她们得以逃离作为默默的观众的身份。正是“维多利亚时代的礼仪游戏”使她们学会了隐晦地表达对海德公园门22号的复杂感受。这个充满深红色天鹅绒、豪华长绒布的世界,这个镶着莓红色边框的黑色折叠门背后的世界,曾令她们感到热情洋溢,冷漠无情,甚至愚昧保守。正如伍尔夫在“茶桌训练”的定义中委婉表明的,它是表达自我的最好形式,因为任何直接、强烈的社会批判都注定会“无人聆听”。场景描绘的方法让伍尔夫能形象地再现难以用语言表达的过往经历,而这种说话方式同样让她能在不影响她参与家庭下午茶的同时表达自己的观点,因为她学会了根据自己的需要来颠覆这种方式,这就像《夜与日》中凯瑟琳·希尔贝里能在谈论曼彻斯特的表妹时不经意地表达自己的孤独感一样。伍尔夫在《往事札记》中提到,“当我重读《普通读者》中的旧文时,我发现了这一点。这些文章过于温和、礼貌和拐弯抹角,我觉得这要归咎于我的茶桌训练。我想起以前端面包给羞赧的年轻小伙子们送去的时候,不会直接明了地询问他们写的诗歌和小说,而会问他们喜不喜欢加奶油和糖”(《瞬间》,129)。尽管从某种意义上说,这种社交礼仪让她的认同矛盾变得根深蒂固，并因此造成写作风格和主题上的问题，但也可以说，正是这种礼仪才让写作变得可能。

随着她作为女性和作家的成长，她对其社会地位的束缚做出了新的应对，这种新根基便是早期孩提时的经历和母亲去世后在海德公园门度过的岁月。伍尔夫在《往事札记》中明确表示，“是我面对打击的强大接受能力让我能成为作家”，她还列出了使其学会核心创作技巧的三个突如其来的剧烈打击（《瞬间》，72）。社会学家阿尔弗雷德·舒茨指出，我们对“现实”的认知取决于我们如何将遭遇的人和事纳入我们的世界，“当我们突然被迫从一个‘世界’……进入另一个‘世界’时”，我们会“体验一种特殊的‘冲击’”。在舒茨看来，这些冲击性体验是本体相对主义的产物：“我能给现实加上多少种意义，就会有多少种冲击性体验。”[①]描写冲击性体验是伍尔夫在小说中的惯用手法，这既包括克拉丽莎·达洛维听到塞普蒂默斯·史密斯自杀后感到的巨大冲击，也包括拉尔夫·丹厄姆站在海格特公寓的窗边欣赏伦敦风景时，突然意识到自己爱上了凯瑟琳·希尔贝里时所感到的轻微冲击。这两种不同程度的冲击（既可以是由内部也可以是由外部原因导致的）体现了舒茨提到的多种特征：它们都发生在一种现实框架遭遇另一种现实框架的碰撞之时，它们都向任何一种对现实的认知提出了挑战。它们还同时具有一种社会政治维度，让主体学会包容地看待陌生的体验、不同的存在方式和陌生人。当母亲去世后，成年的伍尔夫发现自己变成了男权世界的局外人时，她便从儿时所经历的三段冲击性体验中学习对新环境的适应能力。她和姐姐凡妮莎都把“生活看作一种努力在社会中争取立足之地的抗争”，她们努力逃离

① 阿尔弗雷德·舒茨，引自欧文·戈夫曼，《框架分析》，4。

"屋中天使"的角色,因为她们亲眼看到这个角色已经先后毁掉母亲和同父异母的姐姐斯黛拉·达科沃斯·希尔斯(《瞬间》,124)。

于是,为了使自己变成女性世界里的局内人,姐妹俩重构社会的技巧日益谙熟。伍尔夫回忆到,她们之间建立了"非常紧密的反叛同盟","在男人来来往往的男性世界里,我们形成了私密的小团体……我们共同在大世界内部建构了一个小世界。我们形成了无比坚固的同盟,我们从同一个角度看待……每一件事,形成对我们有利的局势"(《瞬间》,123—124)。重构框架,即重新对社会情景进行定义的行为为伍尔夫成年后带来了新的可能性,让她能在无需抛弃对独立自我身份认知的前提下重新找回母亲去世前她所感受的与环境的和谐统一。这种重构框架的行为让人再次联想到回忆中坐在母亲腿上的那个小女孩,因为这个场景暗含了对人像/背景关系进行颠覆的可能性。母亲对小女孩而言,既是背景又是人像;小女孩既是(实际意义和潜在意义上的)人像又是母亲的背景,她对母亲充满崇拜和依恋。人像/背景关系本身也暗含着框架重构:这种颠倒互换性正是这种视觉错觉的魅力所在。虽然长大之后,伍尔夫和姐姐凡妮莎共同对世界的认知进行了重构,然而,这种重构技巧她早已从儿时所经历的三个巨大冲击中获得。所有这些儿时的冲击性体验都代表了伍尔夫对世界认知框架的重构,这既是为了将脑海中原本分开的事情联系起来,也是为了寻找认知现实本质的新方法。伍尔夫把它们看成其写作冲动的源泉,诸多分析也表明它们的确为她带来了新的可能性及其政治和美学理念上的转变,让她无论在布鲁姆斯伯里的家里还是在小说界,都获得了一间她自己的房间。

这三个"特别的瞬间"反映出伍尔夫对冲击性体验的应对方式以及对于作为女作家所面临的几个关键问题——拥有权力和失去

权力、异化以及共同体——的处理方式(《瞬间》,71)。此外,母亲茱莉亚·史蒂芬去世前的这些瞬间也预示了后来伍尔夫在面对母亲去世后所扮演的新角色(即作为海德公园门 22 号里男人们的观众和背景)时的策略,因为这些瞬间已经为此做好了铺垫。虽然这些事件都发生在塔兰德庄园时期,它们却表现出一种对陌生体验的包容性,这种包容性也是成年时期伍尔夫城市观念的变化以及基于都市环境的政治和美学观点的核心。“第一个瞬间:我和托比在草坪上打架。我们的拳头像雨点一样砸向对方。可正当我又挥起拳头准备打他的时候,突然有个念头闪过:为什么要伤害别人呢? 我随即放下拳头,呆呆地站在那里,任凭他的拳头向我袭来。我仍然记得当时的感觉,那是一种无助的悲伤,仿佛我开始意识到一件恐怕的事情,也意识到我的弱小无助。”(《瞬间》,71)这段最早让她感到强烈冲击的瞬间带来了复杂的认知,因为小女孩并不清楚她感到无助悲伤的原因。究竟是因为她第一次感到对权力的渴望和它潜在的压迫性后果,还是因为她突然发现托比所蕴含的可怕力量? 在这个冲击瞬间,这两种原始、全新的情感可能都会让她感到不知所措。然而,它们并不能帮我们确定让她觉得害怕和压抑的根源。这个儿时的瞬间戏剧化地呈现出伍尔夫成年时期对压迫和共谋的恶性循环的理解,这种恶性循环为父权社会中不平等的男女关系所特有,它源于(后面章节会对此进行讨论)强制女人变成男人“放大自尊的镜子”的做法(《房间》,100)。在《空袭中对和平的思索》这篇才华横溢的后期随笔中,伍尔夫提出了“潜意识希特勒主义”的概念,这个概念的核心要素都在这段早期的儿时经历中出现:女孩和男孩打架,当女孩准备保护自己的时候,她打架的意愿奇怪地消失了,她发现取而代之的是一种被动和受伤害的意愿。她无法主动否定男性作为统治者和胜利者的角色,她对他们的爱让她甘心顺从。她心爱的哥哥托比后来激发她创作了《雅各布的房间》这部才思敏捷的反战小说，不过，在这里他代表的是一位压迫者，这位压迫者有一位完美的共犯——作为受害者的妹妹[1]。

伍尔夫最早的这段经历之所以会让人感到被动和悲伤，是因为它揭示了一个给人冲击的事实，那就是拥有权力与丧失权力、拥有意愿与丧失意愿、女人关爱男性的行为与女人缺乏自己行为能力之间存在某种关联。让年幼的伍尔夫备受折磨的不仅是与哥哥之间的异化，还有与自身所具有的能量之间的异化。在下面这个冲击性瞬间中，异化以最普遍、最尖锐的形态出现——一位家庭世交的自杀让震惊愕然的她跌入绝望的深渊，无法动弹，无能为力。

> 有天晚上，我们坐在餐桌前等着吃饭，我无意间听到父亲或母亲说，瓦尔皮先生自杀了。我对之后发生的事情毫无印象，只记得晚上我在花园里散步时经过一棵苹果树，我总觉得这棵苹果树和瓦尔皮先生自杀有关，吓得不敢往前走。我站在那儿呆呆地看着树皮上灰绿色的树纹——月光洒下来——我心惊胆战，精神恍惚，好像被拖入了绝望的深渊，我想挣脱却又无能为力，全身瘫软，动弹不了。
>
> （《瞬间》，71）

这种与人类社会的异化感与上文提到的权力尽失感一样，将她拖入"绝望的深渊"，让她无法动弹。她无法保护自己，无法绕过

① 关于伍尔夫回忆录中这一场景的和平主义与文化含义及其所代表的兄妹关系，参见萨拉·鲁迪克的《私人兄弟，公共世界》。

这棵有不祥征兆的苹果树，在她震惊的注视下，伊甸园般美好的树干变得如地狱般恐怖。这个突如其来的冲击，和之前的冲击一样，将她带入一个新世界，使她的精神和感官都变得麻木。除此之外，如果说孤独会给她带来伤痛，那么建立联系也同样是矛盾和痛苦的。伍尔夫与托比一直以来的亲密关系使她不能进行合理的自卫；苹果树与瓦尔皮先生自杀之间的神秘联系为私家花园里美好的果树蒙上了不祥的征兆，它仿佛月下阴森的哨兵，挡住了她逃离“绝望的深渊”的去路。

伍尔夫在《往事札记》中所分析的第三个巨大冲击瞬间也同样具有恍惚和历历在目的静止特征。它对伍尔夫的美学理论产生了深远的影响，代表了她针对冲击性体验所做出的截然不同的最终反应。不管是和托比打架，还是听到瓦尔皮先生自杀的消息，这两段冲击性体验都是由外部因素造成的，都伴随着“心理上的巨大恐慌和身体的瘫软”。伍尔夫在后来回忆时发现，在这两段经历中她与新世界所建立的关系是相同的：这个新世界似乎总是“主导一切”，而每次她似乎只能“被动接受”(《瞬间》,72)。与此相反，在第三个“特别的瞬间”，冲击是由内在因素驱动的，它不仅带来了满足和平静，其结构还体现了联系所包含的赋予生命的力量。尽管第三个瞬间的构成要素和前两个瞬间相似(时间也是在早期孩提时，地点也是在家里圣艾夫斯用来避暑的庄园，具体地点还是在之前带有不祥征兆的花园门前)，它所带来的结果却截然不同。“我当时正在观赏花园前门的花坛。‘浑然一体的美啊！’我不禁感叹道。我看着一株植物正舒展着它嫩绿的叶子，突然感到豁然开朗，花朵本身就是世界的一部分，花坛的边缘将花朵围住，那才是真正的花，它既是花朵，也是世界。”(《瞬间》,71)虽然第三个“特别的瞬间”与前两个瞬间有所不同，这一“冲击”的性质是一种突如其来的认知，而不是突如其来的（具有攻击性的）行为或事实，但伍尔夫之所以会觉得这个瞬间“可能日后会有用”（《瞬间》，71），原因并不在此。正如她在《往事札记》中所解释的，这标志了她针对冲击性体验所做出的全新的积极应对。面对新世界的“袭击”，她不再麻木地蜷缩起来，而是去接受它，甚至拥抱它。在面临新事物的冲击时，她学会了通过理性分析来“进行解释”，来缓冲“大锤般砸向我的巨大冲击”（《瞬间》，72）。尽管这里对理性分析的运用带有自我保护性质，伍尔夫的童年回忆录和后期散文都表明，她运用理性分析的目的不是为了逃避新事物，而是为了接受它，欢迎它，吸纳它。智慧会伴随阅历增长，伍尔夫在这三段儿时的冲击性瞬间中学会了用创造性思维的强大意识和意志来对抗突发冲击所带来的无助和被动。在第三个瞬间，她惊愕地意识到花与大地、空气之间的有机统一，但对此她既没有麻木地蜷缩起来，也没有逃避，而是像济慈那样迈步朝它走去。她用“思想的问候”吸纳那些给她带来冲击的体验，正是因为这种接纳，她的世界才变得更丰富，更复杂多样。

长大之后，伍尔夫仍不断面临这种冲击性瞬间，对此她一直保持着积极应对的态度，这最终变成了她写作理念中不可分割的一部分。“[虽然]我仍会遭受突如其来的冲击”，她在生命最后的日子里写道：“现在我总是欢迎它们的到来；在起初的震惊之后，我总是能很快发现它们独特的宝贵之处。”（《瞬间》，72）伍尔夫在这一系列的巨大冲击中学会了愈合不同世界之间、不同人之间以及自我的各部分之间的裂缝，这对她青春期和成年后早期而言具有极为重要的意义。在痛失母亲之后，她的个人生活不再统一和谐，而是分裂成公共与私人、男性与女性、主动与被动等对立领域。这种二元对立的世界观产生的原因既在于早期幼儿时期形成的矛盾性认同，也在于史蒂芬家庭中女性所受教育的二重性。

母亲的去世以及她对自身和世界形成的全新认知对伍尔夫产生了深远的影响,她通过“接受冲击的能力”找到了自我保护和修复性的应对方式,从而得以从童年的废墟中拯救出独立且富有创造性的自我。她在《往事札记》中这样解释:“只有将它付诸文字,我才能把它(冲击性经历)变得完整。这种完整性意味着它已经丧失了伤害我的力量;我把这些碎片用文字拼凑起来时——可能是因为这样做会带走痛苦吧——感到非常愉悦。”(《瞬间》,72)然而,伍尔夫不仅是在把割裂的经历缝补起来,她也是在用她的智慧构想一个崭新的世界,一个更大、对新经历更为包容的世界。

这种内在的心理变化也与外部的变化相呼应。1904 年 2 月 22 日,在经历了漫长的病痛折磨之后,莱斯利·史蒂芬爵士逝世了。弗吉尼亚为他付出了最尽职最无微不至的照料,然而,她的悉心照料之下也隐藏了一种强烈的矛盾,父亲的病痛要求她不断做出牺牲,而这种牺牲也让她希望父亲能早日解脱。在一则写于 1928 年父亲生日那天的日记中伍尔夫写道:“如果父亲还在世的话,他应该有 96 岁了,是的,今天就 96 岁了。他可能会活到 96 岁,就像其他我们认识的那些人一样。幸亏他没有。他的生命可能会彻底结束我的生命。如果他还活着,会怎样呢?不能写作,不能看书——难以想象。”(《日记三》,208)如果说失去母亲茱莉亚·史蒂芬意味着伍尔夫即将进入一个被边缘化、充满矛盾的新纪元,那么失去父亲则让她迈入一个探索精神和社会的新时期。父亲去世后,史蒂芬家的孩子们决定从肯辛顿搬到布鲁姆斯伯里。“凡妮莎盯着伦敦地图,看他们[①]离我们[②]有多远,最后我们决定一起离

① 指的是已经搬离海德公园门 22 号的乔治、杰拉尔德、劳拉和杰克。——译者注

② 指的是其余四个仍旧住在海德公园门 22 号的史蒂芬家庭成员。——译者注

开肯辛顿，到布鲁姆斯伯里开始崭新的生活。"(《瞬间》,162)这不仅是一次搬家，更是一次重生，这种空间环境的改变让她感到振奋不已：光线、空气、汽车的轰鸣、游荡的奇奇怪怪的各色人物，以及"空间的大幅增大"，所有这一切都让戈登广场46号变成了一个重要的、全新的环境。这种场景的变化也带来了社会关系和个人追求上的变化。"我们进行了彻头彻尾的实验和改革……我们打算画画，打算写作……一切都将是崭新面貌；一切都将不同。一切都是新的尝试。"(《瞬间》,163)

在早期回忆里，伍尔夫表达了母亲去世后她所经历的与他人之间关系以及内在心理结构上的改变。在她的新认知中，世界是充满敌意、都市、由男性主宰的，自我是无助、被边缘化的。这使她不得不面对这样一个困境：如何在社会中找到她作为女人、作为作家的一席之地。对此，她采取了两种对策。首先，她学会了适应社会，用礼貌客套的语气表达批判性的观点。之后，她学会了对世界进行框架重构。这体现在她在三个儿时"特别的瞬间"应对冲击方式的改变上，这种策略能让她在由男性主宰的现代都市里构建女作家独立而富有创造性的生活。弗吉尼亚和姐姐不再蜷缩在海德公园门的客厅里，她们自由自在地生活在布鲁姆斯伯里。她在那里获得的认知——无论是对城市还是对自我的认知——都成为了伍尔夫成年后早期最重要的成果。

第三章　发出独特的声音

从初出茅庐的作家练习期(1897—1904),到 20 世纪 30 年代中期声名鹊起,一直到 1941 年去世,伍尔夫将城市书写贯穿始终。尽管她的所有作品都在某种程度上对女性主义问题有所探讨(这些探讨包括女性的社会地位、女性作家的经验以及两性之间物质财富占有不均等),但是对女性主义批评来说,她探讨都市主题的作品具有一种特殊意义。这是因为这些都市小说和散文中存在一种女性主义关注与抵牾女性的传统环境之间的并置,反映出伍尔夫在男性文化领域为发出自己独特的声音、表达自己独特的观点而做的抗争。在伦敦散文中,由于没有情节和人物塑造的负担,伍尔夫可以自由地表达政治信仰,但是她平生最厌恶道貌岸然的说教,于是她以描绘城市肖像为契机,对这些主题进行间接讨论,或对社会进行批评,或探讨女性主义价值观。仔细研究她于 1903 年至 1932 年间所写的散文就会发现,它们不仅反映她通过"茶桌训练"学到的间接表达方式,也体现她在两种认同之间的持久挣扎:

一边是对她所处男性文学和社会传统的认同,一边是对更为颠覆性的女性和局外人传统的认同。

1897年到1909年这12年间,弗吉尼亚·史蒂芬写了大量的日记和练笔作品,对不同写作方式进行实验[①]。尽管在此期间她的所有作品都能反映她作为作家的成长过程,也都值得我们去仔细探讨,然而1903年她住在海德公园门时期写下的探讨女性主义主题的日记对都市环境的运用最为频繁,最具创新性。从她作品的内容可以看出,伦敦是她讨论最多的主题之一。这些日记记录了伦敦的地理环境、社会和氛围,例如:《女王门之舞》《社会成功所感》《花园之舞》《汉普顿宫之旅》《艺术派对》(一则关于学院社交晚会的随笔)《伦敦乡村》《厄尔斯法院》(关于厄尔斯法院展览)《伦敦》以及《蛇形湖》[②](关于一名年轻女子的自杀)等。伍尔夫之所以会写这么多关于伦敦的日记,一个很显然的原因当然是她住在那里。她把日记当作画家的速写本,而她居住的城市就是她练习技巧的素材。然而,伍尔夫在练习期间的这几篇日记,尤其是在1903年住在海德公园门时期写的日记,也反映出她努力在由男性主导的文学和社会传统中寻找立足之地的抗争,而伦敦正是这一传统的代表。从这些日记中我们可以看到伍尔夫作为一名踌躇满志的作家所对抗的诸多核心问题:女性生活中社会职责的重要性、获得独处时间的艰难,以及用女性视角来认知经验的正当性。伍尔夫在试笔的同时,也在尝试发出自己的声音,在女性和局外人讽刺、试探的语气与男性作家们平和、客观的语气之间不断切换,后

---

① 在笔者写作时,路易斯·A. 德萨沃和米切尔·A. 利斯卡仍在编辑伍尔夫早期的日记。笔者很感激他们能分享其研究。

② 伦敦海德公园门附近一个著名的湖,因湖的形状蜿蜒曲折而得名,英文名为“The Serpentine”。——译者注

来她(机智地)以作品《一间自己的房间》实现了这种尝试。

《存在的瞬间》是伍尔夫对1895年母亲去世到1904年父亲去世间这段岁月的回忆，这段岁月充满焦虑和忧郁。她的回忆录表明伦敦似乎对她的创作追求极为抵牾，作为一个练习作家她在那里无法拥有自由和独处时间，找不到归属感。写于1903年海德公园门时期的日记中，有很多细节都佐证了她这种总体感受。这在写于1903年年末的一篇日记，一则关于“伦敦乡村”的练笔中有明确的表达。这篇日记反映了伦敦这座城市不适合学习——至少对女性而言是如此:“伦敦的氛围太闷热——太焦躁。我拿起书阅读——随即放下，我想——我，作为一个女人，有什么权力来阅读男人写的这些东西？他们若是看到我，定会大笑。”作为一个女人，我有什么权力？对于写于1903年的日记来说，这个问题最为关键。在这期间的日记中，她用都市主题的写作习笔探讨了女性作为作家和读者的正当性、女性擅闯男性文学领域的恐惧以及女性履行社会职责和追求个人发展在时间上的冲突等诸多问题。除此之外，这些日记还预示着伍尔夫后期小说和散文中的情节和主题。

海德公园门时期的日记中，第一篇名为《女王门之舞》。这篇习作可以看出小说《岁月》中《1907年》这章内容的雏形。在《岁月》中，莎拉·帕吉特因为被隔壁花园里传来的舞会音乐吵得睡不着，便读起索福克勒斯的《安提戈涅》，想象着一名年轻男子和一名年轻女子在舞会上的浪漫邂逅。这篇习作同样以人物被音乐吵醒开头:叙述者(很可能是伍尔夫本人，因为其童年回忆和伦敦住址都与伍尔夫相同)被音乐吵醒，而这让她想起小时候每当她害怕时，都会爬到姐姐床上寻找安慰。虽然一开始音乐让她想起童年时的“极度恐惧”，而“在清醒地对它进行思考之后”，成年后的她用“批判性思维”化恐惧为理解，进而意识到这恐怖的音乐声是“女王门——就是那排海鸥常常飞过的高房子，并不是我们街上——舞会的特色”。接下来在这篇习作中，我们会看到一种对比：一边是音乐演奏者们工作的疲惫不堪，一边是他们弹奏的音乐所散发出的原始能量。音乐仿佛在向一对对舞动的人们施展邪恶的力量，这个意象与《远航》中的舞会场景有些相似，只是少了份欢乐、乐观的气氛：

> 他们舞动着，仿佛苍白的魅影，因为只要音乐没有停止，他们就必须舞动——没人能帮他们……他们被音乐吞噬。他们看着多么疲惫啊——苍白的男人们——眩晕的女人们。犹如皱巴巴的丝绸，犹如干巴巴的花朵。他们不再是舞蹈的主人——而是它在主宰他们——它失去了一切快乐和生命——它是恶魔——是不断摇摆身体的狂暴毒蛇，留着冰冷的汗水痛苦地翻腾，将虚弱的舞者们压得粉碎。

这种舞动强迫症让人联想到伍尔夫在《存在的瞬间》中描述的一段相似的亲身经历：社会的莫名执念，僵化的社会准则规定女人要待在客厅，而男人却可以参与社会公共生活的僵化社会传统，以及舞会给她带来的欢乐与耻辱参半的感受。伍尔夫觉得在这类社交场合下，她的作案视角提供了有益的帮助。和上文习作里提到的一样，她需要确定这种一开始听起来让人恐惧的音乐所具有的真正含义。她在《存在的瞬间》中这样解释：

> 我还记得这些舞会给我带来的耻辱——我不会跳舞——和挫败感——我不会跟年轻男士聊天。我也记得让我开心的是，有个朋友从未舍弃我——这个场景我以后会专门描述。

也有让人兴奋和狂喜的时刻。但是1900年社会传统的压力几乎禁锢了所有的自然情感。或许是因为我太年轻,或许是因为我不适合这种场合。总之,我从来没有遇到能建立起真正交情的男人或女人。我只会感到兴奋:简而言之,满目都是锦衣华服、流光溢彩、歌舞升平;还有独自一人的怪异与陌生:我孤零零的,旁边是一些素不相识的陌生人……舞会散场后我回到自己的房间,我会发现房间是如此狭小,如此凌乱;我还会沉浸在舞会的欢愉中久久不能平静;我会躺在床上,辗转反侧地回想我说过的话、听到的话和做过的事。直到第二天早晨我读索福克勒斯的书时,舞会的情景还会在脑子里盘旋。

(《瞬间》,134)

伍尔夫少女时期参加舞会的记忆不仅对《往事札记》影响深远,也影响着比《往事札记》早30年写下的这篇习作。《往事札记》不过是将《女王门之舞》隐含的内容表达得更清楚:舞会对史蒂芬家的女人来说,不仅仅是一种娱乐活动,还是"争吵……努力……耻辱",是被乔治·达科沃斯强迫参与的痛苦的社会场合(《瞬间》,135)。《女王门之舞》中,音乐幻化成恶魔般的毒蛇,把它的意志强加于舞会的男女之上,将虚弱的舞者压得粉碎,而达科沃斯也同样地把妹妹们的个人欲望压得粉碎,迫使她们进入社会这台"坚信女孩必须要变成已婚的妇女……从不质疑、毫无仁慈、丝毫不在乎女性其他欲求和其他才华"的"高效机"(《瞬间》,135)。《往事札记》中,伍尔夫在读索福克勒斯的时候仍会想起前一晚的舞会——这或许是因为《安提戈涅》中的克瑞翁让她想起乔治·达科沃斯这位暴君般同父异母的哥哥。伍尔夫对这种父权压迫的憎恶贯穿她的一生。在后期作品《三个基尼》中,她将这比作"独裁者克瑞翁的声音”:“不管城市会指派谁,那个人的意志都必须得到服从,不论是小事还是大事,不论是公正的事还是不公正的事……我们必须拥护秩序的大业,绝不能容忍女人来损害我们……她们必须老老实实做女人,不能四处闲逛。”(《基尼》,141)同样,当《岁月》中的莎拉读索福克勒斯的时候,她的姐姐正在参加舞会——等待“变成”已婚的妇女。正如后来尤金·帕吉特对女儿解释的那样:“‘你参加舞会,亲爱的玛姬,不是去和你的表姐妹聊天的。你参加舞会是去——’此时,舞会的音乐突然响起。”(《基尼》,142)在《女王门之舞》中,邪恶的舞会音乐体现出伍尔夫成熟作品中的一个核心主题:社会对女性的压迫使她们不能探索自己的其他欲望和才能。

在这些习作中,就像她在实际生活中所做的一样,伍尔夫把写作当作抵抗社会压力的武器。写作能让她找到(女王门舞会上)音乐让人害怕的原因,然后把被舞会音乐勾起的那些曾经遭受的家庭阻力(乔治·达科沃斯要求他的妹妹们和他一起参加舞会,目的就是让她们找到结婚的对象)被泛化为带有神秘色彩的力量(鬼魅的舞者们仿佛被毒蛇所胁迫),从而减少它对个人的威胁力。习作还描绘了一种极具都市色彩的事件——无意间听到的音乐或者噪音,以此为契机,展开对诸多女性主义主题的探讨,这些主题不断在伍尔夫的作品中重现,对理解她的作品有重要意义。

《社会成功所感》是海德公园门时期日记中的第二篇习作,它通过描写一个对社会礼仪乐此不疲的人物,似乎在某种程度上回答了《女王门之舞》中提出的问题。它想象了一位成功的年轻社交名媛,与明显没有社交天赋、把早晨看作履行晚上社交活动义务之余宝贵休憩的史蒂芬家女儿们恰恰相反,对于这位名媛而言,每晚的社交活动比早晨要重要得多。虽然伍尔夫这篇随笔的写作技巧和更成熟的后期伦敦随笔《牛津街之潮》相似,同样借一位“道德家”之口对身边所遇的问题进行评论，但该角色在这篇习作中所发挥的功能和后期截然不同。这位“道德家”似乎是在为伍尔夫自己代言，认为沉迷于社交场合“非常做作”。而这篇随笔最后得出的结论却又与之相悖：“事实上，一个人想要获得社交上的成功需要英雄般的勇气。”虽然这篇习作似乎是在表达传统价值观战胜了一种独特的（典型伍尔夫式的）对社交活动刻意做作的不屑之情，它其实也通过对一种典型都市现象——社交名媛——的沉思，引发诸多对作家具有重要个人意义的主题的思考：女人因社交生活和智力生活而产生的时间冲突、进入社交场合所需要的勇气，以及一生致力于社交追求的道德性。

对海德公园门时期日记中的其他内容进行粗略分析后，我们不难发现伍尔夫以城市为契机探讨女性主义问题的其他例子与为后期成熟作品做铺垫的其他段落。《花园之舞》描写的是仅隔着三个街区在肯辛顿公园举办的一场舞会所带来的巨大社交压力。在她的眼中，人们仿佛“苍蝇一般在黏稠的浓汤里挣扎”，这个意象后来也在《新裙子》一文中出现。《汉普顿宫之旅》赞美人迹罕至的伦敦郊区，同时又对著名景点包围她的人潮颇为不满，让人想起《一间自己的房间》里表达的对独处的钟爱。《艺术派对》中对男女着装差异的探讨映射出《三个基尼》的影子。讲述者注视着伦敦学院社交晚会上的人们，像审视艺术品一样审视他们，发现晚会上的女人们“身着最奇特的着装，仿佛是为了弥补她们缺乏明确秩序的遗憾”。这个意象预示了后来她对女性衣着的描绘：当了母亲的女人为了显示身份，在“左肩上饰有一撮马毛”（《基尼》，21）。在《蛇形湖》这篇凄美而令人难忘的习作里，伍尔夫记录了一名跳湖自杀的年轻女子留下的遗书：“没有父亲，没有母亲，没有工作。”这篇随笔似乎诡异地预言了伍尔夫自己的未来：那时痛失母亲的她很快又将失去父亲(莱斯利・史蒂芬在来年的2月便离世了)。能从事写作是她毕生的慰藉,然而当连写作都变得不可能实现时,她也将面临自杀的终结。《蛇形湖》表达了伍尔夫对于写作"非生即死"的信念,正是这种信念使她克服了1894年到1904年间巨大的焦虑,在此期间她身处父权的伦敦,对自己作为女性作家的能力和正当性都产生了质疑。

尽管在1903年,这座城市的环境似乎一直充满敌意,但是自从1904年2月莱斯利・史蒂芬去世,它开始具有截然不同的意义。1904年5月,伍尔夫经历了第二次严重的精神崩溃,在家庭医生乔治・萨维奇医生的建议下,她不得不离开伦敦很长一段时间(《昆汀一》,90)。她先寄居维奥莱特・狄金森位于韦林的家中,之后去了诺丁汉郡,后来寄居在姑姑卡洛琳・艾米莉亚・史蒂芬剑桥的家中,最后居住在玛琪和威尔・沃恩位于约克郡津格尔斯威克的家中。这段期间的书信可以看出她因远离心爱的伦敦所感受的强烈痛苦,她越来越把伦敦与身心劳动所带来的愉悦联系起来,而萨维奇医生禁止她进行任何劳动,因为会对她的精神状态构成危害。从她在这期间写的两封信中摘取的如下内容也能说明她对回到这座城市的渴望以及她把伦敦看作身心劳动之场所的事实。这两封信都是写给她的第一位精神导师维奥莱特・狄金森的:

> 人们说,能离开伦敦我应该感到多么幸运,多么欣慰。但他们并没有意识到,伦敦对我意味着家、书籍、画和音乐,而这一切,2月至今我都未曾再见到——这八个月所经历的苦痛是我一生从未经历的。
>
> (《信一》,147)

凡尼莎那个又老又傻的家伙一直盲目听从萨维奇的那些理论。我难以想象还有人傻到相信医生说的话。我知道他会立刻爬下来告诉我事实的真相。真相就是我在伦敦比在任何一个地方都思维敏捷,精神焕发——就像在看待独自散步、一人独处这些事情上,他也不得不承认我的看法一样。在我看来,似乎,我的一生就是同医生的愚昧不断抗争的过程。

(《信一》,159)

1905 年 1 月,萨维奇医生认为伍尔夫已经康复,因此准许她返回伦敦。返回伦敦后不到一个月,伍尔夫就把她对伦敦的新认识写成文章并发表在《国家评论》上。她在当时的一则日记中暗示了这篇看似简单的文章内容具有反叛性:“整个早上都在写一篇文章,希望它能让利[利奥·马克西]满意。我写的是关于音乐!——自然靠的更多是想象而不是事实。写作让我颇为愉悦,鉴于我总是被叮嘱不写作会有利于精神健康。”《街头音乐》是伍尔夫发表的第一篇探讨城市主题或以城市为背景的随笔,它记录了她被禁止精神创作、身体锻炼、独处和拥有都市生活的经历。这篇文章关注的焦点是街头音乐家——那些游荡在都市的局外人。它以夹杂着居高临下和讽刺的语气,描绘出一幅奇幻的街头音乐家肖像:他们仿佛重回人间为人类带来威力无穷、超脱尘世的音乐艺术。虽然它的结论并不算伍尔夫最成功的社会批判(例如逻辑清晰、矛头锋利的《三个基尼》),但它在看似荒诞之间也流露出音乐所具有的潜在社会变革力量,这种力量在她后期成熟作品中也有进一步探讨:

假如……慈善家捐赠给穷人的不是图书馆,而是音乐,那

> 么每个街角都会听到贝多芬、勃拉姆斯、莫扎特的旋律，所有的犯罪和争吵可能都会很快消失殆尽，双手的劳作和心里的念头都会温顺地伴随音乐有节奏地舞动。那么，不把街头音乐家或任何阐发上帝之声的人看作圣人，将会是一种犯罪行为，我们生命里每个清晨到黄昏都将伴着音乐之声。
>
> （《街头》，148）

《夜与日》中希尔贝里夫人强烈地渴望“整天站在那个十字路口，大声说：‘亲爱的人们，请读莎士比亚吧！’”（《夜》，306）而这种穷人能免费享受音乐，每个街角都会响起贝多芬、勃拉姆斯和莫扎特的幻想，正是这种冲动的前身。此外，这种幻想与后来伍尔夫在《往事札记》中形成的有关艺术和人类经验之间互动关系的哲学如出一辙：“这个想法一直存在我的脑海里……整个世界是一件艺术品；我们都是这件艺术品的组成部分。《哈姆雷特》和贝多芬的四重奏都揭示出我们称之为世界的这个巨大事物的真相。而莎士比亚并不存在，贝多芬并不存在；上帝也无疑断然不存在。我们就是语言，我们就是音乐，我们就是事物本身。”（《瞬间》，72）

在1923年11月的一则日记中，伍尔夫进一步拓展了人性构成艺术这一观点，和《街头音乐》一文一样，将此观点与都市环境联系起来。这则日记的字里行间都强调一种重要的艺术区分：被幽禁在图书馆、博物馆和音乐大厅的艺术与街边艺术。伍尔夫修改了有关艺术的概念，着重强调艺术的产生是浑然天成、机缘巧合的，而不是正式、刻意而为之的，无论是街头音乐还是城市自然的布局本身，都是如此：“走在滑铁卢大道的感觉是如此美妙，我突然感到，我们正在书写莎士比亚。这句话的意思是当鲜活的人们……制造了美的效果，它不需要被称作艺术品，美就像这些人与

图1　街头艺术家：那些都市局外人
图片来源：1884年，纽约公共图书馆收藏。

生俱来的天赋，那么——我想说的究竟是什么意思呢？——不知怎地，它就像莎士比亚的书一样感染着我。不，它的生命，在这些美妙的周遭里生生不息。”（《日记二》，273）

当伍尔夫在平凡的生活中发现艺术特质时，她没有选择赞美艺术，而是选择歌颂平凡。因此，在《街头音乐》中，她为后期成熟作品中将反复重现的主题奠定了基调：我们当中无数的潜在艺术家，他们之所以无人知晓，只不过是因为缺少了正确的鼓励、良好的环境或者表达的天赋：

> 无论他们表演得如何，我们必须要永远对他们付诸的努力温柔以待，他们是如此真诚地试图把身体里的音乐表达出

来，因为理解的天赋必然高于表达的天赋。街上车辆飞驰而过，这些男男女女的街头音乐家们努力弹奏着那未完成的协奏曲，然而他们注定表达不出这首曲子。可是音乐大师们却能毫不费力地通过优美的表达吸引千万人聆听。我们完全有理由认为，这些街头音乐家们和音乐大师们的才华一样伟大。

（《街头》，145）[①]

在《街头音乐》中，我们听到了一个年轻作家发出的声音。对于勇于追求的艺术家，她不仅能温柔地给予理解，而且比起《存在的瞬间》里那个成熟的伍尔夫，她在这里的态度显得更传统、更犹豫。尽管如此，这篇最早发表的伦敦随笔仍然反映出伍尔夫后期创作的诸多特点：强调艺术取材于平凡生活，以都市主题为契机来探讨在作为练习作家时她所面临的诸多重要问题等。这些重要问题包括：恶意评论所带来的可能性，这对博学多识的艺术家的影响以及艺术创作的报酬等。或许，这篇随笔最特别的地方在于，它所描绘的街头艺术家其实是女作家的一种类比，这种比喻虽然令人惊奇却极具说服力。和女作家一样，街头艺术家也是通常不为社会所欢迎的一类人："居住在伦敦多数广场附近的居民都直白地抱怨'街头音乐家扰民'，他们专门把这句简短的音乐批评和其他维护广场安全和正确行为举止的条例一同刻在告示牌上。"（《街头》，144）但是和那些坚持不懈的女作家一样，街头音乐家也学会了对"批评毫不在意"："街头艺术家很明智地对英国公众的判断嗤之以鼻。"（《街头》，144）和女作家们（以及广义的所有女人）一样，街头

---

① 这段话预示了伍尔夫在《一间自己的房间》中写的有关莎士比亚的妹妹的故事，及其对那些无名之辈的现实生活的持续关注。

音乐家辛苦付出获得的收入也少得可怜——或者根本赚不到一分钱。正如女作家被约翰森、劳伦斯等男作家们视为偏离传统女性角色的丑闻一样，街头音乐家们所从事的职业在墨守成规的传统家庭看来似乎“漂泊无依，离经叛道”。事实上，不仅是街头音乐家，“所有的艺术家”都被英国公众看作“缺乏男子气概”，因为他们“把那些良好市民们尽力克制的……想法和情感表达了出来”(《街头》,145)。《街头音乐》不仅把街头音乐家看作饱含深情、敢于表达、特立独行、收入微薄或毫无收入、易遭恶意批评和社会驱逐的“圣人”，同时也用都市主题对伍尔夫为自己所选择的角色——女作家——进行了无声却有力的捍卫。

在《街头徘徊》(1927)一文中，伍尔夫再次运用都市主题对《街头音乐》中探讨的一系列问题进行分析：一家之主的光鲜体面与流浪者的破烂不堪之间的对比；城市环境所具有的解放性；社会对信仰和情感表达的禁锢等。伍尔夫写于 1925 年的一则日记也进一步探讨了《街头徘徊》中看似简单的情节所暗含的其他主题：写作对于伍尔夫生命的意义；通过想象将两段毫无关联的经历联系起来的愉悦；城市对于建立这种联系所具有的重要意义等。她写道：

> 幸福就是有根小绳，各种事情都会连缀起来。比如，去贾德街裁缝店，或者想象她能帮我做的裙子的样子，想象它已经做好了——这根绳子随意落入满是珍宝的海就能带起一串附着其上的珍珠。倒霉的墨菲真不幸……她没有绳子放入碧绿的海浪：对她而言，事情之间是没有关联的，变不成那些装满幸福的迷人包裹，而我的一生都可能充满这种关联。我喜欢伦敦初夏的生活——街头出没，广场游荡。如果我的书(我从

不提起莱纳德的小册子)能获得成功,如果我们能在蒙克斯开始建造……如果——如果——如果——

(《日记三》,2)

尽管伍尔夫在日记中记录的伦敦漫步时间是在初夏,随笔中却表示"时间应该是晚上,季节是冬季"。《街头徘徊》对两年前的这篇日记中提到的主题在很多方面都进行了戏剧化处理。日记结尾时的写作主题("如果我的书……能获得成功")演变成随笔开头使用的借口:买铅笔的需求成为"在茶点和晚餐之间漫步穿行大半个伦敦"(《飞蛾》,20)。(这次漫步之旅也呼应了她日记中幻想的贾德街裁缝店之旅。)和伍尔夫在日记中擅用的手法一样,《街头徘徊》的结构是插曲式的,这些或悲伤、或富有戏剧性、或喜悦的小故事穿插其中,构成了《街头徘徊》的快乐。正如她在日记中把幸福归结为那个"各种事情都会连缀起来"的"小绳",《街头徘徊》中她在"漫步伦敦的大街小巷"时发现了"冬季城市生活最大的快乐",获得了不同的都市体验。最后,正如她在"倒霉的墨菲"和她自己之间发现的区别所示:墨菲缺乏在事物间建立联系的想象力,因而"不幸";而她能把互补相连的经历联系起来,找到快乐,随笔也凸显了作者想象力所具有的融合力。

《街头徘徊》描写了一段以买铅笔为借口,于茶点和晚餐间漫步伦敦的经历。失去周围万家灯火的保护,这段逃离最初带来的是惯性体验模式与异常敏锐的视觉观察之间的矛盾:"为了自己有个住处,为了和别人有所区别,心灵分泌出一层贝壳状外壳。当家门合上之后……[这层]外壳开始碎裂,当它那粗粝的、布满褶皱的外壳退去,剩下的唯有一只感知力极强的牡蛎,它仿佛一只巨大的眼睛。"(《飞蛾》,21—22)尽管这只"眼睛"能在反差最大的伦敦街道或广场上欣赏美，它却无法超越这种流于表面的欣赏："这只眼睛不是矿工，不是潜水员，不是寻找埋藏珍宝的探寻者。它载着我们平稳地顺着溪流而下，歇憩、暂停，大脑看上去像是睡着了。"(《飞蛾》,22)于是，这位渴望灵感的街头出没者不是在简单地观察，而是以一种更好奇、更具批判性的方式邂逅城市生活中看似无关的场景，它们真正的共同之处在于都挑战了自我陶醉的满足感：试鞋子的侏儒，偶然遇见的饥肠辘辘、贫困潦倒的男女，牛津街上琳琅满目的商品引发的幻想，陈列在二手书店书架上的无数故事，无意间听到的谈话，泰晤士桥上的一对情侣，斯特兰德街上一家文具店里的争吵，等等。

虽然《街头徘徊》表面上描写的是一次伦敦夜晚的漫步，但它真正的主题却是作者思绪的翻腾和漫步途中所见的当代城市生活景观。《街头徘徊》创作于 1927 年，此时伍尔夫已声名鹊起(有四部小说和数本短篇小说集问世)，因此这篇文章也流露出一种比《街头音乐》更明显的对局内人的认同。《街头音乐》虽然语气和观点较为传统、客套，结论却表达了看待街头音乐家们的局外人视角："那么，不把街头音乐家或任何阐发上帝之声的人看作圣人将会是一种犯罪行为，我们生命里每个清晨到黄昏都会伴着音乐之声。"(《音乐》,148)相比之下，《街头徘徊》的语气和视角却在局内人和局外人之间摇摆不定。它所描述的幻想中的伦敦之旅虽无拘无束，但它所表达的社会批判却明显隐忍而克制。这位街头出没者虽自认为是"无名的流浪者共和大军"中的一员，对侏儒们深感同情，以至于她看身边寻常身形的同伴都像在看"女巨人"一般，但她局外人的视角却是狭隘的，以避开审视自身特权为前提(《飞蛾》,20,24)。当对侏儒的同情让整个城市看起来如同一个"驼背、扭曲、畸形的"世界时，叙述者的语气便变得疏远，其视角与其观察对象之间是割裂的。她没有去探索有着“奇怪名字,从事奇怪职业”“或瘸或瞎的残疾人”一员所过的生活,而且反过来把它合理化:“天天同打褶裥、包纽扣的人打交道,对穿海豹皮衣的女人来说,生活一定是可以忍受的吧。如此奇异的生活不可能太悲惨。他们不会因为我们的富足而憎恨我们的,我们出神地想。”(《飞蛾》,26)

就连因看见在各方面与功成名就的莱纳德和弗吉尼亚·伍尔夫(在年龄、宗教信仰,甚至着装上)都截然相反的凄惨人物时产生的对自我满足感的自省也转瞬即逝:“但就在拐过街角时,我们突然碰见一个满脸胡须的犹太人。他神情疯癫,面露饥色,悲惨的命运让他怒目而视。或者,我们会从一个驼背的老妪旁走过,她被抛弃在一栋公共建筑的台阶上,身上披的斗篷就像仓促之间扔到一匹死马或死驴身上的一样。”(《飞蛾》,26)尽管她“脊柱的神经仿佛都要竖起来,愤怒的火花在眼睛里飞舞”,所目睹的人类苦难引起的问题——我的特权是否造成或维持了他们悲惨生活?——却“未得到解答”(《飞蛾》,26)。这位街头出没者将这个问题的社会批判性遗弃,将绝望的饥饿与贫穷产生的短暂共鸣抛诸脑后,选择回归到家庭带给她的安逸。这段伦敦漫步没有给她带来任何道德、精神和政治上的改变,而仅仅带来一种消遣。文章的结尾并不是(像《街头音乐》里那样)对局外人的认同,而是对享有特权的局内人的再认同:“然而当我们再次走向自家门前的台阶,感受熟悉的物品、熟悉的偏见将我们团团裹住时,心情是那样舒畅。而曾在多个街角被吹得七零八落的自我……此时被遮护、隔绝开来。”(《飞蛾》,35—36)虽然她曾被都市局外人的经历诱惑,并且从中发现了乐趣,伍尔夫在《街头徘徊》中最终认同的还是局内人,还是“光鲜体面的一家之主”。

《街头音乐》中的街头音乐家暗示了对女作家们相似处境的类比，虽然这种比喻可能是无意识的、隐晦的类比。而《街头徘徊》标题的措辞也揭示了（虽然可能也是无意识地揭示）该文的缺陷："街头徘徊者"容易让人想起"街头夜女郎"①。虽然两者都是女性，但前者经济独立，有稳固的社会地位，对自己的体验有很大控制权；而后者不仅经济上依赖其男性顾客，还遭受社会污名化，对自身经验的控制权要小得多。这种巨大的反差表明，伍尔夫无法化解对男人和局内人的认同与对女人和局外人的认同之间的矛盾。虽然我们无法确定伍尔夫是否有意用了听起来像"街头夜女郎"的措辞，但这直指文章最核心的政治矛盾。傍晚独自行走在伦敦的女人经常可能被途中遇到的男人看成夜女郎，并且当作妓女来看待。这种基于性别、被当成遭文明社会所排斥的都市局外人的风险，可能会促使街头徘徊者去审视其自身的社会处境，让她意识到她同在这次夜间散步时所遇到的那些人之间并无区别。然而，这位街头徘徊者并没有将她自己的经历与所遇之人的经历联系起来。的确，她曾短暂地走进她们的经历，但她从不认为她们的处境与其作为父权社会下的一名女性的处境有什么关联。《街头徘徊》中的他人经历仅仅是一种消遣，而不是一种启迪："［人们］可以给自己讲侏儒的故事、瞎子的故事，还有梅费尔豪宅里举办的派对、文具店里的争吵。在每个这样的生命里，人们都可以稍稍深入一些，从而给自己制造出这样的幻觉，即：人并非受制于某个单一心灵，而是在短短的几分钟之内便穿上他人身体和心灵的外衣，变成洗衣妇、酒馆老板、街头歌唱家。"（《飞蛾》，35）不过，一旦这种变成别人的

① "街头徘徊者"英文为"street haunter"，而"街头夜女郎"的英文为"streetwalker"，两者的英文原文存在一定相似度，这种相似性在翻译成中文之后可能会减弱。——译者注

幻觉消失,“此人”与洗衣妇、街头歌唱家之间便出现天壤之别。不仅是家中舒适的物品和偏见,叙述者所用的人称代词也明确地标榜着其所处的舒适阶层地位。“此人”——这一明显带有上层社会正统色彩的称谓——不仅使叙述者对“无名的流浪者大军”的认同大打折扣,还表明尽管她享受漫步城市街道时这段无阶层、多种身份的体验,她对此仍然心存畏惧[①]。通过使用“此人”一词及其他传统甚至煽情的词汇(例如“明亮的香槟色空气色彩”),伍尔夫削弱了《街头徘徊》其他部分所表达的观点,即:只有“在我们信马由缰、让自我随着自己的喜好肆意驰骋时”,我们才能意识到真实自我“光怪陆离色彩纷呈的”本性(《飞蛾》,28—29)。然而这种语言上的矛盾并不能说明伍尔夫过于势利或狡猾,只是说明她在性别和阶级问题上的矛盾态度,这种矛盾态度产生的原因在于她这位街头徘徊者作为父权社会下的女性所处的困顿处境[②]。究竟是局外人还是局内人,是“或瘸或拐”群体里的一员还是家里有“熟悉的物品和偏见”的上层人,是背景还是人像,是在塑造镜像还是被塑造为镜像?伍尔夫毕生都在同这些“对立的本能”和矛盾认同相抗争。就像她在《一间自己的房间》中所解释的,她的经历代表了女作家的普遍经历,从虚构的莎士比亚的妹妹开始,她们就饱受这些

---

① 有关一些批评家对伍尔夫代词“此人”的使用,参见杰里米·霍桑,《弗吉尼亚·伍尔夫的〈达洛维夫人〉》,99—101。

② 在《一间自己的房间》中,当走在白厅街上因周围环境而产生一种“意识的突然分裂”时,这名女性从“此人”变成了“她”,她觉得自己不再是一名父权社会的特权成员,而变成了一名局外人(《一间自己的房间》,101)。同样,伍尔夫本人互相矛盾的认同感有时也会导致用词错误,比如《到灯塔去》中的麦克纳布夫人与《岁月》中的克罗斯比处理不当的内心独白(《到灯塔去》,196—212;《岁月》,218—222)。伍尔夫也在《我们所知的生活》的序言中承认:“因为面包师会给我们打电话,我们付钱用支票,衣服有人洗,分不清猪肝和其他内脏,我们只能永远被关在中产阶级的囚笼中,穿着燕尾服和真丝丝袜,被称作‘先生’或‘夫人’,而事实上,我们都不过是约翰和苏珊而已。”

矛盾的困扰(《房间》,50)。与其指责伍尔夫在其文字中重申主导性文化的声音,还不如指责她在重复别人说的话。她之所以使用曾压迫她的文化所使用的语言,是因为作为一名当代女作家,她没有其他语言可选。正如伍尔夫在《一间自己的房间》里所解释的,在文学中,在历史上,女人的声音一直是被禁止的,女人的存在一直是被压迫的(《房间》,44)。[①]

读者可能会觉得《街头徘徊》时而令人沮丧,时而有失真实,可能还会希望伍尔夫对阶级压迫和性别歧视之间,以及街头徘徊者本人与她在伦敦街头目睹的那些穷困潦倒的人们之间进行探讨。不过尽管如此,这篇随笔仍具有重要意义,因为它以一种都市情景展开了对社会分层起源以及性别、阶级和物质占有对个人自我认知影响的思考。街头徘徊者通过成为那"无名的流浪者共和大军"中的一员,亲身体验了侏儒、乞丐、戴珍珠穿丝绸的梅费尔派对出席者、犹太老头以及卖铅笔的老婆婆等不同人的生活。而一旦回到自己的家,这位街头徘徊者就立即回到舒适的惯性思维,这也揭示出物质占有与政治偏见之间的关联。物质占有会强化传统的自我认知,使人对那些有关他人的传统偏见不加质疑。

渐渐地,这位街头徘徊者从一次探险走向一场孤独。在文章开头离开家的那一瞬间,她暂时摆脱了传统的禁锢,获得发现真实自我的自由。她问道,是否真实的自我"既非此,亦非彼,既不在这里,也不在那里,而是某种千变万化、飘忽不定的东西,只有在我们

---

① 埃莱娜·西苏在《美杜莎的笑声》中详细论述了这一点:"直到现在……写作都是一种力比多的、文化的——因此是政治的、典型男性的——经济。在这里对女性的压迫延续着,周而复始,或多或少有意识地以一种恐吓的方式延续着,因为它通常是隐藏的,或以小说的神秘魅力而修饰的。……只有通过写作,源自女人且面向女人,接受被阳具统治的演说的挑战,女人才能在象征之内或象征之外确立一席之地,也就是说,一个并非沉默的地方。女人应该挣脱沉默的陷阱,她们不应该被哄骗着去接受一个边缘或后宫的地方。"(249—251)

信马由缰、让自我随着自己的喜好肆意驰骋时，我们才是真正的自己吗?”(《飞蛾》,28—29)。然而，社会及其所坚守的规则却对这种自由、多元化的身份百般阻挠，与她可能采取的社会批判视角处处为敌：

> 处境造就统一，为方便起见，一个人必须要变成一个整体。黄昏时打开家门的好公民只能是银行家、高尔夫球手、丈夫、父亲，而不会是浪迹沙漠的流浪者、凝视天空的神秘主义者、圣弗朗西斯科贫民窟中的浪荡子、领导人们闹革命的士兵、心存怀疑而落寞呼号的社会遗弃者。打开家门的时候，他必须用手指理一下头发，像其他人一样把伞放到架子上。
>
> (《飞蛾》,29)

就在伞滑进伞架的那一瞬间，在城市街道所感受到的那些多样、富有挑战性的自我也随之远去:“为方便起见”，回到他在社会上所处的“正确”位置。就连最迂腐的银行家们都原本具有某些“本能和欲望”，而在这篇随笔中，伍尔夫既描写了文化传统对这些“本能和欲望”的抑制，又在最后再次施以这种抑制。流浪者、神秘主义者、浪荡子、士兵和社会遗弃者——当好市民打开家门，所有这些其他的自我都被抛诸脑后，因为他们身上有两处妨碍社会的地方:他们在社会上都缺乏由物质积累所保障的稳固立足之地;他们都代表着将其排除在外的社会边缘化的——甚至批判性的——视角:流浪者代表社会的流动性;神秘主义者代表不同的信仰中心;浪荡子和社会遗弃者代表对社会习俗和道德法律的不屑;士兵则代表为保护后世文明而甘愿承受非人性的行为和苦难。

如果进一步分析走进家门这个情节，我们会发现《街头徘徊》最终抛弃其所探讨并暂时认同的多元自我的原因:文中的“好市民”显然是一名男性。伍尔夫往往把批判性质疑和社会边缘地位与女人联系起来:街头徘徊者所认同的自我一边“走在去斯特兰德街买铅笔的路上”,一边又“站在阳台,在六月天里戴着珍珠项链”(《飞蛾》,28)。但是,随着厚重的前门“砰”的一声紧闭,无论是批判视角本身,还是体现这一视角的明显女性化(戴着珍珠项链)自我,均被拒之门外[①]。不管街上存在多少种身份,只要一进家门,男性身份便成了唯一的主宰。在这里,传统中被视为属于女性的家庭内部空间也为男性所控制,映射出男性价值观,这或许是因为形成私人家园身份的物质和特权绝大多数都被男性掌握。私人家园里的物品“永久地表达我们独特的性情,加深我们对往日经历的记忆”,而由于传统男性在性情和经历上拥有更多自主权,这些物品会更多地反映男性体验。壁炉架上那只碗让人想起意大利旅馆老板和妻子之间的争吵,还有那“阴郁的英国人,他从咖啡杯和小铁桌中间站起来时,泄露出他灵魂的秘密;地毯上褐色的污痕让人想起卡明斯先生对劳埃德·乔治先生的怒火(‘那家伙是个混蛋!’卡明斯先生一边说着,一边将正要泡茶的水壶放到地上,结果把地毯烫出一个褐色的圈)”(《飞蛾》,21)。此外,在街头徘徊者回到自己家中之后,叙述者的声音突然出现强烈转变,进而突出一个事实,即:物质占有会使阶级和性别偏见进一步固化,束缚人们的自由。叙述的声音从第一人称复数、隐约女性化的声音(“我们怎么……也会站在阳台,在六月天里戴着珍珠项链”)转变成第三人称单数、隐约男性化的声音(“当他打开家门”)(《飞蛾》,27—29)。物质占有造就偏见,进而带来自我陶醉的愉悦感。特权阶级无需

① 虽然街头徘徊者之前似乎在与一名男性调情,她趴在河堤上,想起六个月前的自己(“他的是死亡的幸福;我们的是未来的不安”),这段内容却用笼统的“他”来限定其男性身份;在形容前门关起时则详细罗列出男性职业、动作以及随身物品(例如雨伞)(《飞蛾》,33,28)。

对他人的贫困潦倒感到同情，让自己也跟着痛苦；相反，他们可以舒适地躲在远处寻找慰藉，将这些同情统统抛诸脑后——回到物质占有（不管是壁炉上的碗、地毯的污痕，还是一把雨伞）所造就的舒适偏见中去。一旦回到舒适的家中，自我便成为单一、男性、富有的自我。

与《街头音乐》相比，《街头徘徊》反映的视角不仅更倾向于认同男性，其社会视角也更加敏锐，因为它不仅记录下街头所遇的形形色色的生活，还承认参与这场幻想之旅所带来的仅仅是一时之乐。短短四年后，伍尔夫将再次回到在街头徘徊经历中提出但未解答的那个问题：女性和工人阶级之间存在什么样的联系？

都市描绘是伍尔夫借以抒发社会评论的工具，尽管利用都市环境来探讨身份、社会地位以及物质占有可能性等问题的做法贯穿一生，但最深入、最直接的运用要数《伦敦生活六记》。它收录了1931年12月至1932年12月这一年间伍尔夫发表在《好管家》[①]杂志上的一系列随笔。这些文章记录了伦敦的起起伏伏，这六篇随笔具体为：《伦敦码头》《牛津街之潮》《伟人故居》《西敏寺与圣保罗大教堂》《"这就是下议院"》以及《一个伦敦人的肖像》[②]。这些

---

① 美国销量最高的家庭生活女性杂志，创刊于1885年。该刊自1922年起开始在英国发行，深受女性读者喜爱。2011年，《好管家》中文版开始在中国发行。——译者注

② 弗吉尼亚·伍尔夫的系列散文《伦敦风景》在《好管家》上发表的先后顺序为：《伦敦码头》（1931年12月）、《牛津街之潮》（1931年1月）、《伟人故居》（1932年3月）、《西敏寺与圣保罗大教堂》（1932年5月）、《"这就是下议院"》（1932年10月）以及《一个伦敦人的肖像》（1932年12月）（B. J. 柯克帕特里克，《弗吉尼亚·伍尔夫文献索引》）。《一个伦敦人的肖像》原标题为《一个伦敦人》。除了这篇散文，其他五篇散文都被整理成集，并更名为《伦敦风景》重新出版。约翰·F. 豪尔库珀指出，伍尔夫的《伦敦生活六记》（《伦敦风景》系列随笔的别称）"原本计划采用'六封信'的形式"，其中"第一封信"是这六封的第一封。约翰·F. 豪尔库珀，《"第一封信"所附备注》，[弗吉尼亚·伍尔夫，（文章），纽约公立图书馆伯格藏品]，1931年3月8日。

描绘“伦敦风景”的文章虽然选择了一个颇为传统的现代主义背景——城市，但它们超越了现代主义视角。《伦敦风景》随笔集并未将城市描写成“个人意识的环境、飘忽不定的印象、波德莱尔笔下的人潮拥挤、陀思妥耶夫斯基笔下的地下室之遭遇、科尔比埃尔（以及艾略特）笔下的‘粗俗地混杂着一切’[①]”[②]，而是带有女性主义色彩，把城市既看成父权体制的中心又看成女性主义价值观的实验地。它们反映了伍尔夫在（对男性和上层阶级的）局内人认同与（对女性和工人阶级的）局外人认同之间的挣扎，揭示了她为了在不抵牾媒体（即《好管家》杂志）的同时表达个人独特见解而采用的写作策略。除此之外，《伦敦风景》随笔集还在最大程度上颠覆了都市游记类文章惯有的自满，把它们变成探讨性别和阶级关系的工具。

为了调和她的认同矛盾，适应或颠覆《好管家》杂志风格的要求，伍尔夫运用了多种写作策略。她删掉了《伦敦码头》中表达社会批判的两个重要段落，由此建立起对中产消费阶级的认同，避免与杂志风格的冲突。《牛津街之潮》中，她描绘了欣赏城市生活的观察者与满腹牢骚的“道德主义者”这两个对立形象，借此表达她对维多利亚时代现代主义者们传统反都市情感的不认同，以及对城市商业区和商业区里那数不胜数的局外人和工人们的钟爱。《伟人故居》一反传统杂志故居之旅的体例，把它变成对托马斯·卡莱尔《论历史上的英雄、英雄崇拜与英雄业绩》中隐含价值观的嘲讽，以及对那些英雄“伟人们”剥削女性行为的揭露，不管这个女人属于哪个阶级（她觉得为托马斯·卡莱尔操持家务也是在遭受

① 此处原文为法语“*Melange adultère de tout*”，出自艾略特的《荒原》。——译者注
② 马尔科姆·布拉德伯里，《现代主义城市》，100。

剥削)。《西敏寺与圣保罗大教堂》和《“这就是下议院”》中对伦敦这些雄伟的大教堂和国会下议院的探讨,反映出她在局内人和局外人之间摇摆不定的视角,而她摇摆不定的原因可能是因为虽然她在思想上一直反对社会等级的存在,但是她又坚信文人属于精英阶层。在最后一篇文章《一个伦敦人的肖像》中,伍尔夫满怀对过去的眷恋之情,塑造了克罗夫人这个典型的维多利亚时代伦敦人的形象,并向她及其一生所记录的理性、有序的城市告别。最终,伍尔夫抛弃局内人的安逸,选择了局外人所代表的自由和活力,从而建立起一种与维多利亚前辈们以及现代主义同仁们截然不同的独特视角。

《伦敦码头》

从《伦敦码头》的初稿中我们可以看出伍尔夫对于工业城市或商业城市的构想从未改变,其中有一种构想最为明显。伍尔夫在后期修改时曾删除两处重要段落,因此完全改变了原文的性质,这里有必要将这两处被删除的部分摘录如下。被删除的第一个段落描绘了大海的浪漫之情与伦敦码头辛苦劳作的反浪漫景象之间的反差,文章描写了这样一个过程:

> 每天伦敦码头都重复着这样的流程:大量货物被卸下、搬上岸、开箱、分类、取样、称重、售卖、运输、送到所需的地方,然后这些原材料被烹饪、烘焙、上色、加工、风干、揉捏——简言之,它们被制作成数不胜数、琳琅满目的奢侈品和必需品,它们将成为全英国人,而不仅仅是伦敦人的盘中餐;变成他们的所穿之物,他们车里、家中、街上的所用之物——这浩大、耐

> 心、精巧、[不懈]的劳作充满了汗水、痛苦、肮脏和恐惧。眺望大海,赞叹着海上雄伟的船只,千帆竞发,百舸争流,向西驶过银白色的港湾,然后向一望无际的东边驶去,这是一回事。而当我们转过身来,回到这千帆百舸所供养的贪婪城市,看着周遭这满目的狼藉和肮脏,这是另一回事。没有比这更凄惨的景象了。岸边工厂和办公楼鳞次栉比,烂泥里各色小摊密密麻麻。伦敦最肮脏的街道就在这背后。一排排的仓库看来无比黑暗、肮脏、衰败。处处是巨大的工厂,不管新的还是旧的,看起来都一样昏暗、肮脏。它们杂乱无章地肆意挤在一起,如果哪扇窗口破了,那就会永远破着。它们大小不一、不堪一击,它们匆匆建起,只为一时之需,随后便七零八落。假使哪间被大火烧得发黑,看起来也不会比其他工厂更凄惨、更破旧。而它们身后那一片片灰色的屋脊便是最肮脏的街道——也是码头工人们寄居的地方。[①]

苦难与恐惧,肮脏与汗水。导致眼前这幅事实与个人情感相交织的悲痛画面的,正是这个国家唯利是图的商人们和麻木不仁的消费大众。伍尔夫详细地描述了商业生产的复杂过程,这个过程在城市肮脏的角落里进行,以工人的痛苦为代价,使我们不得不审视伦敦西区和东区的天壤之别:一边是浪漫、梦幻的泰晤士河美景,“雄伟的船只”在海上遨游;一边则脏乱无比、破败不堪。这种巨大的反差兼具历史性与地理性:这里也曾绿树成荫、绿草如茵、教堂矗立、乡村酒馆热闹非凡,现在却只剩下这

① 弗吉尼亚·伍尔夫,《伦敦码头》,《伦敦生活六则:圣保罗、伟人故居、伦敦码头、西敏寺与圣保罗大教堂、街道与商店以及下议院》,亲笔手书,最初落款日期为 1931 年 3 月 13 日,纽约公立图书馆伯格藏品。

“贪婪的城市”和它的工厂、仓库，以及肆意、贪婪、危险的工业生产留下的残渣。伍尔夫所描绘的真相残忍得让人难以忘怀：工人阶级为英国中上层社会消费生产的那些必需品和奢侈品付出了苦难的代价。

然而，实际发表的版本只保留了这幅景象里建筑的杂乱无章，仅仅让敏感而置身事外的美学家感到视觉上的不适而已。初稿中如此鲜明呈现的事实——工业和商业繁荣的代价以及加工原材料的人力代价等——都消融在环境之中。不管是有意识还是无意识的、自己决定还是编辑建议的，伍尔夫在修改《伦敦码头》的过程中无疑削弱了事实的残酷性。她在终稿中不仅删除了社会批判的成分，还将叙述者对工人的同情变成一种心安理得、毫无愧疚的异化之情——把他们看成污秽、邪恶的，把他们居住的区域看成神秘、肮脏、畸形的，那“工人房屋构成的小矮人之城”(《风景》,8)。

造成这种转变的原因之一也许是因为伍尔夫预料到读者可能会产生负面反应，因而做出修改，不过这也可能是出于她对于伦敦码头边所见“事实”感到的不适。她在 1931 年 3 月写给艾瑟儿·史密斯的一封信中曾吐露：“我的伦敦文章——纯粹的精彩描述——六篇都是——让我极度厌倦，没有一丝一毫的思想，害怕思想会遮掩文字的精彩。我得坐游艇穿过泰晤士河，经过伦敦港口，和波斯大使一起——不过这倒是我喜欢的——尽管我不喜欢这些行为。”(《信四》,301)显然伍尔夫一边对“纯粹的精彩描述”的限制感到厌恶，一边又“害怕思想会遮掩文字的精彩”，从而阻止了思考。此外，她一边享受着自己的优越感——能和波斯大使坐着游艇，父亲又是莱斯利·史蒂芬爵士，一边又对伦敦码头看到的工人们深感同情，这种矛盾心理也让她极为痛苦。我们已经看到，早在少女时期，她作为一个女人的体验已激起她内心的“局外人之感”，而这次游船之旅很可能再次激起她内心痛苦的孤立感和无助感，虽然现在这种感觉是通过目睹的景象间接感受到的(《瞬间》，132)。很可能是为了抑制突然涌现的这种同情所带来的不安，她才在修改时改变了认同的中心，从作为一名无助的女性基于性别的认同，转向作为伦敦的一名特权精英人士基于阶级的认同。然而，在有关伦敦工业阶层的这幅描绘中，性别问题只是偶尔被暗示，叙述者，也就是伍尔夫本人，所享有的阶级特权也仅仅来自于她作为一名"饱学之士的女儿"所处的从属地位。

而在第二处被删除的段落中，这种性别关系和阶级关系显得格外醒目。伍尔夫将仆人的空间与"主人"的空间进行对比，于是便有了下文中对立的伦敦景象：一边是脏乱、造成剥削性的男主人们，另一边是不堪重负的女管家们。在这段的开头，我们看到了这样一个区域，它看起来：

> 像在建造防御工程。而事实上，这些耸立的堤坝不过是时不时会着火的残茶剩饭。伦敦正在倾倒她垃圾桶里的垃圾。装满锡罐的驳船络绎不绝，伦敦人每天都会剩下锡罐、鱼肉、骨头、灰烬、菜叶。它们都运到这里，被人倾倒在河边这起码有 50 个年头的古老垃圾堆。它越堆越高，越堆越高，时而干得着火——闷烧数日，时而潮湿得能渗出水来，使杂草丛生、鼠虫乱窜。还有个说不上名字的东西，它既不是船只也不是机器，而是介于两者之间，在挖着河底的淤泥。挖出来的淤泥被运到 70 英里之外的海里倾倒。到处都是忙碌和[女仆的身影]，到处都在把东西分类、整理、放好。这就是伦敦的洗涤室，它的盥洗室，它的后厨。而就当我们倾向于把伦敦看作主人(正是因为男人们习惯了将锡罐、菜叶、球柱随便丢弃，整个

> 国家都跟在后面忙着把她清空[清理]干净)的时候，一艘驶向印度的雄伟轮船迎面而至……①

在这里，伍尔夫明显削弱了把城市看成女“她”这一传统观点，而是把它形象地描述成男性的“主人”。伦敦被比作一个家庭，而这个家被性别和阶级断然割裂开来：这个伟大的城市好比不断制造垃圾的上层社会男性，老百姓好比工人阶级的女仆。这种对立也是小说《岁月》中将讨论的主题，正如简·马库斯所指出的，它“向我们表明男人赚钱、制造战争、做爱、写书、制造巨大的混乱——而女人得为他们清理打扫。只有像伍尔夫这样的女人才能想到把艺术家比作世界女佣”②。只有伍尔夫才能想到这个“说不上名字的东西，它既不是船只也不是机器”，一如这个无法分辨的机器，它的创造者伍尔夫本人也有着分裂的自我认知和社会地位。伍尔夫可能会有这样的疑惑，哪个才是真正的她？——是驶向古印度的雄伟白色货船？还是挖泥船、做苦工、平淡无奇的女性机器？

而在正式发表的版本中，这个字字珠玑的段落被改得简短、保守、索然无味：

> 驳船上堆满了破桶、剃须刀片、鱼尾、报纸和灰烬——所有我们盘子里剩下的东西和我们扔进垃圾桶的东西——它们正往世界上最荒凉的这片土地上倾倒。五十年来，这片长长

---

① 弗吉尼亚·伍尔夫，《伦敦码头》，《伦敦生活六则：圣保罗、伟人故居、伦敦码头、西敏寺与圣保罗大教堂、街道与商店以及下议院》，亲笔手书，最初落款日期为1931年3月13日，纽约公立图书馆伯格藏品。

② 简·马库斯，《〈岁月〉作为希腊戏剧、家庭小说与〈众神的没落〉》，301。

> 的土岗一直在冒烟吐气，聚藏着无数的老鼠，杂草丛生，散发出厚重的烟尘和酸臭味。年复一年，这些垃圾堆得越来越高，越来越厚，它的侧面由于日积月累的锡罐变得越来越陡，顶部则因积累的灰烬而变得越来越尖。
>
> （《风景》，9—10）

伍尔夫在认同对象上的转变毋庸置疑：这里的垃圾堆是由看不见的工人用"所有**我们**盘子里剩下的东西以及**我们**扔进垃圾桶的东西"堆起的（着重号为笔者所加）。她不再讲述工人们的辛劳，而是和她的读者们一起变成了中产阶级消费者。[①]

随着伦敦从"贪婪的城市"和制造垃圾的"主人"变成"高尚的城市"，叙述者的认同对象也从工人转向了消费者。在删除这两段隐射社会批判的重要段落后，文章的结论也带有一种听之任之的意味。如果这两处社会批判的部分没有被删除，而是作为文章的总体语境，它会发出一种讽刺之声，而现在我们听到的只有自我恭维：

> 正是我们自己——我们的口味，我们的时尚，我们的需要——才使得吊车不停地抓举、旋转，将船只从海上吸引到这里。我们的身体就是它们的主人。我们需要鞋子、裘皮、包具、炉灶、油、布丁、蜡烛，它们就给我们带来。贸易在严密地观察我们，想看看我们又开始产生什么样的想法。当一个人站在码头上，望着吊车从停泊的船只货舱里吊起这只琵琶桶，

① 请注意这里伍尔夫是如何代表《好管家》的读者们并且向他们表述的，而在之前的版本，她表述的立场和对象则是辛苦劳作的"管家们"。就这个同名杂志而言，这种表述转换具有讽刺意义。

那只板条箱，还有那个货包，他会感觉到自己是一个多么重要、多么复杂、多么必不可少的动物。

（《风景》，14）

工人们变得不可见了。只有当“此人”属于消费阶级的一员——站在码头眺望而不是在开吊车或吊起琵琶桶——时，“此人”才能感到自己的重要、杰出和权力。于是，伍尔夫从初稿中的颠覆视域走向了自鸣得意：“此人”不再是为主人打扫清理的女仆，而变成了“主人”自己。

《牛津街之潮》

和伍尔夫的很多其他随笔一样，《伦敦码头》也在高潮中戛然而止。羊毛拍卖会结束了，现在“那些拉着货车的马也正在拼死拼活地将羊毛运送到英国各地”（《风景》，15）。这个系列中的第二篇随笔《牛津街之潮》描写了羊毛如何被加工成成品，变成牛津街商店里“薄薄的毛衣和柔软的长袜”。虽然，认同的矛盾在这里也存在，但伍尔夫能运用双重视角更好地掌控自己的语调和观点，她在《一间自己的房间》以及早期习作《社会成功所感》中也曾使用过这种双重视角。《牛津街之潮》主要的视角来自一名对它满怀赞赏的叙述者，这位叙述者对牛津街上琳琅满目的成品和它们所代表的生活态度感到震撼。与其相对应的是一位“道德主义者”，他存在的目的仅仅是为了让作者嘲讽其所宣扬的维多利亚价值观。赞赏的观察者对牛津街极力称赞，因为它呈现出都市精神刺激的冲击和变化的特质。而道德主义者则“指指点点”，对它“嗤之以鼻”，公开表达对它“张扬、吵闹的”商业主义以及过多讨价还价和促销的反感。这种视角的分歧也凸显出维多利亚时代与现代城市价值观之间的差异，正如标题中把牛津街比作“潮水”的意象既让人联想到维多利亚时代将城市比作“一条溪流、一场潮水”的习惯，又包含着把都市生活比作流动的感官和活动之河这个现代意象。[①]

赞赏的观察者赞美“牛津街”是一场感官盛宴：“头脑已变成一团能黏附各种印象的粘板，而牛津街就在上面永久地展开了一条由不断变化的景象、声音和运动织成的缎带。”(《风景》，17)他对城市的看法不仅挑战了道德主义者们对都市商业主义的憎恶，也表达了对艾略特、劳伦斯等现代作家和社会学家格奥尔格·齐美尔所提出的假设——即都市的感官刺激会导致异化和反常——的质疑[②]。与这个假设恰恰相反的是，他看到城市居民几乎是发自内心地对新鲜刺激乐此不疲：“[牛津街上]新闻的变化比伦敦其他任何地区都快，涌动的行人似乎已经舔掉布告栏上的墨迹，因为他们还需要更多更新的东西，要求这些布告栏比其他地方更快地补给新鲜的信息。”(《风景》，17)牛津街上豪华的商业“宫殿”也同样在千变万化，以便用崭新的方式取悦我们：“现代伦敦的魅力在于，其建设的目的不是为了持久，而是为了流逝。它的晶莹剔透，它的清澈透明，它用彩色灰泥涂出的涌动波纹，都营造一种别有韵味的愉

① G. 罗伯特·斯坦格，《维多利亚时代的城市与受惊的诗人们》，629。

② 艾略特和劳伦斯分别在《J. 阿尔弗雷德·普鲁弗洛克的情歌》和《恋爱中的女人》第六章《薄荷酒》中戏剧化地呈现了都市的异化，格奥尔格·齐美尔在《大都市与精神生活》这篇精彩的文章中，从社会学的角度分析了都市货币经济的起源。伍尔夫把城市看作“感知的孕育场和温室”(《伦敦风景》，17)的比喻让人联想到齐美尔的观点——把它看作一种永远用陌生经验来袭击城市居住者的环境。不过，齐美尔认为，都市中的个体会筛选经验，用理性而不是感性来应对“将使其失去根基的暗藏威胁性潮流与分歧的外部环境”，从而抵御这种超负荷感知对意识的影响(48)。与此相反，在伍尔夫的想象中，这种感知是城市居住者赖以生存的本能。

悦，实现一个与之前不同的目的，区别于过去那些建筑工人和主顾（也就是英国贵族）渴望与尝试的内容。”（《风景》，19—20）贵族追求演出般的幻觉，而新的民主人士队伍也因购物者和工业阶级街头小贩的纷纷加入而日益壮大，他们更希望建筑能反映他们自己的创新精神：“我们像自己所期望的那样把建筑物推倒重建。这其实是一种促进创新和孕育的冲动。发现备受激励，发明随时可至。”（《风景》，20）这种尤为强调变化的新平等主义政治构想在《街头徘徊》及后来的《三个基尼》中都有所体现：物质财富，不管是私人家庭还是大学机构的物质占有，不仅能对个人身份进行定义，还会构成限制——正如《街头徘徊》中变换的女性自我所示。因此，我们不如只去拥有那些物美价廉、弃之也不可惜的物质，因为它们能被任意改变，就算丢却也无需懊恼。而牛津街为顾客们提供的正是这种短暂的占有。

对于伍尔夫笔下对城市深表欣赏的观察者而言，伦敦不仅仅是能带来愉悦体验。牛津街能让人在人潮中聆听不同的声音，并与之产生共鸣，让人对那些不幸、甚至犯过罪的人感到同情，从而拓宽政治视野：

> 那个中产阶级女人说：我承认，我在这儿流连忘返，四处闲逛，讨价还价，一筐又一筐，一个钟头接一个钟头地翻找降价处理商品。我两眼冒光，也知道这很不体面，但我还是见什么抓什么，看见喜欢的就扑过去，贪婪得让人反感。可我老公只是一家银行的小职员，我一年买衣服的钱只有15英镑，所以我才到这儿来，转转，逛逛，看看。如果有可能，我也会像邻居那样穿着体面地来这里。那种类型的女人会说，我就是一

个贼，一讨价还价起来就像一个水性杨花的女人。趁顾客不注意的时候从柜台抓起一个包来，那可是要有点胆量的，毕竟那个包里也许只有一副眼镜和用过的旧公交车票。

（《风景》，21）

伍尔夫会在这一瞬间对一名小偷产生同情，可能是因为1930年12月23日她自己被偷的这段经历。伍尔夫在那天的日记里记录了这件事，和《牛津街之潮》一样，她在日记中更多的不是愤怒，而是好奇和同情。不仅如此，她还任凭想象驰骋，借此触及更远的社会视域。她在脑海中想象着小偷的家以及她与丈夫之间的关系：

我想简单地谈谈一次被偷的经历。我在马歇尔和斯内尔格罗夫这家商店逛的时候，顺手把大衣和包放了下来。我一转身，还没看就感觉"包不见了"。果真是这样。然后就开始各种询问和无用的记录。后来侦探来了。他拦住一个看起来正在购物的体面老太太，我听到他们说"还是以前那个——不，她今天没来。是个穿棕色皮衣的年轻女人"。当然，此时我十分难过，但是还没有放弃徒劳的希望——我心想，我把包放下的时候，真是蠢透了。我仿佛进入了一个地下世界。我想象着这个穿棕色衣服的年轻女人在一旁偷瞄，悄悄把包顺走时的样子。我的六英镑——和两枚胸针——都因为那一瞬间一去不返。他们通常会把包扔掉，侦探说。这些可怕的女人会时常在这里出没——更确切地说，是在牛津街上某些商店里出没。这个地下世界让人感到慌张、后悔、耻辱、好奇，有点懊恼、愚蠢，有些震撼——在一个大雾弥漫的夜晚——身无分文地走在回家的路上——想起我那绿色的包——想象那女人偷它时的场景——她的家——她的丈夫……

（《日记三》，339—340）

在失去财产（“我的六英镑——和两枚胸针”）的同时，伍尔夫也在想象中经历了与偷包的“穿棕色衣服的年轻女人”相统一的时刻。这段经历代表了伍尔夫看待财产占有如何影响人类关系的典型模式，对此她在《街头徘徊》中已有所提及，但真正展开是在《牛津街之潮》。此外，《牛津街之潮》中的这段话还突出了城市具有让人们摆脱习惯、改变同情立场的作用：“如果道德主义者们选择在下午沿着这条大道散步，他们就必须改变自己的情趣，以便接收到一些奇奇怪怪、有别于自己的声音。”（《风景》，20—21）

通过文章里的道德主义者形象，伍尔夫对古板的政治、美学和社会观念进行了嘲讽，并对其所代表的维多利亚时代反都市主义观念予以反思和否定。她嘲讽道：“［即便是］一名道德主义者，既然他能花费整个上午来做梦，那我们就必须假定，他是一个在银行有存款的人——即便是一名道德主义者，他也必须允许这条绚丽、繁华而庸俗的街道提醒我们：生活就是一场斗争；所有的建筑物都要衰败；所有的陈列都不过是浮夸。”（《风景》，21—22）哲学的慰藉是用厚厚的银行存款买来的；伍尔夫似乎也在暗示着，幸亏牛津街上熙熙攘攘但身无分文的人潮并没有这些数字庞大而不祥的存款。对于观察者而言，没有什么道德主义者，没有什么哲学家，他们无病呻吟的深思苦虑与都市商业主义的自然随性格格不入。“［除非］一些精明的店主突然领悟到这一点，打开挂满绿色绒布的牢房来迎接孤独的思想家们，向他们提供一些假萤火虫和一丁点真骷髅蛾，以便他们进行沉思和反省，那么想在牛津街上得出某种结论，注定是徒劳的。”(《风景》，22)文章的结尾借用道德主义者所代表的维多利亚式的古板，嘲讽了他们不去体验大有裨益的都市直接经验而选择故作深思的冲动本能。

《伟人故居》

《伟人故居》是伦敦系列中的第二篇随笔，它挑战了把伟人故居想象成“孤独思想者的牢房”的传统看法。表面上是带读者们参观托马斯·卡莱尔和约翰·济慈的故居，但伍尔夫的真正目的是为了颠覆，为了挑战卡莱尔给自己塑造的“伟人”形象，并通过聚焦伟人生活中的“物质条件”，对卡莱尔认为“物质决定精神”[①]的论断进行质疑。伍尔夫想要展现的这个“文人”并非像卡莱尔自认为的那样是什么“英雄”或者“最重要的现代人”，只不过是个平庸的一家之主[②]。对于卡莱尔给出的历史“不过是曾在世上工作的伟人们的历史”这一定义，伍尔夫用伟人背后的(或平凡或伟大的)女人们的历史与其针锋相对[③]。借助卡莱尔故居的一个明显的事实——即没有自来水——她声情并茂地描述了在这个伟人故居人们每天为了取水而付出的巨大艰辛——而付出艰辛的都是女人。

当卡莱尔坐“在顶楼的天窗下……当他与历史角力之时”，楼下他的妻子和女仆正想方设法为他准备热洗澡水，洗净浴盆。“在整个维多利亚时代中叶，这座房屋都必定是一个战场，每日每夜，无论冬夏，女主人和女仆人都得为了获得洁净与温暖而同肮脏与

① 托马斯·卡莱尔，《论历史上的英雄、英雄崇拜与英雄业绩》，5—6。笔者很感激海伦·库珀指出了《伟人故居》中卡莱尔与伍尔夫在认知上的重要差异。

② 同①，207。

③ 同①，6。

寒冷做斗争。”(《风景》,24)卡莱尔家中垂直空间的划分,即空间被分为男人们的会客厅与女人们的洗涤室,让我们联想到《伦敦码头》被删除段落中所描述的情景。从政治角度来看,这种看法对父权社会极具颠覆性:女主人和女仆人为了同一场战斗而联合起来,这场战斗就是对托马斯·卡莱尔造成的一片狼藉进行清理。在《论历史上的英雄、英雄崇拜与英雄业绩》中,卡莱尔断言“文人英雄……在所有时代都是英雄主义最主要的形式之一”,而伍尔夫则通过这篇文章揭露背后是女人的辛劳付出这一真相,以及女性英雄主义的境界[①]。所以,虽然文章表面看是对一处伟人故居的描绘,而实际描绘的却是为满足“伟人”的需求,他的妻子和女仆所不得不承受的折磨。文中连人物的描绘重心都从这位伟人自身颠覆性地转向了他的对立面——长期饱受折磨的妻子简·威尔士·卡莱尔:

> 白天的胜利、夜晚的安宁和辉煌,自然都是通过一桶桶地汲水、一遍遍地擦拭而换取的。卡莱尔太太,正如我们从画像中看到的那样,坐在熊熊炉火前的一把椅子上,看起来身着华服丽装,怡然自得;然而,她为了这一切要付出怎样的代价啊!她脸颊深陷凹瘪,纤弱哀婉的眼神中夹杂着痛苦与磨难——这就是地下室那个水泵和三段楼梯之上那个黄色锡制浴缸所造成的后果。
>
> (《风景》,25)

① 托马斯·卡莱尔,《论历史上的英雄、英雄崇拜与英雄业绩》,206。笔者很感激海伦·库珀指出了《伟人故居》中卡莱尔与伍尔夫在认知上的重要差异。

简·卡莱尔深陷的脸颊在无声地质疑，这夜晚的安宁和辉煌她如何能享受呢？因为她第二天还得接着劳作：得把三段楼梯之上的锡制浴缸的水打满。毋庸置疑，伍尔夫对这位女主人充满同情，对和她一起日夜辛劳的工人阶级女仆人倍加关切。

卡莱尔家中的空间意象明确地将性别与阶级压迫、女主人和女仆人密切关联起来。这表明，女性每天不得不花大量的时间从事体力劳动，因此，真正决定女性社会地位的不是家庭或阶级地位，而是劳动的形式。简·威尔士·卡莱尔和女仆都得负责为托马斯·卡莱尔准备热水，打扫房间，准备一日三餐，以便他能写他的历史书，因此这两个女人在家中所处的地位是相同的。这位伟人独自雄踞顶楼，女人们则聚集在底层区域：厨房、卫生间、洗涤室和地下室。这种空间分析既具有社会学意义也具有心理社会学意义：正如女性的家务劳作迫使她们只能在家庭底层区域活动一样，这也使得她们只能处在社会底层。虽然这间维多利亚时代的房子和它所反映的思想一样，已被反复仔细地美化和打磨，但其内部空间关系的隐喻仍揭示了被抑制的现实。正如莉奥诺·达维多夫所指出的，对于维多利亚时代英国中产家庭的孩子而言，“社会分化和自身的性暗示都反映在他们对其所处世界的空间观察中，这种观察始于他们自己的身体，延伸至他们所居住的房子，并最终扩大到他们所在的……城市”①。

《伟人故居》中，伍尔夫让读者逐渐明白在“地下室的臭虫、锡制浴缸和水井”面前伟人之爱是多么不堪一击，多么微不足道（《风

---

① 卡莱尔的故居反映出一种类似的社会与性别关系的空间化：正如在维多利亚时代的男人因女主人和女仆人共同体现了女性性征的可怕力量而被联系在一起一样，在这篇散文中，女主人与女仆人也因共同的身体劳作而在家庭和城市的空间中被联系起来。莉奥诺·达维多夫，《维多利亚时代英国的阶级与性别》，97。

景》,26)。不过可惜的是,她并没有进一步挖掘潜在内涵:没有对伟大与英雄主义的含义进行彻底的重新评价。相反,和《伦敦码头》的结尾处一样,她再次退回到一种简单舒适的宿命论中:"然而,当我们跨过那道破旧的门槛时,便会觉得假如卡莱尔要自己打热水,那他就不是卡莱尔了;假如卡莱尔太太没有臭虫可打,那她就会是一个与我们所知的卡莱尔太太不同的女人了。"(《风景》,26)这种不同的回响一直萦绕在读者的脑海中。

《西敏寺与圣保罗大教堂》和《"这就是下议院"》

与热情洋溢的《牛津街之潮》和《伟人故居》中声情并茂的意象相比,这两篇文章显得较为低调克制,并且它们的视角在局内人与局外人之间摇摆不定。这里的主题是伍尔夫从议会山上所见的伦敦父权体制中心,她静静地带我们从教堂和政府面前走过,仿佛不想惊扰住在这些壮丽建筑里的显赫人物(不管已逝还是在世)和《好管家》的读者们。和《伦敦风景》系列的其他文章一样,它们的主题也是两种伦敦形态的对比:体面、传统的城市表象以及伍尔夫所称的"地下城市"(《日记三》:339—340)。在《伦敦码头》中,这种对比通过揭示(对于《好管家》的中产阶级读者群而言)鲜为人知的将整箱原材料变成单个成品所需的卸货、分销、加工等工序以及底层阶级从事这种劳作所经历的艰苦斗争来展现。《牛津街之潮》则通过道德主义者和欣赏城市的叙述者之间的对比,揭示前者针对现代伦敦这种大众化潮流的批判过于简单肤浅,而后者则能更深刻地理解"地下城市",认识到其意义乃至其存亡都取决于伦敦商业区薄弱的社会网络。虽然在回应程度和写作时间段上有所不同,但这两篇随笔都表达了伍尔夫的个人观点,并以此回应她和罗根·皮尔萨尔·史密斯在1925年就时尚杂志是否具有道德和美学作用而引发的争论。皮尔萨尔·史密斯坚信，这些杂志不过是阻碍严肃思考的琐碎、肤浅和不利的环境。对此，伍尔夫进行反击，认为比起时尚杂志来，《泰晤士文学增刊》等所谓“更有深度的”官方高等文化杂志对美学和社会自由的破坏力要大得多。皮尔萨尔·史密斯谴责“有些现代作家们……居然不以在化妆品和高级内衣广告中间写点花里胡哨、芝麻粒大的艺术和文化小文章为耻”[①]。针对他对布鲁姆斯伯里作家们会因“拿着昂贵稿费为时尚杂志写文章”而堕落的担心，伍尔夫嘲讽到，“女士服装和打高尔夫的贵族并不会影响我的风格；这倒是会对他[皮尔萨尔·史密斯的风格]帮助不小”（《信三》，154）。伍尔夫明确表示，在皮尔萨尔·史密斯看来肤浅的，在她看来却是深刻的；在他看来杰出的、珍贵的，在她看来却是乏味的、普通的，这种对经验的彻底重构也预示了她将在《三个基尼》中做出真正独立的社会批判。在《三个基尼》中，伍尔夫分析了职业生涯对人性的影响，她认为职业生涯只会造成完全负面的影响，不会让职员有所启发，而只会把他们变成“洞穴里的瘸子”（《基尼》，72）。

这种表象与地下、传统与创新的区别也是《西敏寺与圣保罗人教堂》所讨论的主题。圣保罗大教堂洁净而壮丽，代表着前者；而有时具有低级趣味和活力的西敏寺则代表后者。然而，我们现在很难把西敏寺和“地下世界”的代表联系起来，这也恰好反映了这篇随笔的不足：尽管伍尔夫对趋炎附势和精英主义嗤之以鼻，但她仍然认为文人贵族是存在的。她对“诗人和政客”以及庇护他们的国王女王们满怀敬仰，让人很难想到六年后她会在《三个基尼》中

① 杰瑞·沃瑟曼，《一种奇怪的关系》，6。

图2　圣保罗大教堂
图片来源:《各地风景》,刘·华莱士将军编。斯普林菲尔德,俄亥俄,Mast Crowell & Kirkpatrick, 1893,第22页。

对那些自认为比普通读者们高出一等的人采取批判和攻击性的态度。

如果标题说明和插图也能反映《好管家》的编辑们对他们"名声显赫的作者"的某种期望[①],那么他们可能忽视了这篇文章中一个很隐蔽的讽刺。他们为《西敏寺与圣保罗大教堂》标题页所添加的说明是:"圣保罗大教堂的壮丽和宁静",完全无视了这一段落乃至整篇文章暗含的讽刺语气[②]。因为这一段落并非仅仅想赞美圣保罗大教堂的辉煌,更是想批判它的冷酷无情、一成不变和枯燥乏

① 伍尔夫,《伦敦风景二:牛津街之潮》,5,18。
② 伍尔夫,《伦敦风景二:西敏寺与圣保罗大教堂》,18。

味："圣保罗大教堂之所以宏伟壮丽不过是因为它体积庞大，色彩单调，让人感到庄严罢了。"(《风景》，31)伍尔夫认为，与它的庞大、整齐形成对比的是西敏寺在凌乱中展现的活力。而编辑们给文章加的教堂内景配图说明却是"西敏寺，皇室荣耀熠熠生辉"，由此看出他们的期待与作者的本意大相径庭。[①] 虽然这个标题暗示了伍尔夫对世袭政治权力的歌颂，但整体看来她是在审视王公贵族的渺小，因为他们身边躺的是英国文学"更辉煌的皇室"——那些"已逝的诗人们"，他们"仍然在这里冥想，在这里沉思，在向现实存在的意义发问"(《风景》，34)。

下议院也让作者备感失望，不过《好管家》的编辑们似乎对此浑然不觉。虽然这些图片说明重点突出其所拥有的权力和管辖范畴——"世界的命运就在这里改变……我们就是被这些人管理着。我们一年到头都在遵从他们的命令……但是，我们必须提醒自己：'这就是下议院。'"——但在文章主体部分作者明显觉得相反的特质更引人注目[②]。她不仅没有美化下议院的议员们，反而颂扬他们自身的平凡。正如《伟人故居》中最重要的细节不是留有伟人印记的书房桌椅，而是因为没有热水设施而给妻子和仆人带来的劳作，下议院议员们的可贵之处并非在于他们的高贵，而是在于他们的平凡："想起议会广场，有人会问，那些才华横溢、仪表堂堂的绅士们是如何变成雕像的呢？……他们会变成大理石雕像，这简直不可思议。他们变化无常、玩世不恭、普普通通，有些长着塌鼻子，有些天生脸上高原红，有乡绅，有律师，还有商人——毋庸置疑，他们最高贵最伟大的品德莫过于四个王国[③]之内再也找不出比他们

① 伍尔夫，《伦敦风景二：西敏寺与圣保罗大教堂》，19。
② 伍尔夫，《"这就是下议院"》，18。
③ 指英格兰、苏格兰、爱尔兰和威尔士。——译者注

更平凡、更普通、更体面的一群人了。”(《风景》,40)虽然她嘲笑鲍德温先生[1]的雕像让人忍俊不禁,也不知他是如何登上雕塑底座,身上裹着“浮夸的黑色大理石毛巾”的,但文章实际讨论的话题却深刻而严肃,后来这也成为小说《夜与日》所探讨的核心主题。在理想的社会里,我们不会为伟人建造雕像;“伟人”和普通老百姓之间也没有界限,就像男人女人之间没有界限一样。职业、名望、宗教与政治——所有这些因素都具有潜在的危险性,会把一群人和另一群人、局内人与局外人、伟人和无名之辈、男人和女人区分开来。正如伍尔夫在《街头徘徊》中所揭示的一样,无论局内人是否拥有名望、财富和权力,他们的孤立都会相应地制造偏见。

在《“这就是下议院”》的结尾,伍尔夫想象了权力划分鲜明的等级社会中一个截然不同的政治机构:一个超越艺术的世界,一个不用雕像来彰显自负,而是让建筑成为真正公共空间的世界:

> 如果说单个小型雕像的时代已经过去,那么大型建筑物的时代为何不能开始呢?我们一离开下议院,这个问题就自动冒出来了。我们离开西敏寺大厅的时候深感它的庞大和庄严。微不足道的男男女女们在大厅里无声地走动着,显得十分渺小,或许还有些可怜。然而,在那巨大的弧形拱顶和石柱的衬托之下,又显得那样可敬,那样美好。一个人也许宁愿当一座大教堂里没有名字的小动物。让我们把这个世界重建成一个雄伟壮丽的大厅;让我们不再去建造雕像,也不再为他们镌刻不可能具有的美德。

① 斯坦利·鲍德温(1867—1947),英国保守党政治家,曾三次担任英国首相。——译者注

图 3　西敏寺：皇室荣耀熠熠生辉

图片来源：《各地风景》，刘·华莱士将军编。斯普林菲尔德，俄亥俄，Mast Crowell & Kirkpatrick，1893，第 26 页。

让我们看看，建造大厅的民主政治是否就一定会输给建造雕像的贵族政治。

（《风景》，43）

伍尔夫呼吁世界不要只讴歌伟人的丰功伟绩，而应该去歌颂所有的人，不分男女，不分贵贱。从她想象的这个世界中，我们也能体会到她儿时与母亲在一起的感受，那种自己是一个“大教堂里的无名小动物”的感觉（《风景》，43）。这种意象绝非偶然，因为这里探讨的是一个新的社会体系，它既能给人们足够大的空间，让他们看起来“那么可敬，那么美好”，又不会让任何一个人走向圣坛。

伍尔夫早期的回忆与她场景描绘的想象力都暗示着，这个没有伟人雕像的世界也没有性别之分。石像和刻在石板上供芸芸众生瞻仰的那些名字以及“不可能具有的美德”将不复存在，取而代之的是教堂内宏伟的无名空间，仿佛孩子们第一次感受独立自我时母亲充满庇护的怀抱。构建这种建筑时代的灵感无疑源自女性体验，而在伍尔夫的幻想中，它已经具备超越传统性别角色的潜能。人像（或者说能动者）和背景（或者说观众）之间的地位不仅被倒置，而且也不再有任何性别束缚，因此，它们既可以是男人也可以是女人。甚至连空间都兼具男性与女性气质，既有“巨大的弧形拱顶”也有“巨大的石柱”，这种既男性化又女性化的“建筑”展现出一个超越性别二元对立的世界。

然而，可惜的是，这种构想是短暂的。在文章的结尾处她向读者展望了一种希望渺茫的可能，那就是想象中的这种平等世界与树立伟人雕像的等级世界的折中：“那么就让我们希望民主会到来，不过这是一百年之后的事了，那时，我们都已经深埋地下；抑或天才人物会出现，能通过惊世骇俗的举措使宏伟的大厅与大厅内渺小、特殊、单个的人类联系起来。”（《风景》，44）这种模棱两可的结论再次说明伍尔夫对她所处社会地位的不确定性，正如之前讨论伦敦码头、商业、文学和宗教地区的文章一样，在对普通大众的同情与对荣耀特权的追逐之间，她踌躇未决。

《一个伦敦人的肖像》

《一个伦敦人的肖像》是伦敦系列随笔的最后一篇文章。它将《伟人故居》中对立的角色相结合，塑造出克罗太太并通过这位主妇兼历史学家的独特视角来透视伦敦生活。这也是法兰克·霍尔在1975年伦敦系列随笔限量再版时(改名为《伦敦风景》)唯一未收录的一篇,它未被收录的原因可能在于文中塑造的克罗太太对伦敦佬形象的嘲讽。不过,仔细解读这篇随笔会发现,伍尔夫在地域讽刺文章的温和语气中隐藏着严厉的社会批判。

作为一名"关系收藏家",克罗太太习惯将周围的人都进行物化:"她坐在别人的桌椅之间显得很别扭。她必须得有自己的印花棉布,有自己的橱柜,有自己的格雷厄姆先生坐在下面,才感到自然得体。"然而,一回到自己熟悉的环境,克罗太太就立刻把目光转向她身边的城市文本,并在闲谈中对它进行解读:"克罗太太绝不拘泥于往事——绝不让往事的地位超越现在。的确,最重要的东西总是在最后一页,总是在当前的时刻。伦敦最让人愉悦的地方在于,它总能给人新的东西去观察,新的话题去谈论。"她和她的创造者一样,能灵活运用技巧,既确保其社会地位不动摇,又能一直成为拥有中心角色的发言人。她小心翼翼地向听众们讲述着她的故事,既不过于卖弄才华也不过于深奥,以免让某些人,尤其是某些男人,感到异化。相反,她总是讲些听来的假语村言来娱乐听众,虽然这"村子就是伦敦,这闲言碎语都与伦敦生活有关"。

可是,克罗太太的日常谈话有股真实的力量。她用闲言碎语创造出一个世界,并把它变成她需要的样子:"克罗太太的非凡天赋就在于,她能把这巨型大都会变小,仿佛它不过是个只有一座教堂、一座庄园和二十五间小屋的小村庄。"尽管并未正式获得机构的认可,她在茶桌上讲述的都市历史在城市生活中扮演着重要的角色。它让难以应对、混乱喧嚣的城市生活突然变得条理清晰、温馨舒适:

> 因此,想要把伦敦看成人们聚会、谈话、欢笑、结婚、死亡、

> 绘画、写作和表演，以及裁决和立法的地方，而不仅仅是一道绚丽的风景、一个商业中心、一个法院和熙熙攘攘的人群，那么就有必要认识克罗太太。在她的客厅里，这个巨型大都会无数的碎片仿佛能被拼凑起来，变成一个充满生机、易于理解、趣味盎然和令人愉悦的整体。漂泊多年的旅行者们，刚刚从印度或者非洲靠岸，刚刚从野蛮人和猛虎中间死里逃生、长途跋涉回来的那些历经磨难、风吹日晒的人们，会径直前往僻静小巷里那间可以一下子被重新带回文明中心的小屋。[①]

克罗太太不仅让伦敦的复杂纹理变得条理清晰，充满人情味，富有历史感，她也会将它扭曲。当她用闲言碎语把巨型大都会变成一个旧社会小村庄的时候，她也会把它变得更文明、更道德。因此，对刚刚从野蛮的丛林里归来径直来到克罗太太客厅的殖民地管理者而言，城市并不是复杂多样、充满挑战的，而是"易于理解、趣味盎然和令人愉悦的"。作为帝国主义者的都市解说人，克罗太太身上体现了一种本质的保守主义，在《伦敦风景》中，伍尔夫时而会揭露这种保守，并不断与之抗争。

但是这种同质、井然有序的理性视角无法在现代城市流行起来。也许这正是《一个伦敦人的肖像》结尾处克罗太太死去的原因："然而，即便是伦敦本身也无法让克罗太太永不离去。事实是，有一天时钟敲响 5 点的时候，克罗太太不再坐在炉火边的椅子上；玛利亚没有开门；格雷厄姆先生也不再坐在橱柜旁。克罗太太死了，伦敦——不，对一些人来说，伦敦再也不会是同一座城市了。"随着克罗太太的离去，伦敦似乎也不可挽回地改变了——"对一些

---

① 伍尔夫，《一个伦敦人》，收录于《伦敦风景》，纽约公立图书馆伯格藏品。

人来说”。这里的限定性短语表明，失去了她那统一、稳固的视角之后，这个城市瞬间分崩离析，碎裂成千万片不同的城市景象。而这种新的相对主义视角也会导致社会结构的变化。一种全新或者更平等的现代城市会取代帝国主义维多利亚时代单一固化、等级森严的伦敦。现在，玛利亚们不再是女仆，她们能自由地找工作；多年以来靠继承财富才得以一直站在客厅橱柜前的格雷厄姆先生们，也必须要从家具前挪开身子，去外面自己谋生。

因此，克罗太太的死为《伦敦风景》系列随笔提供了一个很合适的结局，因为她所关心的也正是其塑造者所关心的。在这些写于 1931 年至 1932 年间的随笔中，伍尔夫试图将她对伦敦生活的矛盾视角融入同一种声音里。但是，为了迎合《好管家》的读者们，现实描绘与社会批判往往被巧妙欢乐的游记深深遮蔽。然而，这个系列结尾处克罗太太之死，标志着伍尔夫已经决定不再尝试调和与认同矛盾。她将不再用流畅、顺从的局内人之声来掩饰她作为女性和局外人的视角。在她接下来的作品中，尤其是《三个基尼》和《岁月》，伍尔夫的城市描绘将越来越多地反映她本人作为一名父权社会中的女性的经历。

第四章　传统与修正：经典城市小说与伍尔夫的《夜与日》

1913年，伍尔夫完成了她的第一部小说，她却因此变得焦躁不安，并且经常出现幻觉。充足的休息、合理的饮食和罗宾镇静剂都没有效果，于是在医生的建议下，她被送往位于特威克纳姆的康复中心。在那里，她接受了塞拉斯·韦尔·米切尔医生让她休息治疗的建议：过安静的乡村生活，多卧床休息，喝无数杯牛奶。然而，1915年3月她再次经历精神崩溃，康复治疗也因此中断。这也让弗吉尼亚和伦纳德·伍尔夫考虑将去年8月起在里士满居住的临时住所变成永久住所。“[里士满]比其他郊区好得多，无疑是第一选择，因为它就像牛津和马尔堡一样，并非伦敦的衍生物。”伍尔夫在日记中这样写到(《日记一》,31)。不过，她既没有全心全意地适应城郊生活，也没有掩饰她对伦敦的持续迷恋。每次去伦敦的时候，她都在寻找属于自己的空间。她对霍尔本和布鲁姆斯伯里尤为情有独钟，很享受那里的“骚动、暴乱和繁忙”(《日记一》,9)。

仅凭伦敦很繁华这一点并不足以解释她不愿离开伦敦去城郊居住的原因。伍尔夫似乎将城市与进行真正脑力劳动的能力联系起来了，认为它那“拥挤的街道是……唯一能让我进行‘其他人或许会称之为’思考……的地方”（《日记一》，9）。不同于里士满，伦敦对她而言意味着“真正的生活”，而里士满只是“为了离开……才前往”的地方（《日记一》，29—30）。伍尔夫在1915年3月精神再次崩溃前的最后一则日记曾记录了她在伦敦的一天，它也说明了伦敦对于她作为作家的重要意义。“接着，我喝了杯茶，在夜色中漫步到查令十字街，构思着要写的语句和情节。我猜一个人就是这样让自己送命的。”（《日记一》，35）伍尔夫所冒的实际危险让人不安，但更让人担忧的或许是她对此轻描淡写地调侃——“一个人就是这样让自己送命的”。对她而言，伦敦显然是创作灵感的源泉，可是此时的伦敦似乎也意味着危险——一种对于身心都十分危险的环境。为了谨慎起见，搬去更为宁静的里士满似乎成为一种必然选择。于是，在《远航》出版的前一天，伍尔夫搬到了里士满，开始了她的第二次康复治疗。这次治疗成功了。

虽然第二次康复治疗是成功的，但伍尔夫仍然保持谨慎态度。一年后，伍尔夫开始构思第二本小说，这次尝试写作的原因似乎是为了避免遭受刺激，就像她很久之后对艾瑟尔·史密斯所坦言的：

> 在我病倒，经历了各种各样的噩梦和超敏锐的观察之后……在经历了所有这些之后，我终于恢复过来了。我是如此害怕再次失去理智，所以我才写了《夜与日》。我写它的主要目的是向自己证明，我能控制自己的情绪，让自己不再崩溃。每天我只被允许写一个小时，写完就躺在床上。我也临摹石膏像，一半是为了让自己平静下来，一半是为了学点解剖

学。虽然这本书很糟糕，它却让我思绪稳定，而且我觉得它还让我学到了一些创作要素。要是我始终很健康的话，我很可能没耐心来学这些创作要素。

（《信四》，231）

想要了解伍尔夫在第二部小说《夜与日》中究竟学到了什么，我们必须先分析她之所以会像E.M.福斯特所说的那样“莫名屈尊回到经典主义”[①]的情感和美学原因。人们普遍认为，这部小说的中心人物是伍尔夫亲爱的姐姐，凡妮莎·贝尔。在伍尔夫写给她的拉丁语老师珍妮特·凯斯的一封信中，她暗示道：“试着把凯瑟琳（主人公）想成凡妮莎，而不是想成我；想象她深藏着对绘画的热爱，却被乔治[达科沃斯]逼着参与社交活动。”（《信二》，400）在写给艾瑟尔·史密斯的另一封信中，伍尔夫曾对小说的创作起因做出解释，这封信表明她对凡妮莎的困境强烈认同：她用艺术学生这个比喻来解释这部小说之所以会显得生硬和带有模仿痕迹，是因为它源自她对“石膏像”的临摹，而这些“石膏像”便是现实中的人物和事件。

凡妮莎和弗吉尼亚·史蒂芬在肯辛顿海德公园门22号居住期间每日所受的教育就是《夜与日》得以形成的真实事件和人物的最初原型。小说的书名也表明了这一点，并将把“夜”看成充满新奇幻想的时光，与把“日”看成实际劳作时间的传统文化期待相颠倒：因为史蒂芬家的女性白天可以自由地创造，到了夜晚却要履行

---

① E.M.福斯特写道：“《夜与日》……在她写的小说中是最简单的，在我看来，也是最不成功的。太冗长，太小心翼翼了，它运用了很多她在散文《本涅特先生和布朗太太》中所嘲笑的写作手法。……对比它前后的作品，在我看来《夜与日》似乎在刻意地模仿经典主义风格。”（《弗吉尼亚·伍尔夫的小说》，173）

职责。《夜与日》中，凯瑟琳·希尔贝里在下午茶桌旁的招待职责与内心深藏的对数学的热爱之间苦苦挣扎，这让人联想到在乔治·达科沃斯所规定的社交职责与对绘画的热爱之间挣扎的凡妮莎·史蒂芬[①]。如果说这种为寻找真正事业的时间和场所展开的斗争是这部小说的创作起因的话，那么这部小说则代表了很多维多利亚时代和现代女性为此所做的相同斗争：拒绝履行“屋中天使”的“职责”，去追求自己选择的事业。

伍尔夫把目光转向女人为追求事业所做的斗争，而她所选的这个主题似乎很难令她像希望的那样，通过第二部小说（如她对艾瑟尔·史密斯所言）产生“让自己平静下来”的效果。当伍尔夫明确表示自己在临摹“石膏像”时，她所指的不仅是小说主题和人物的自传性质，也是在对小说的形式进行界定。小说开头部分有这样一个情节：凯瑟琳·希尔贝里为她的父母选择餐后读物，这个情节也反映出伍尔夫在形式上解决如何在不让他人感到抵触或涉入“危险地带”的前提下表达自我这个难题的办法。凯瑟琳一开始想让父母对现代小说产生兴趣，然而没有成功：她的父亲取笑这些作家，就好像他们只是有潜力的孩子，她的母亲也认为某位当代作家的这部“薄薄的、带金线边的”小说“卖弄才华，低级下流，不宜见诸文字”（《夜》，104）。他们反过来劝她读点“真实的”东西。最后她只得选了“一部厚厚的、用光滑黄色小牛皮做封面的书”，一部亨利·菲尔丁的小说（《夜》，104）。对凯瑟琳而言，为父母选择读物是一件有风险的事情。如果选现代小说，她会因为没有品位而面

---

① “它[维多利亚社会的规范]这个词开始产生效力是在晚上华灯初上的时候。白天人们要工作，可以穿工作装。凡妮莎要去专科学院学习，我要查《利德尔和史葛的希腊英语词典》，学习古希腊戏剧。但是，到了晚上就是社会风尚大行其道的时候了。”（《瞬间》，129—130）

临被嘲笑或被蔑视的风险；如果选择更为保险的经典小说，她又会面临另一个风险——失去受众。事实上她也的确失去了受众，但不是输给了冲突的品位，而是输给了睡眠。菲尔丁的小说“仿佛镇静剂一般让她的父母感到昏昏欲睡”(《夜》,104)。

我们可以把《夜与日》中的这个情节看成一种元文本，因为它透露出伍尔夫在创作第二部小说时面临的困境。不管她选择经典小说还是当代小说的形式，都会面临风险。如果选择前者，她可能会被批评只会模仿；选择后者，她可能会失去读者，或者(更有甚者)受到讥讽嘲笑。除此之外，再次失去理智也是她将面临的一个巨大风险，这或许是她当时最大的顾虑。选书这一情节表明，伍尔夫和她的主人公一样，也选择了更能让人平静、具有镇定效果的经典模式，而且该情节也暗示了这种模式具体是什么。因此，我认为菲尔丁是《夜与日》的重要参考。正如欧文·豪所指出的，亨利·菲尔丁是经典城市小说的源头，他创造了“城市主题中发现与隐退这一主要文学范式”[①]。虽然伍尔夫很谨慎，也很担心自己精神状态的稳定性，但她仍然坚信，伦敦拥挤的街道是“唯一能让我进行‘其他人或许会称之为’思考……的地方”，而她自身也经历了发现城市和在城市中隐退的过程。父亲去世后，她离开了禁锢她的肯辛顿，来到了布鲁姆斯伯里宽阔的广场；婚后她隐退到里士满宁静的郊区。1915 年，她转向经典城市小说，并希望借此探讨与其对待城市的个人方式密切相关的一个主题：女性追求自己事业的斗争。

经典城市小说由诸多要素构成。它以情感教育为主体，其剧情发展如一段螺旋式的旅程，从乡间到城市再回到乡间。它隐含

---

① 欧文·豪，《文学中的城市》，62。

着对被雷蒙德·威廉斯称之为“进步意识”的推崇，因为城市之旅的最终结局必须是有情人终成眷属，虽然这种传统的确立带有或多或少的巧合成分。最后，它的主人公理解城市的目的是为了更好地在乡间生活。对于为了某些特殊原因或追求财富而必须来到城市的年轻人而言，城市本身毫无吸引力，它只不过是途经的一个小驿站，虽然他会为了提升情感和经济水平而短暂停留，但他的最终目的是为了优雅地回到乡间过舒适的生活[①]。

《夜与日》在很多方面都与经典城市小说相似，其中最明显的相似之处可能就是凯瑟琳·希尔贝里的经历。和第七章中她给父母读的菲尔丁小说一样，这部小说主要探讨的也是婚姻的选择，而且也包含了许多喜剧元素。小说中每个主要人物都有明确的地理坐标，以至于E.M.福斯特会说，人物先“被设定为长期居住在切尔西和海格特，然后离开各自的所在地，在地貌清晰的大都会的房间和街道相遇”[②]。“来自切尔西(切恩街，而不是国王大道或小巷)温婉、端庄又精致的凯瑟琳·希尔贝里”必须要在勤劳刻苦、“来自海格特的强壮、粗俗而丑陋的拉尔夫·丹厄姆”与来自“德文郡最古老家族”的乡绅之间选择，她最在意的并不是工作，而是社会习俗和家庭传统[③]。虽然凯瑟琳身在切尔西城区，但她所继承的是乡下传统，因为斯得戈登庄园不仅是其家族的乡间归属，也是毫无作为但财产丰厚的夏洛特姑姑的家。甚至连小说开头凯瑟琳初次出场的切恩街会客厅都像是乡间度假的小屋——至少在拉尔夫·丹厄姆这位客人的眼中看来是这样。“公共汽车、出租马车仍然在他脑海里奔驰，身体似乎仍在街上的车辆和行人中快步穿行。眼

① 雷蒙德·威廉斯，《乡村与城市》，62；欧文·豪，《文学中的城市》。
② 福斯特，《弗吉尼亚·伍尔夫的小说》，173。
③ 哈罗德·恰尔德，未署名评论，《泰晤士报文学增刊》，无日期，68。

前的客厅看起来那么遥远，那么宁静。在蓝色烟雾的衬托下，老人们的脸上……都现出一抹红晕。”(《夜》,10)

凯瑟琳最初对城市的不屑也透露出她的乡下出身。在临切尔西街的窗边，她所看到的是走不通的死巷、令人沮丧的禁闭和停滞不前，因为她把这座城市看作她在切恩街生活的镜像，在这里她已被家人和朋友无止境的要求压得透不过气：“耳边不断传来远处车辆的喧嚣和嘈杂声……它象征着她自己的生活状态，别人前进的生活将她团团包围，将她前进的脚步声吞没。”(《夜》,106)凯瑟琳继承了被动不作为的家族传统，城市让她感到害怕，因为城市中的每一种关系都意味着义务。“即便此时，夜深人静，孤身一人，看着窗外茫茫而无影无形的伦敦，她仍然无法忘记她总是被各种各样的关系纠缠。而在她东边的某个地方，此时威廉·罗德尼正坐在小小的台灯下，他心里想的不是书，而是她。”(《夜》,106)简言之，城市对凯瑟琳而言仅仅是规划婚姻的地方。进一步分析会发现，茫茫而无形的伦敦将带给她的不是未来，只是未来的丈夫，而这位未来的丈夫似乎就是(至少在小说开头看来是)威廉·罗德尼。

在拉尔夫·丹厄姆的影响下，凯瑟琳走出她那隐蔽而又“遥远”的客厅，来到伦敦的大街、公园、公共汽车和办公室，并因此开始质疑自己对社会和家庭义务的顺从。和经典城市小说中那些“来自乡下的少年”主人公角色一样，凯瑟琳经历了“让她铭记一生的快乐、历险和教训”，并且确定了自己一生的伴侣，她从这个伴侣身上获得了情感教育，现在能“阅读诗歌……感受诗歌，并且富有诗意”(《夜》,488)。最终，在结束城市历险后，她计划和未婚夫一起回到乡下，然后在那里(我们假想)她研究她的数学，他写着“萨克逊时代至今的英国乡村历史”(《夜》,226)。

虽然凯瑟琳的故事涉及多次往返城市的旅程，且以情感教育为重点，因此与经典城市小说类似，但它在有情人终成眷属的情节处理上却更为散漫。拉尔夫·丹厄姆能凭直觉领会凯瑟琳对生活的看法，因此从某种意义上说，他的确是凯瑟琳的理想丈夫。然而，从现实角度来看，就像凯瑟琳的姑姑西莉亚·米尔温所说的那样，他并没有理想的前途可言："身无分文……一大家子人，或多或少都得靠他。"(《夜》,462)这种成长之旅的经济顾虑可以从活泼的卡桑德拉·奥特维从乡下到城市表姐家的重要旅程看出，在经历了诸多囧事之后，她的伦敦之旅最终以经典的有情人终成眷属而结束：她和来自极为古老的德文郡家族的威廉·罗德尼走到一起。罗德尼对乡村社会的热爱，使他成为和奥特维家的女儿结婚，拯救衰落的奥特维家族的最佳人选；而卡桑德拉传统、温顺的性格也让她成为经典城市小说探讨现实生活中经济改善问题的最佳主人公人选。一旦他们结婚，卡桑德拉和威廉就会逃离城市，回归他们乡下财产的怀抱，而他们的城市之旅也会就此告一段落。

此外，《夜与日》对乡村生活的态度也具有经典城市小说的特点。小说充满了对过去非机械化乡村的怀念之情，而这与都市世界里吵闹的电话铃、轰鸣的汽车、如火如荼的妇女选举权运动以及小说避而不谈的"一战"等格格不入。这些年代的错位也让凯瑟琳·曼斯菲尔德称这部小说为"当今的奥斯丁小姐"，并怒斥它是"一个灵魂的谎言"[①]。然而，正如J.H.罗利所指出的，"在小说中，怀旧情绪尤其容易被融进媒介之中，这对都市主义者自身是最明显的……因为从很多方面来看，'往昔何在'是他们最

---

① 凯瑟琳·曼斯菲尔德，《评论》。昆汀·贝尔称曼斯菲尔德对《夜与日》的"个人观点"是"它是'一个灵魂的谎言'。'从未有战争：这就是它所传达的信息……我最强烈地感受到，一切都和过去不同了——作为艺术家，如果未曾感受到这一点，我们便是叛徒；我们必须去思考它，为我们的新想法和新感受找到新表达、新形式'"(《昆汀二》,69)。

主要的主题"[1]。卡桑德拉和凯瑟琳之所以会对过往的乡村生活充满怀念之情，部分原因在于母亲们的影响：希尔贝里夫人的心理时间跨度远至莎士比亚时期，近至"1853 年美妙的夏天"，却极少落在现实。虽然处在汽车和火车的时代，奥特维夫人的生活方式却一直围绕着去林肯郡的马车之旅，并且把它当作令人难忘的仪式(《夜》，218，217)。甚至连始终展望未来的拉尔夫·丹厄姆在爱上凯瑟琳之后似乎也被"往昔何在"的怀旧情绪所占据，决定不再做律师，准备回到乡下写一本赞美消失的乡村世界的书。尽管有情人终成眷属的性质有所不同——卡桑德拉择偶参照的是实用的社会经济标准，凯瑟琳追求的并非物质而是一个灵魂伴侣——但无论何种情形，一旦姻缘已定，这些主要人物都计划回到乡间。城市也许曾是他们探索历险、寻找伴侣的地方，但它绝不是他们的真正目的。小说结尾处，凯瑟琳向拉尔夫建议，他们应该租下他梦寐以求的乡间小屋。他反问道："离开这一切吗？"对凯瑟琳而言，无论最终他们是住在城市还是乡下，"这一切"已经属于她了，因为这个词仅仅意味着一个对数学与婚姻共存的美满家庭的展望。"她望着钱赛里巷上空，心想，为何哪里的屋顶都是一个样呢？对蓝色苍穹和满天星斗所意味的一切，她现在为何如此确定和放心呢？它是现实、数字、爱情，还是真理？"(《夜》，502)在这段描述中，城市遥远的天空被压缩于他们婚房温暖的屋顶之上；同样，凯瑟琳对未来的期望也缩小成故事结尾时的美满婚姻。

至此，我想说明的是，《夜与日》在很多重要的方面都与经典城市小说很相似。不过，需要指出的是，伍尔夫的小说在传统道德观念上不同于经典体例。由于这部小说融入了她的个人政治和美学

---

① 约翰·亨利·罗利，《小说与城市》，302。

构想，它并非像一些批评家所认为的那样[1]，是千篇一律、墨守成规的模仿性作品，而是一种超越。经典城市小说认为，城镇是世俗、邪恶的，乡村是纯真、善良的。雷蒙德·威廉斯认为，这种对立“往往源自……乡村对工作及工作得以安排的财产关系的压制”[2]。但是，工作，尤其是凡妮莎·史蒂芬对绘画的热爱，却是《夜与日》的灵感源泉。因此，小说颠倒了传统经典城市小说中关于城镇与乡村的道德观念，认为城市代表踏实工作和好品德，而乡村代表世俗享乐和称不上大恶却称得上小恶的欺骗，也并不令人惊讶了。例如，在斯得戈登庄园，凯瑟琳懂得了“嫁给一个你不爱的人是不可避免要迈出的一步”(《夜》,216)。《夜与日》中多处都表达了这种对价值观的颠覆，而最明显的要数作者邀请读者使用的评价凯瑟琳·希尔贝里的两位追求者的标准了。

福斯特认为《夜与日》的故事背景为一个“地貌清晰的大都会”，在这个大都会里，地貌结构揭示出人物的心理。上文我已说明，小说开头凯瑟琳对城市的理解反映出一种难以动弹的压抑，而这种压抑正是她的命运。更重要的是，她的追求者们对城市的反应也能揭示他们各自的性格，尤其反映出他们是否为合适的丈夫人选。受经典城市小说的影响，伍尔夫设计了四处形式对称的情节，在颠覆传统道德观念的基础上进行多处对比分析。在这四处场景中，威廉·罗德尼和拉尔夫·丹厄姆都出场了，这成为暗示他们分别“允许”凯瑟琳拥有能动性和自主权程度大小的重要提示。这几处场景分别是：(文中描述的)与凯瑟琳的初次相遇；陪她在城市的街道上散步；看着她一个人在街上行走；在他们各自的房间

---

① 参见上文注释中引用的福斯特与曼斯菲尔德的评论。

② 雷蒙德·威廉斯，《乡村与城市》，46。

里。每个场景都围绕以下几点展开:凯瑟琳是否具有能动性;她和这名男性在相处时是否能变成“人像”;以及对方是否愿意,或者是否甘愿做她的背景。通过对这几处场景进行分析,人们可以看出他们二人在看待城市、工作以及——最重要的——凯瑟琳本人时所表现出的性格几乎截然相反。

拉尔夫·丹厄姆和凯瑟琳·希尔贝里初次见面时,他刚刚离开欢快、繁忙的街道,因此在切恩街幽闭的会客厅里感到很不自在。这尤其体现他在参观“陈列家珍的房间”时有感而发,表示他很讨厌行动进程被“打断”,就像凯瑟琳承认自己的人生进程被显赫的家族所阻碍一样。凯瑟琳对家族祖先虔诚到舍弃自我,心甘情愿给“她光彩夺目的母亲当丰富的背景”,因此放弃自己希望取得引人注目的成就的愿望,可是丹厄姆却“用近乎野蛮的方式”对她这么做的动机提出质疑(《夜》,19,45)。如果说在和凯瑟琳初次见面时,丹厄姆用的方式是用问题将她包围,那威廉·罗德尼的方式就是长篇大论,用暗喻的形式向她(以及其他人)炫耀先辈们的丰功伟绩。不仅如此,罗德尼在和拉尔夫·丹厄姆讨论文学时还“移动一侧的手肘和膝盖,形成奇怪的姿势”,用简单的身体语言将凯瑟琳“与外界的所有关联”切断(《夜》,57)。

正如这组场景所表达的,罗德尼和希尔贝里家族共同限制着凯瑟琳的自由,就像她显赫的家族“阻碍”她参与文学活动一样,罗德尼的手肘和膝盖将她与外界“切断”。丹厄姆会向凯瑟琳描述“发现”的喜悦,极力鼓励她勇于行动;而罗德尼却把她变成被动的观众,先用讲台,然后用他的身体语言来阻碍她参与讨论。他们两人在空间和地貌结构上的迥异也验证了伍尔夫在最有趣、最随性的一篇随笔《为什么》中表述的观点。在这篇随笔中,伍尔夫坚定地认为都市环境鼓励开放、质疑的态度,无论讲座的内容是“法国大革命的起源”还是“伊丽莎白时期十四行诗的演变”，长篇大论的讲座都是荒谬的(《夜》，230，233)。因此，这也不难解释为什么在《夜与日》中，罗德尼这位顽固的演说家出场的时候几乎总是在室内，而对凡事都充满质疑的拉尔夫·丹厄姆几乎总是出现在街上，成为“小说里的行走冠军”①。

接下来的一组场景是罗德尼和丹厄姆陪凯瑟琳在城市散步的情节，它们也能揭示二人在“允许”凯瑟琳独立思考和行动程度上的差异。在长篇大论之后，罗德尼和凯瑟琳一起沿着泰晤士河河堤散步。在散步的时候，他继续就婚姻是女人获得成功的唯一正当方式对她展开一番说教。罗德尼对传统的职业之分是如此顺从，以至当他意识到不拘泥传统的凯瑟琳打算自己独自一人走回家时是如此愕然。尽管她一再拒绝，他仍然(用“专断的手势”)拦下一辆出租车，把她推进去，以便建立男性主导权(《夜》，68)。丹厄姆的做法与罗德尼充满控制欲的行为截然不同，他会根据场合给予所需的陪伴：在罗德尼的房间偶遇凯瑟琳之后，他陪着她走出来，让她来决定散步的速度。接着，在他建议之下，两人乘坐了公共汽车，此时他并没有就女性自我实现的正确途径把传统和习俗拿来说教一番，而是小心翼翼地谈起他自己对未来的希望和规划。最后，在凯瑟琳想走的时候，他并没有用男性权威来阻止她离开。虽然一开始他想通过询问她对未来的打算来引起她的兴趣，但当他发现她并不感兴趣时就及时放弃，他最后见到她的样子也证明

① 多萝西·布鲁斯特，《弗吉尼亚·伍尔夫笔下的伦敦》，34。经笔者统计，描写拉尔夫散步的场景有15处，描写凯瑟琳的13处，描写玛丽的7处，罗德尼的5处，卡桑德拉的4处。对城市变化的包容程度关系到流动性(尤其是城市中的流动性)经验的多少。不过，玛丽·达切特是一个特例：虽然她对城市生活所带来的创新性高度认同，但研究描写她散步的场景相对较少，这可能是因为她只是小说中的次要人物。

了她的独立性：他看见她“站在人行道的路边，看起来庄严而警觉”（《夜》，96）。这与威廉·罗德尼最后见到凯瑟琳的场景完全不同：罗德尼把凯瑟琳粗鲁地推进出租车之后，向出租车望去，“略带迟疑，以为她会叫司机停下来，然后下车”，后来他在遇到丹厄姆时评价凯瑟琳，“但她毕竟是个女人，她的理解是有限度的”（《夜》，69，71）。罗德尼试图在思想和实际行动上限制凯瑟琳的自由，丹厄姆却想确保她能拥有自由。

鉴于威廉·罗德尼在和凯瑟琳一起的时候并不想让她获得独立的能动性和身份，因此我们也就不难理解有一次他与她擦身而过，当他发现她完全沉浸在自己的世界里而没有认出他时，他会如此震惊。他气愤地提到，“一旦传统被抛弃，一旦做了别人不敢做的事……”他语无伦次的批判恰好体现出他的“威廉准则”，即对女人来说，“比起在家里突然被人看到，在外面被人看见要糟糕得多”（《夜》，454）。拉尔夫·丹厄姆也曾在街上偶然看见她，那时她全神贯注，丝毫没有注意到他，和罗德尼相反的是，丹厄姆对凯瑟琳的自主性给予了支持。当她全神贯注地从他身边走过时，“整条斯特兰德街上的景象突然都神奇地变得井井有条，充满意义，仿佛当美妙的音乐响起时，哪怕是差别再大的东西都能同样感受音乐的魅力一样。这是如此心旷神怡，他非常庆幸自己没有和她打招呼”（《夜》，130）。

罗德尼和丹厄姆之间的对比还体现在他们的家庭背景上。罗德尼来自乡绅家庭，在交谈时喜欢用针对乡下女人的套路。而当他在城市里也按这些套路来的时候，他似乎总会低估凯瑟琳的安排和能力，造成不愉快的结果。“如果她们有孩子的话，你只管和她们谈她们的孩子；或者谈她们的成就，比如画画、养花、写诗——她们的同情心太可爱了。说真的，你知道我觉得女人对一个人所写的诗歌的看法永远是有价值的。千万别问她们原因，只需问问她们的感受。就拿凯瑟琳来说吧——"(《夜》，205)假如罗德尼成了凯瑟琳的丈夫，他绝不会支持凯瑟琳自主行动，相反，他会指望她和其他女性一起歌颂他。他希望女人都像纸偶一样，他眼中的伦敦也同样像是硬纸板做的城市模型——"宛如用灰蓝色硬纸板剪成的城镇，平铺着贴在深蓝色的天空背景之上"(《夜》，72)。罗德尼假装疯狂爱着凯瑟琳，装成一名地道的伦敦人，而事实上，他不过是爱上了自己所伪装的恋人和世故的城里人模样，幻想着有一位仰慕他的女人和道具般的城市给他当衬托的背景。

与此相反，拉尔夫·丹厄姆很兴奋地认识到，女人和城市都是不受自己影响的。他把二者都看成位于中心的人像，自己则甘愿做仰慕它们的观众和背景。也许他之所以会对城市感到珍惜和敬仰是因为他是《夜与日》所有人物中唯一住在郊区的人，所以他能通过对比看到差异。当然，在这一点上，他很像他的塑造者，因为伍尔夫也和她塑造的人物一样，希望通过情感和精神上的平衡，保留郊区价值观的某种独立性。伍尔夫的日记里记录了她在里士满的所见所闻，周围的人喜欢沾沾自喜地攀比名望，虚伪，品位极为低下。此外，丹厄姆的家庭背景也和莱纳德·伍尔夫的家庭背景相似，因为在和弗吉尼亚·史蒂芬结婚后，莱纳德的家庭仍然居住在帕特尼。

不过，虽然丹厄姆来自偏僻的城郊，但他的追求却明显地，甚至挑战性地具有都市性。他喜欢从阁楼的窗外向外凝望——"住海格特的一个好处就是能看到伦敦的风景"，他在凯瑟琳来访时骄傲地说到——最终这让他得以把对城市的敬仰和对她的感情联系起来，顿悟它们的意义。"'原来我爱上你了！'他带着几分惊恐地喊道……他像她那样俯视这个城市。一切都奇迹般地变得不同，变得清清楚楚，明明白白。”(《夜》，380，386)丹厄姆之所以会感到惊恐，是因为他突然找到了能表达凯瑟琳在他心里激起的那种混乱而难以描述的情感的词汇。很显然，这个词正是他想要找的词，因为它让他眼前的景色突然变得清晰，让他对这份感情突然明了。此外，丹厄姆智慧的语言也呼应了之前他在街上遇见凯瑟琳，而凯瑟琳却全神贯注没有认出他的那个场景。丹厄姆对于女人和城市的态度始终是支持、尊敬、积极、仰慕的：他接受其内在的自主性，而不是试图强迫其服从他的想法。事实上，他感到惊恐的另一部分原因可能在于他意识到，自己之所以会对她产生这样的感觉，并不是因为这个女人自身所具有的、独立于他个人经验之外的某种特质，而是因为个人情感——他对凯瑟琳的爱。

凯瑟琳两位追求者之间的对比体现出一种与经典城市小说相对立的价值观体系。正是因为丹厄姆不仅自身是勤奋努力的城市居住者，而且他也不畏惧同样勤劳并深爱着城市的女性，所以他才是凯瑟琳的理想丈夫。而威廉·罗德尼虽然表面上看起来是彬彬有礼的万人迷，但他对待凯瑟琳的态度却最为传统自大。两者看待凯瑟琳事业追求热情上的态度也存在明显的区别，而对事业的追求正是《夜与日》这部小说的主题。丹厄姆把钻研数学看成“发现”的过程，对此大力支持；而罗德尼只想让她成为仰慕他的观众，认为婚姻才是女人的成功，因此当且仅当结果对他有利的情况下，才会支持凯瑟琳追求事业，因为任何分散她对其“正当”关注的事情都会让他感到厌恶。虽然在小说的开头罗德尼似乎注定会成为凯瑟琳的丈夫，这一地位仅是暂时的，因为一旦凯瑟琳不满于她从切尔西窗外所看到的城市景象，不满于她的前途就像眼前的景象一样被永远束缚，他就不再有成为她丈夫的可能。

事实上，小说的情节正是围绕着“前景”一词展开的。对于《夜与日》中的人物而言，城市代表了三种类型的前景：空间前景、精神前景以及生存前景。人物所见的空间前景要么反映了他们的精神前景，要么暗示着他们的生存前景。一旦凯瑟琳决定抛弃她具有自我牺牲精神的乖乖女身份，她也就抛弃了威廉·罗德尼。因为接受他就意味着接受他的未来，即恪守社会角色和传统，坚守乡村社会，对伦敦和她自己的理解都流于表面。当她爱上拉尔夫·丹厄姆时，她遇到了新的未来前景，即支持工作，支持创新，支持思想和社会独立。这也解释了为何小说对待人物的态度有所不同：乡绅威廉·罗德尼没有正式工作，工作不过是他精心打造文人形象的模糊背景（正如丹厄姆描绘他的那样，没有工作的束缚“我会高兴很多倍，每天随心所欲想做什么就做什么”），所以他和浅见寡识的卡桑德拉·奥特维显得肤浅、轻浮。而拉尔夫·丹厄姆兢兢业业，认为工作远远胜过安逸，并不断捍卫工作的价值，凯瑟琳·希尔贝里至少也怀着认真钻研数学的梦想，因此他们的形象更有深度，更让人敬重（《夜》，74，20）。小说中的故事最终颠覆了传统的乡村和城市道德观。当凯瑟琳和好友玛丽·达奇特在乡村时，她们都在诱惑之下做出了完全违背其对未来真实想法的决定——凯瑟琳决定不解除和威廉·罗德尼的婚约，玛丽决定与拉尔夫·丹厄姆订婚。然而一旦回到城市，她们就都恢复了独立行为的能力，能诚实地面对自己内心的情感。

尽管《夜与日》可能受到经典城市小说的影响，而再次审视上文提到的第七章中的场景（我在上文已经说明，这个场景可以看成元文本，它反映出伍尔夫在处理女人追求事业这个让她感同身受的问题时的对策），我们可能会发现它也反映出伍尔夫对当代小说模式的兴趣。凯瑟琳一开始想选的是一本“薄薄的、带金线边的”小说，但是当她发现父亲嘲笑它的作者，母亲嫌它品位低俗之后，她最终放下了这本书。这一场景表明，伍尔夫可能也曾同样渴望尝试用当代小说的形式来表达海德公园门时期的抗争，表达在布鲁姆斯伯里期间的快乐和创造力[①]。而凡妮莎·贝尔不仅是第一阶段的核心，也是让第二阶段得以实现的原因，因为“盯着伦敦地图，看他们离我们有多远——最后我们决定一起离开肯辛顿，到布鲁姆斯伯里开始崭新的生活”的人正是凡妮莎(《瞬间》，162)。害怕让同时代的人感到震惊，害怕被她渴望取悦的伟大文学“父辈们”无视，害怕踏入精神上的“危险地带”，这些恐惧可能是弗吉尼亚·伍尔夫并未在《夜与日》中将当代文学模式展开的原因。然而，小说中的都市描绘及其所体现的价值体系却流露出当代小说的倾向。

把城市描绘成迷宫的意象正是现代文学视角的特色之一。欧文·豪认为：“19世纪的小说模式是描绘往返城市的螺旋式前进，这与后期小说把城市看成迷宫的模式构成了鲜明对比。”[②]这种深处迷宫的困惑、混乱和迷失感不仅概括了卡桑德拉的伦敦体验，也反映了她对生活本身的感受。事实上，她之所以选择威廉·罗德尼的部分原因正是为了逃避这种情绪，因为罗德尼所代表的坚固中心能使卡桑德拉按捺住任性和冲动，从而安定下来。迷宫和城市迷宫般的体验是他们感情路上的标点。虽然让他们相遇的是另一次伦敦之旅，但真正确立他们情感结合的却是汉普顿宫的迷宫之旅。正是那次他们不在切尔西的时候，西莉亚·米尔温姨妈将

---

① 父亲1904年去世前，弗吉尼亚·史蒂芬一直居住在海德公园门22号，史蒂芬家的孩子们后来都搬到了戈登广场46号，有关这两处生活的不同之处，参见《存在的瞬间》。1918年10月她在写作《夜与日》的时候曾经写到肯辛顿与布鲁姆斯伯里之间的巨大差异“宛如风干的虚伪生活和粗俗无礼但充满活力的生活之间的巨大鸿沟”(日记一，206)。

② 欧文·豪，《文学中的城市》，64。

他们的不当恋爱关系告诉了卡桑德拉的舅舅希尔贝里先生。当希尔贝里先生在盛怒之下将卡桑德拉赶出切恩街之后，是伦敦迷宫般的特质拯救了这对恋人。卡桑德拉在去车站的途中迷路了，因此没赶上回郊区的火车，在“伦敦闲逛了一整天”之后，她最终只能又回到希尔贝里家(《夜》,494)。正是在那里，威廉宣布她是属于他的，并且带着父爱般的善意保证会保护她，不会让她在将来迷路。

对玛丽·达奇特而言，伦敦也是一座迷宫。不过，与卡桑德拉不同的是，玛丽觉得它很“美好”，因为她很清楚自己的归属——“在它的正中心”。与凯瑟琳不同的是，她并没有将其中心地位看成一种时刻提醒她对他人应尽义务的压迫性提醒，而是把它当作对其独立性和个人价值的肯定(《夜》,49)。玛丽的中心地位之所以让凯瑟琳感到羡慕，正是因为它代表着对家庭日常纷争的主动权和距离感。在描绘玛丽在妇女参政办公室工作的场景中，她的工作被赋予了神秘色彩，在凯瑟琳眼中，她和她的同事们仿佛“塔楼里被施了魔法的人一样，房间的各个角落结满了蜘蛛网”，他们“将脆弱的蜘蛛网撒入外面街道上奔腾的生活巨流”(《夜》,93,94)。这里使用的蜘蛛网意象是《夜与日》中另一个具有代表性的现代主义元素，它让人联想到萨缪尔·巴特勒、夏尔·波德莱尔等重要的现代主义先驱。正如艾伦·麦克劳林所指出的，通过“使用蜘蛛网这个意象，也是后来弗吉尼亚·伍尔夫所最钟爱的意象之一”，萨缪尔·巴特勒阐明了“震惊的奇特性”①。瓦尔特·本雅明发现，波德莱尔亦是如此，“震惊体验[是]其艺术作品的核心”，他运用网的意象来表达这种体验的奇特性质。在为他的都市散文诗

① 艾伦·麦克劳林,《弗吉尼亚·伍尔夫》,10。

《巴黎的忧郁》所写的致谢中，波德莱尔说："我们当中，谁不曾在那些雄心勃勃的日子梦想一个写出充满诗意散文的奇迹？……这个理想，会变成萦绕不散的念头，将人们紧紧缠绕，尤其是那些住在巨大城市里的人和他们那数不清的由各种关系交织成的网。"[①]在拉尔夫·丹厄姆"阅读诗歌……感受诗歌，并且富有诗意"的教导下，凯瑟琳更能领悟生命课堂的另一半内容：如何处理好"巨大城市"里"数不清的由各种关系交织成的网"。作为一名孝顺听话的女儿和甘愿牺牲自我的朋友、恋人，她羡慕玛丽·达奇特坚定的自我肯定，羡慕她具有"与[她]家里人不和的权利"，并且能拥有一间能"独自居住……和开派对"的房间(《夜》，59)。

在凯瑟琳看来，玛丽·达奇特的生活充满神秘，令人羡慕；可是现实中，玛丽的生活虽然愉快，但复杂得多。这两者之间的巨大差异说明，《夜与日》中这种跳跃性想象所受到的影响，不仅仅来自同时代的小说。简·马库斯指出，"伍尔夫令人惊叹的政治见解"之一在于她意识到"女性乌托邦理想是独自一人住在天堂工作"[②]。令人好奇的是，尽管小说标榜的目的是探讨女性社交责任与工作激情之间的矛盾，但《夜与日》中只有一位人物实现了这一女性乌托邦。虽然卡桑德拉以及——在更大程度上来说——凯瑟琳的规划都是希望实现婚姻和工作的结合，然而，在小说的结尾处，这些雄心壮志的实验仍然只是对未来的憧憬。只有玛丽·达奇特一人真正实现了独自一人居住，并且获得了工作。

为何在伍尔夫的想象中，玛丽·达奇特能实现其乌托邦，而凯瑟琳和卡桑德拉的乌托邦却仅存在于她们的梦想中？显然，限制

---

① 瓦尔特·本雅明，《启迪：本雅明文选》，163，165。

② 简·马库斯，《被施魔法的管风琴与神奇的大钟：论〈夜与日〉为喜歌剧》，109。

伍尔夫想象的一个重要原因在于历史上女性在结合婚姻与非家务性质的工作时所面临的困难。在《存在的瞬间》中，她承认，尽管布鲁姆斯伯里那些喝着可可交谈的夜晚带来了男性与女性共同进行精神探索的新可能，但她仍然觉得，如果一个人做了结婚这件“特别低俗的事情”，“一个人和……那些上过伊顿公学，为了赴宴用心打扮的公子哥们结婚”(《瞬间》，169)——简言之，与那些更像威廉·罗德尼而不是拉尔夫·丹厄姆的公子哥们结婚，那么他们一定会对妻子和女儿们任何有关个人隐私和工作的非传统追求加以阻挠。

伍尔夫之所以构想玛丽·达奇特能实现独自专心工作的梦想还有另一个原因，这与伍尔夫在海德公园门22号期间的个人经历无关，而在于她回忆那段经历时所采用的文学模式。她在构思玛丽·达奇特的故事时似乎领会了这一点：经典城市小说——和男性对于人类经验的其他表达一样——无论在其创造者亨利·菲尔丁的时代，还是在她自己的时代，都无法轻易或完整地表达女性的生活。在书写女性时，经典城市小说的要素会发生转变：城市与乡村、工作与休闲、情感与经济“改善”，甚至连“好姻缘”这一概念所具有的含义及其带来的结果都变得截然不同。凯瑟琳·希尔贝里的故事在某种程度上也体现了这种差异，有悖于传统的经典城市小说模式。虽然它的结构类似于经典模式中往返城市的螺旋式进步之旅，也以美满的婚姻为结局，但凯瑟琳择夫的决定性价值观念却颠覆了经典模式中的传统，而且凯瑟琳本人在更多时候感到的是被重重包围的困惑，而不是独立、冒险的勇气。当她来到家族位于乡下的斯多格顿庄园时，她的体验似乎并没有促使她去探索，反而让她退缩，让她坚定了“一个信念：订婚和嫁给一个你不爱的人，是你在世上不可避免地要迈出的一步；在这个世界上，充满激情的爱情只不过是旅行者的无稽之谈……而且很少有人会谈起它，以至于聪明的人并不相信真有其事”（《夜》，216）。除此之外，当凯瑟琳摆脱乡村生活给她带来的倒退性影响，不再屈服于没有爱情的婚姻安排，开始进行都市冒险和实验时，她打破了文化常规，也（在最初）违背了自己的意愿。伦敦原本代表着她所承受的家庭与社会束缚：对年轻女性而言，都市漫步更可能意味着（因违反那些束缚而导致的）社会与道德的陨灭，而不是情感的成熟与经济状况的改善。这正是威廉·罗德尼信奉的那个肤浅愚蠢的准则——“比起在家里突然被人看到，在外面被人看见要糟糕得多”——所暗含的深刻道理（《夜》，454）。我不想简化凯瑟琳复杂的动机和行为：和卡桑德拉比起来，她具有自主意识，独立，不关注财产或礼节，而是关注自我的实现。然而，在小说的结尾，就连她似乎也向社会规则屈服了。希尔贝里夫人和拉尔夫·丹厄姆便是这种社会规则的平庸却适合的代表，因为他们一致认同：不仅婚礼会举行，而且举行的地点甚至可能会在圣保罗大教堂。这让读者感到惊讶，因为这违背了这对恋人之前“我们不想结婚——仅此而已”的共识。因此，当我们看到凯瑟琳在他们未来的家安在哪里这个问题上选择尊重丹厄姆的喜好时，已经没那么惊讶了。如果说他的性格会接受她的自主意识，那么承载这种性格的小说形式则会限制这种接受，将其程度局限在小说结尾平凡的家庭生活之中（《夜》，466，489，502）。

而弗吉尼亚·伍尔夫之所以设想玛丽·达奇特能实现隐私与工作兼具的都市乌托邦，是因为在讲述玛丽的故事时，她规避了经典城市小说作为女性人物载体的不足之处。有几个因素使得女人很难通过从乡村到城市再返回乡村的旅程来实现乌托邦。首先，经典小说中这种故事类型赋予主人公的自主能动性是女性极少具有的，因此这隐性地排除了女性人物作为主人公的可能。其次，它的结局要求主要人物有“好姻缘”，回到乡下，这对女性来说就意味着要放弃城市中获得的一切的自决力。最后，女性若(像这类故事要求主人公所做的那样)选择都市冒险来追求自我，最可能的结果不是在受到启蒙后荣归乡下家庭的怀抱，而是永远与那个家庭疏远隔阂，或者道德堕落，甚至有可能死亡。对于女性试图用自己的人生来改编男性情节的现实后果，伍尔夫通过朱迪斯·莎士比亚这一虚构人物的故事进行了详细说明：朱迪斯因渴望写作来到伦敦，然而最终她并没有成为一位著名的剧作家，而是未婚先孕，孤身一人，最后自杀身亡①。

玛丽·达奇特的故事却把这种螺旋式上升的旅程颠倒过来，它不仅改变了经典城市小说的要素，还在无意中运用现代都市意象来契合女性主义主题。玛丽最初想去伦敦是因为她“决心要获得教育”和拥有“与家里人不和的权利”，在底士翰城郊生活时，她收获了自决力和真实的情感，甚至在某个瞬间差点被拉尔夫违心的求婚所诱惑(《夜》，49，59)。但是，玛丽没有接受这次自知可疑的求婚而借机回归乡间，而是选择回到城市做一名单身女性。如果说凯瑟琳故事的高潮在于她突然发现对拉尔夫·丹厄姆的感情中“存在激情”，那么玛丽故事的高潮则在于一种更细微的发现，即：世间有“不同方式的爱”，与对工作持久的热情相比，她对丹厄姆的感情是如此的苍白(《夜》，216，447)。凯瑟琳故事的结局是一段被社会准许的(也许带有自觉实验色彩的)美好婚姻；而玛丽的结局却代表了一种社会异常：她没有选择为男人奉献，而是选择

---

① 关于小说形式如何限制现实生活以及小说如何禁锢小说，参见玛格丽特·霍曼斯，《女性作家与诗意自我》(尤其是该书引言部分)，以及琼·施特劳斯，《爱丽丝·詹姆士传》。

"为一个他们谁都看不到的未来世界的利益"而工作(《夜》,506)。

小说第三十四章中有一处富有戏剧性的纵向对比——凯瑟琳和拉尔夫都停下来注视着上方玛丽窗前的灯光,这虽然代表了对玛丽所做决定的一种认可,但同时也将她与这对恋人(两人只会好奇,"她独自一人还在工作吗? ……她在忙什么呢?")以及读者的经验隔离开(《夜》,505)。正是因为玛丽的故事超越了经典城市小说的限制,所以它才可能有乌托邦式的结局:故事结尾处,问题没有得到解决,斗争仍在持续;没有"好姻缘",没有实现爱人与自我之间的和谐结合,而是实现工作与自我之间的和谐融合。"乡村到城市再到乡村"这一螺旋式旅程的终点是一种胜利的占有,即在城市里拥有一间能工作的房间。玛丽对伦敦这个城市高度认同,乃至在小说的结尾处,城市的霓虹似乎也和她窗前的灯光融为一体,而她窗前的灯光则象征着公共领域工作的女性所具有的活力。尽管因为 1919 年当时的年代限制,伍尔夫在《夜与日》中还不能把这两个故事融合起来,不能把凯瑟琳所享受的爱情与玛丽毕生追求的事业和谐地融入日常生活,但是她通过对当代小说主题和形式的涉猎,仍然取得了某种意义上的胜利。尽管她的最初意图是对"石膏模型"进行临摹,她在讲述玛丽·达奇特的故事时不仅胜利地超越了其学徒身份,还在结尾的设想上超越了其学习的范例。

在讨论《夜与日》的过程中,我总是把凯瑟琳·希尔贝里的故事看作伍尔夫在创作这部小说时自己的故事。之所以这样认为有两方面的原因:一是伍尔夫解释小说创作时(在写给艾瑟尔·史密斯的信中)所用的艺术学生的比喻,二是第七章中凯瑟琳不得不在两种小说形式中做出选择这一重要的元文本场景。这里我想再次沿用这个角度,用小说的开头来说明伍尔夫在《夜与日》中的写作策略。小说的开头,一名年轻女性被困在下午茶的茶桌边,试图让一位不善交际的新客人加入到几位老朋友轻松自在的谈话中来。他们谈的是婚后搬去曼彻斯特的一位表妹的命运：她能不能在那找到能教她波斯语的“退休教师或文人”做她的精神陪伴？当有人问及她对此事的看法时，这位年轻女性“随意地”回答，“我会觉得在曼彻斯特连个说话的人都没有”(《夜》，10，11)。

当然，无论是凯瑟琳·希尔贝里的看法还是她在这种特殊社交情境中的表达方式，都不是随意的。相反，正是最开始的这次闲谈向我们揭示了《夜与日》中凯瑟琳应对问题时的策略。她被困于憋闷的客厅，必须时刻注意社交礼节，扮演好“屋中天使”的角色，因此她渴望获得学习数学的自由。她在谈论表妹的时候，其实说的是自己：她和身处曼彻斯特并无差别，因为在小说开始的这间切尔西客厅里，她也没有一个能说话的人。然而，因为凯瑟琳所受的社会教育和她的塑造者一样，她深知抱怨孤独会让谈话气氛变得更为紧张。所以，凯瑟琳将她的个人焦虑隐藏在公开看法中表达，这种焦虑就是：她也许找不到一个能教她用语言表达真实情感(对他和她工作)，而不只是在下午茶时无聊乏味地闲谈的男人了。巧的是，在她说这句话的时候，在场的人中正好有个人能听懂她藏在礼貌的社交仪态下的真实含义。拉尔夫·丹厄姆内心的沉思表达得很清楚：“他明显地感觉到，她在下午茶桌旁这些上了年纪的人面前也并非游刃有余，这个女孩和她的态度也不再像之前那样让他反感。”(《夜》，13)随后不久，他便力劝她抛开家庭的束缚，而当他也这样做时，他发现自己已经爱上了她。

小说最开始的这个场景不仅反映出凯瑟琳·希尔贝里的性格，还反映出伍尔夫在开始写作《夜与日》时所感到的焦虑以及她用以减轻这种焦虑的策略。和凯瑟琳一样，她也担心无法让一位不善交际的新客人(小说家自己)加入到几位老朋友轻松自在的话席中来，而这是英国小说的传统①。新婚不久，又刚刚从伦敦搬到和其他偏僻小城一样连“伦敦周边”都谈不上的偏远郊区，伍尔夫和小说中所虚构的那位搬到曼彻斯特的表妹一样感到焦虑，焦虑找不到精神陪伴。除此之外，她还感到了另一重焦虑：如果“连个说话的人都没有”，那么想找到工作也不可能了。于是，伍尔夫便采用了自己小说主人公的策略，在用其所学的社交礼节表达内心最深处情感的同时，也能让自己因违反准则或冒犯别人而不能履行社交义务时免受指责。和小说开头场景中的凯瑟琳·希尔贝里一样，伍尔夫在《夜与日》中也借助城市来间接地理解某一个问题。通过运用、改变和超越其文学范例——英国小说之父亨利·菲尔丁所架构的经典城市小说——她能在探讨女性为争取工作机会而斗争这一问题时，巧妙地避免闯入直接表达自我这一社会和心理的“危险地带”。

① 显然，正如当代女权主义研究所示，并非只有伍尔夫一人感到这种焦虑。重点参见霍曼斯，《女性作家与诗意自我》，以及桑德拉·基尔伯特和苏珊·古芭，《阁楼上的疯女人》。

第五章　嘉年华与葬礼：《达洛维夫人》里的伦敦

在搬到海德公园门 22 号之后，伦敦似乎构成了伍尔夫精神创作的外部世界，尽管它有时限制女性只能成为被动、处在边缘的旁观者，但是有时也允许她们积极地追求文化事业。在早期的岁月，就像《夜与日》中所描述的那样，伍尔夫认为对于女性生活中社交职责和精神职责之间的冲突，逃离城市才是解决的主要办法[①]。然而，1924 年她和莱纳德·伍尔夫买下了塔维斯托克广场 52 号，伍尔夫在结束十年旅居郊区的流放之后再次回到伦敦，开始了她最负盛名的伦敦小说的创作。《达洛维夫人》将从全新的角度来分析工作与社交生活之间的关系。虽然伦敦社会是吸引她回到城市的主要诱因，但对于伍尔夫而言，此时"社会"所具有的含义已截然不同，并更为丰富，正如她在 1923 年的一篇日记中所写的：

① 虽然玛丽·达奇特没有逃离工作，而是留在了伦敦，但她只是《夜与日》中的次要人物。主人公凯瑟琳·希尔贝里和其塑造者伍尔夫一样计划逃离伦敦。

> 永远住在郊区。我觉得莱纳德不像我这么介意这一点……我想，我们在某个方面很不同：我喜欢社交生活，他喜欢精神探索。喜欢社交生活这一点是出自真心的，我也并不觉得它应受指责。它是从母亲那儿继承来的一件珠宝——一份欢笑的喜悦，一种并非完全出于自私或虚荣地通过和我的朋友联系才能被激起的东西。在这之后，各种想法便会在脑中雀跃。为了现在的事业，我想要更自由的交往，更广阔的交往。此时，41岁小有成就的我，一部分薪水要通过约请才能获得。
>
> （《日记二》，250—251）

这篇日记透露出伍尔夫对伦敦生活社交属性产生的新兴趣。此时，她认为这种社交属性充满母性，因此是能孕育其事业和生活的环境。

伍尔夫看待伦敦的视角之所以会发生全新改变，主要原因有以下几点。首先，在居住城郊里士满的近十年间，她先后出版了《夜与日》（1919）、《邱园记事》（1919）、《星期一或星期二》（1921）和《雅各布的房间》（1922），写作事业获得巨大成功。事业的成功可能会让她更渴望探索生活的社交属性，对于自己选择的作家生涯中那些看似强制性的"女性"职责，她也不再抵触。通过《夜与日》和其他批判性散文，她已证明在父辈文学和批判传统下她的创作能力，此时的伍尔夫欣然转向之前她一直在逃避的母性传统。在1924年5月5日，母亲逝世的周年纪念日，她回忆起"那天的印象"，表示"已经受够了死亡——生活才是最重要的"，并决定去追求母亲所追求的那种生活：伦敦的社交生活。她发誓"有一天，我一定会写写伦敦，写写它如何不费吹灰之力地占据并延续着人们的私人生活”(《日记二》,300—301)。因此,在1923年6月的一则日记中,她表达了有关伦敦社交生活对其创作之重要性的全新认识。她所运用的隐喻意象揭示了其作为作家和女性的全新自我认知,伦敦带给她的这种社交刺激,能让她像孕育孩子一样孕育工作。“在此之后,各种想法便会在脑中雀跃。为了现在的事业,我想要更自由的交往,更广阔的交往。”(《日记二》,250)

在创作《达洛维夫人》时,尽管伍尔夫对伦敦的女性、社会与私人生活产生了新的迷恋,但她对伦敦的男性、事业与公共生活仍然很关注。这部小说即将出版时,她曾预测:“很可能,明年此时我将成为(父亲所说的)那个代表使徒的伦敦社团小圈子中的一员……不过规模应该更大。这种团体还存在吗?能认识所有值得认识的人……想想要是能在那个位置的话!——如果女人能走到那个位置。”(《日记二》,319)正如这段话所表明的,伍尔夫已经预测到她在《达洛维夫人》中的文学创作成就会为她赢得一种社会地位,与“剑桥使徒协会”那种隐蔽男性世界中的地位相当。然而,这种幻想也反映出伍尔夫在《达洛维夫人》中所探讨的多个问题:成为社会中的局内人是什么感受?女人能成为局内人吗?“使徒”所代表的社会组织——“一种理想的群体,一群神秘的精英人士……一种高级兄弟会”——是否还存在?[①] 尽管在这篇日记中伍尔夫并未指出究竟是什么摧毁了她想象自己可能会因《达洛维夫人》的出版而加入的这个秘密伦敦社会圈,但我们可以猜测她指的应该是“一战”,因为“二战”不仅毁灭了整代年轻人,也终结了他们所熟知的整个社会关系体系。“一战”及战时和战前那段两性割裂的社会时期——那个男人都具有男性气概,

① 利昂·埃德尔,《布鲁姆斯伯里:群英荟萃》,53。

女性都具有女性气质的时期——对《达洛维夫人》极为重要，因为战争的根源以及两性对立的近代伦敦社会中存在的性别压迫正是小说探讨的主题。

伍尔夫曾坚持用一系列二元对立来描述这部小说的构思："我想付出生命和死亡，理智与疯狂；我想批判社会体系，呈现社会最强有力的运作机制。"(《日记二》，248)然而，细读小说会发现，她想做的不仅仅是将两种对立的生活方式进行并置，而是去超越二元思维的惯性，对建立在这种两极分化惯性思维上的社会进行批判。小说审视了两种世界——以克拉丽莎·达洛维为代表的私人女性世界以及以彼得·沃尔什和理查德·达洛维为代表的公共男性世界。此外，它还对把社会分成女性与男性领域、私人与公共世界的社会极化进行了质疑。《达洛维夫人》还在对私人/公共之分的批判之上进一步探讨了它与军国主义的关系。另外，这部小说还将对女性家庭内部角色和男性外部社会角色间关系的探讨与战争起源联系起来，并预示着伍尔夫后来写的数篇散文，其中最著名的有《一间自己的房间》(1929)、《三个基尼》(1938)和《空袭中对和平的思索》(1941)。这些文章探讨的主题都是女性附属性、奉献性的社会角色与男性侵略欲望间关系的某个方面。

然而在这部小说的雏形短篇《邦德街的达洛维夫人》中，这些问题并不明显。这篇短篇小说是伍尔夫住在里士满郊区时创作的，1923年发表在《Dial》杂志上，它描绘了一名成功融入伦敦社会的女性形象。[①] 和后来的长篇小说一样，故事也发生在西敏寺、白厅和邦德街，不同之处在于它仅对同名主人公所处的资产阶级社

① 斯黛拉·麦克尼克尔，《引言》，《达洛维夫人的宴会》，9。有关这个版本的《再思考》，参见约翰·豪尔库普的同名文章《再思考》。

会的弊端进行了剖析。故事中，达洛维夫人对她身边城市的那种沾沾自喜、自我陶醉的认知被削弱，小说并置了她的思想和对周围城市的描写，从而揭示伦敦社会看似光鲜的外表下暗流涌动、一触即发的阶级和性别关系变革。

和雏形短篇小说一样，《达洛维夫人》也运用都市场景来探讨和呈现战前与战时伦敦的特权世界，对被阶级和性别割裂的社会进行描绘和批判。不过，伍尔夫在创作这部小说时增加了一名患有创伤后应激障碍的一战老兵塞普蒂默斯·史密斯这个角色，并因此分析了一个更大的问题，即社会两极分化（因性别和阶级而造成的）和不同阶层间战争的关系。法国女性主义理论学家埃莱娜·西苏曾指出，任何建立在“有等级之分的二元对立”之上的顽固两极分化思维，其根源都源自“一种男性特权”，这种特权隐藏在“其延续自我的对立之中，即主动与被动的对立”。她进一步指出，使男性优越性得以巩固的这种二元性暗含着斗争：“运动不仅能使每一组对立的意义得以构建，也能使它毁灭。它是一个无处不在的战场。每当这个时候都会爆发战争。”[①]西苏认为，“不管我们是阅读还是言说，是通过文学、哲学、批评，还是通过数个世纪的呈现与反思”，主动与被动之间的这种冲突体现在人类经验的各个方面[②]，这种冲突也形象而具体地体现在塞普蒂默斯·史密斯所面临的困境中。两种“等级化的对立”系统（用西苏的话来说）在这名患有创伤后应激障碍的老兵的经历中互相碰撞，复制了将性别压迫与军国主义联系起来、将男性特权与战争相联系起来的“普遍战场”。

① 埃莱娜·西苏，《出发》（也译作《突围》），91。
② 同①，90。

尽管伍尔夫拓宽了小说的核心，将单个主人公扩充为克拉丽莎·达洛维、彼得·沃尔什和塞普蒂默斯·史密斯这三位主要人物，但她仍然运用都市环境，尤其是城市街道，来展开对所选主题的探讨。伍尔夫不仅把城市看成让三位人物产生不同反应的公共世界(例如，克拉丽莎走在邦德街上时觉得自己仿佛“隐身”一般，而彼得和塞普蒂默斯在城市行走时都在某种程度上觉得自己地位显赫)，她还用物理环境来激起人物的思考和意识流(例如，首相戈登的雕像激起了彼得·沃尔什跟踪在特拉法尔加广场见到的漂亮女人的冲动)，并用现实纠正人物的幻想(例如，当我们将塞普蒂默斯所理解的飞机喷烟内容与“Glaxo Kreemo”这两个单词所代表的现实做比较的时候)。从小说的三个核心街景——小说开头克拉丽莎走在邦德街上为宴会买花(《达洛维》，3—19)，彼得从威斯敏斯特克拉丽莎的家中到摄政公园的漫步(72—83)，以及塞普蒂默斯幻觉中的邦德街到摄政公园的漫游(20—31)——说明三个人物都是由其所路过的街道限定的。他们共有的都市环境中的建筑、行人和事件为他们自己、彼此和读者建构了他们的性格和社会情境。此外，小说开头部分的这三处街景不仅紧凑地指出小说要探讨的主要问题，也预示了小说的结尾。最后，仔细研究这些街景会发现，伍尔夫用都市场景提出了对她而言至关重要的两个问题：公共/私人二元对立所带来的后果，以及家庭内性别压迫与海外战争的根源。

小说一开始关于克拉丽莎·达洛维走在邦德街上的描写明确了其性格的一个重要事实：克拉丽莎认为自己并非重要人物，不过是背景的一部分。伍尔夫通过对语言句法、文风和主题的把控，在描写克拉丽莎从威斯敏斯特家中走向邦德街马尔伯里花店的段落中，着重强调克拉丽莎感到自己和周围环境是融为一体的。小说将克拉丽莎在伦敦漫步时的思绪和周围环境相交织，并用环境来激发和增强思绪："在威斯敏斯特住了——多少年了？二十多年了吧——即使置身于车水马龙的大街时，或者深夜梦回时，都会感到一种特殊的寂静，或肃穆的气氛，一种不可名状的停滞，大本钟敲响前提心吊胆的感觉（人们说，这可能是因为流感使她心脏衰弱的缘故）。听！钟声咚咚地响了。"（《达洛维》，4—5）正如这段话所表明的，克拉丽莎不仅混淆了内在（个体）事件与外部（普遍）事件，也无法区分心跳间隙的短暂停止与大本钟敲响前的寂静，以及心跳声与钟声。事实上，她似乎也无法区分对所处城市的钟爱与对生活本身的热爱：

> 只有老天知道人们为何如此热爱生活，又如此看待生活，在自己周围建造空中楼阁，又把它推翻，每时每刻创造新花样；甚至连那些衣衫褴褛的老古董，坐在街头台阶上懊丧之极的可怜虫（酗酒使他们穷困潦倒）也这样对待生活。人们都热爱生活——正因为如此，议会法令无能为力；这一点，她是深信不疑的。人们的目光，轻快的步履，沉重的脚步，跋涉的步伐，轰鸣与喧嚣；川流不息的马车、汽车、公共汽车和货车；胸前背上挂着广告牌（时而蹒跚，时而大摇大摆）的人们；铜管乐队，手风琴的乐声；一片喜洋洋的气氛，叮当的铃声，头顶上飞机发出的奇异尖啸声——这一切便是她热爱的：生活、伦敦和此时此刻的六月天。
>
> （《达洛维》，5）

克拉丽莎倾向于同周围环境融为一体，而这也带来了一定的社会后果。作为一位有着举足轻重地位的议员的妻子，她并不觉得自己地位显赫，而是对所有城市居住者都怀有认同感，因为他们共同热爱着“生活、伦敦和此时此刻的六月天”。这种认同感超越了阶级界限，使她认同一种连“衣衫褴褛的老古董”们和“坐在台阶上”的酒鬼们都包含在内的群体。小说还暗示了伍尔夫在散文中也曾表达的观点——由于其不同、多元的本质，都市环境能孕育平等的社会关系。克拉丽莎对他人的高度同理心源自她对流动、变化的城市的生活体验，这使她不愿对他人进行评判或归类：

> 现在她不愿对世界上任何人说长道短，说他们是这是那。她感到自己非常年轻，却又难以形容的老迈。她像一把刀子，插入每件事物之中，同时又置身局外，袖手旁观。她看着过往的出租车，内心总有远离此地，独自去海边的感觉。她总觉得即使活一天也是非常非常危险的。这倒并非因为她认为自己多么聪慧，多么与众不同……她一无所知，不懂语言，也不理解历史。现在，除了在床上读回忆录之外，她几乎什么书也不看；而所有这些，过往的车辆等，却令她万分神往。她不愿议论彼得，也不愿对自己下这样或那样的定论。
>
> 她向前走着，心想，她唯一的天赋是几乎能凭直觉一眼看透别人。如果让她和另一个人同处一室，她会像猫一样，讨厌时弓起背，开心时发出呼噜声。
>
> （《达洛维》，11）

不过，虽然克拉丽莎称自己不愿对别人进行“概括”，但这并未妨碍她对人直觉地感到厌恶或喜爱。例如，贝克斯巴勒夫人就是她崇拜的女人，“人们说，她主持集市开幕时，手里还拿着电报：她最疼爱的儿子约翰牺牲了”（《达洛维》，5）。而她最讨厌的女人无疑是女儿的历史老师基尔曼小姐：

> 基尔曼小姐肯为俄国人干任何事情，也愿为奥地利人忍饥挨饿，可暗地里她尽折磨人。她是那么麻木不仁，老穿着那件绿色防水风衣……只要她在房间待上五分钟，就一定会让你感到自己的低贱和她的优越：她那么贫穷，你却那么富裕；她住的是贫民窟，家中没有靠垫，没有床，也没有地毯或任何其他东西。她整个灵魂都因怨天尤人而发霉。大战期间，她被学校开除了——真是个苦命、不幸的倒霉女人！其实，人们恨的并不是她这个人，而是她所代表的观念……因为毫无疑问，如果命运再掷一下骰子，黑色而不是白色占了上风，她或许会喜欢基尔曼小姐！
>
> （《达洛维》，16—17）

在这个6月清晨去花店的路上，克拉丽莎脑海中这两名性格迥异的女性展现出她所赞同的性格特点，让我们对其生活价值观有更好的了解。首先，她欣赏贝克斯巴勒夫人能把自己的个人经历深藏起来，而厌恶基尔曼小姐将个人悲痛与社会不公混为一谈。其次，虽然两名女性都被战争深深伤害——一个失去了儿子，一个失去了工作——但是她们对此所做出的反应却截然不同。贝克斯巴勒夫人淡然处之，能顾及自己的社会职责；而基尔曼小姐不堪个人悲痛的打击，其社会敏感度尽失。克拉丽莎显然更赞同能将个人世界和外部世界很好地分开这样一种素养，尽管她自己做不到。不过，贝克斯巴勒夫人的另一点——能很好地履行自己的社会责任——也预示了《达洛维夫人》高潮部分克拉丽莎的行为——她很快停止因塞普蒂默斯·史密斯自杀而产生的短暂沉思，把思绪继续拉回到自己的聚会上。作为克拉丽莎·达洛维潜在的女性行为范本，基尔曼小姐和贝克斯巴勒夫人之间还有最后一点区别值得一提。克拉丽莎在想到基尔曼小姐时，已经意识到，如果命运再掷一下骰子，情况可能会截然不同。虽然她用爱恨之间的对立——变恨为爱——来表明这一点，但这也暗含着另一种更为本质的对立，即身份与差异之间的对立。我认为，虽然书中克拉丽莎并未明确表达，但是在她"如果命运再掷一下骰子……她或许会喜欢基尔曼小姐"这个念头中，其实埋藏着一种更深刻的认识：如果命运再掷一下骰子，她也可能会变成另一个基尔曼小姐。

克拉丽莎对周围的人和事的共情，不仅使她具有社会多样性和平等意识，感觉自己和基尔曼小姐这样的人之间都有潜在的相似性，还使她形成了一种精神状态。需要重申的是，这种关于来生的想象（构想）深受都市环境的影响，这一点在小说开篇描述克拉丽莎走在邦德街的篇幅中就已指出。克拉丽莎想象着人们的生活因周围的城市而相互联系在一起，变得永恒："不知怎的，世事沧桑变化，她在伦敦大街上能随遇而安，得以幸存……她深信自己属于……那里的房屋……属于那些素昧平生的人们。"（《达洛维》，12）克拉丽莎不仅在自己与城市之间建立起认同感，并且还把这种认同感延伸至城市中的其他人。她甚至想象彼得·沃尔什也会拥有这样一种富有情感的来生，虽然后面我们会看到，他的性格并非被动地与周围环境融为一体，而是带有主动入侵性。

克拉丽莎的邦德街漫步向《达洛维夫人》的读者们展现了其性格和经历的多个重要层面，如她容易混淆内部和外部世界，混淆自我和他者；她倾向于对他人产生共情，而不是将自己与他们区分开，不管这些人是否和她属于同一社会阶级；她拒绝对自己或其他人进行归类；她厌恶那些（和自己一样）分不清公共空间和私人空间的人，虽然这种厌恶充满矛盾性；她幻想着都市的日常生活让人与人之间形成牢固的关联性和坚韧性。这些特征都表明，克拉丽莎·达洛维是典型父权文化下的女性产物，其自身兼具这一身份的优点与缺点：虽易与他人(尤其是女性)建立联系，但自身身份认同感薄弱；虽深受父权文化中工具主义与厌女主义价值观影响，但女性心理结构所决定的对亲密关系和融合的渴望又使其本能和行为与价值观相悖①。

而克拉丽莎·达洛维的这段邦德街漫步反映的最重要、最特别的一点在于她对举办聚会的热爱，这既是上述这一矛盾的自然延伸，也是小说情节的主要推动力。小说中大多数男性都把自己当作举足轻重的人物(彼得·沃尔什认为自己是殖民地的管理者，是她的情人；理查德·达洛维认为自己是议会议员)，但克拉丽莎和他们不同，她把自己仅仅当作背景，无意突出自己的存在感。她隐去自我，力求营造一种让他人闪耀光芒的环境。因为布置晚上这场宴会，克拉丽莎在伦敦街头买花途中所见到的城市，也变得多姿多彩：

> 虽然还为时过早，但到处都已响起赛马奔腾的嘚嘚声，板球拍的轻扣声。洛兹、埃斯考特、雷尼莱以及所有这类娱乐场，都隐没在灰蒙蒙、蓝幽幽的晨雾中，这晨雾恰似柔软的织网，将它们全部笼罩。而随着白天的降临，迷雾将散去，娱乐场的草坪和场地上会出现驰骋的赛马……飞奔的小伙们和身穿透明纱衫嬉笑的姑娘们……她自己也喜欢这些东西，对它

① 有关父权社会核心家庭中女性心理结构的建构，参见南希·乔多罗，《母性的再生产》；伊丽莎白·艾贝尔，《显现(融合)的多种身份》；朱迪斯·基根·嘉蒂纳，《身份的运用》；玛丽安·赫希，《母亲与女儿》。

们怀有可笑而真挚的热情，她属于这一切，因为她的祖先在乔治王朝的宫廷当过大臣，并且今晚，她也将闪耀炫目的光芒，举办她的宴会。

（《达洛维》，6）

克拉丽莎布置宴会的安排与她的自我意识、他者认知以及死后来生的想象一样，都和都市环境密切相关。并且，她的宴会既具有传统性也具有颠覆性。一方面，这些宴会说明，女性被父权社会限定于私人领域之内；另一方面，它们所具有的“奉献、联合、创造”作用，不仅有可能改变私人领域，也有可能改变外部世界（《达洛维》，185）。克拉丽莎计划邀请“南肯辛顿的某某，倍士沃特的某某，梅弗儿的另一个人”，这表明宴会不仅能让不同的人欢聚一堂，还能让都市的不同区域，甚至不同的社会阶层得以聚集（《达洛维》，184—185）。因此，小说结尾的宴会上，优雅却衣着寒酸的埃莉·亨德森能有机会与拉夫乔伊夫人乃至英国首相共处一室（《达洛维》，253—261）。从这种意义上来说，克拉丽莎的宴会已变成个人改变公共生活的方式，能把公共生活中（“通常拒绝……关联性”的）典型男性维度变为“渴望且能够进行融合”[①]、更具女性特征的世界。

上文已经提到，伍尔夫在创作《达洛维夫人》时已开始对母性传统产生兴趣，并且认为自己在伦敦社会新获得的快乐与母亲对社交生活的热衷存在关联。克拉丽莎选择把举办宴会作为自我表达的载体和让社会变得更好的方式，也同样反映出其所属的母性传统——在现代父权社会中由文化所定义的女性角色——并由这种母性传统所定义。正如当代女性主义理论所指出的，这种角色

① 艾贝尔，《显现（融合）的多种身份》，417。

得以产生的因素包含两方面：一是由女性所创造的历史与社会现实所决定的独特女性心理结构；二是男性性别压迫。小说开头有关克拉丽莎在威斯敏斯特街区与邦德街上漫步的描述已经说明，作为一名女性，毫无疑问她已很好地接受了女性角色，融入了所属的社会，对她被限定于私人领域这一事实没有半点质疑，而且她完全认同父权统治者们所推崇的竞争性、工具主义价值观，甚至到了妄自菲薄的程度：

> 啊！要是她能重度人生该多好啊！她一边踏上人行道，一边想着，可能自己的容貌也会不同呢！
>
> 首先，她会像贝克斯巴勒夫人一样，长着黑皮肤……慢条斯理，举止庄重，身材高大，像男人一样对政治感兴趣，在乡下有一处邸宅，极其尊贵，极其真实。可现实中，她的容貌却恰恰相反，她身材瘦削，脸蛋小得可怜，鼻子是鹰钩鼻。诚然，她确实能让自己显得很体面，手和脚都很美，穿戴也很入时，而且也没有在这上面花费很多。但是，近来她这个身躯（当下她停住，看着一幅荷兰油画）和它的各种功能似乎不复存在了——丝毫不存在了。她有一种极为荒诞的感觉，感到自己能隐身，不为人所见，不为人所知。此时此刻，没有婚姻，没有生儿育女，只和人群一起，令人诧异而十分庄严地向邦德街行进。此刻，她是达洛维夫人，甚至不再是克拉丽莎，此刻她只是理查德·达洛维夫人。
>
> （《达洛维》，14）

克拉丽莎这种荒诞的隐身感（“此时此刻，没有婚姻，没有生儿育女”）显然是对父权社会女性观的准确描述：除非女性是在履行交配或繁衍后代的“恰当”生理功能，否则她们在未赋予其外部角色的社会中永远是隐身的。然而，在解读克拉丽莎·达洛维时，有一点很重要，那就是，她不仅对这种隐身欣然接受，而且还很享受她所分配到的私人空间。这一点从两处细节中可以看出来：她对政治的不耐烦（“她不会对阿尔巴尼亚人——或者是亚美尼亚人？——有一点同情；她只喜欢玫瑰花”）以及比起待在和丈夫共有的房间，她更喜欢独自待在阁楼卧室读莫斯科大撤退的故事（《达洛维》，182，46）。克拉丽莎经历的这种体验预示了伍尔夫将在《一间自己的房间》中宣告失去的体验：“典型”女性走在白厅大街时所拥有的社会归属感与和谐。在后期这篇文章中，伦敦社会中无所不在的父权使这名女性震惊到出现“意识的突然分裂”，使她发现自己并非局内人而是局外人——不是强大的行为主体，而是弱小的观众（《房间》，101）。与之相反的是，直到《达洛维夫人》的结尾处，克拉丽莎对因嫁给议员理查德·达洛维而获得的社会局内人身份都持接受——甚至某种意义上享受——的态度。举办宴会不仅是她自己选择的回报社会的方式，也是她唯一的天赋：“除此之外，她没有一点才能，不会思考，不会写作，甚至连弹钢琴也不会。她分不清亚美尼亚人与土耳其人……至今倘若有人问她赤道是什么东西，她都不知道。”（《达洛维》，185）克拉丽莎已经意识到自己的价值不过是丈夫的一件装饰品而已——她大方得体的形象和生育的能力让她成为合适的伴侣，但她更欣赏朋友贝克斯巴勒夫人所具有的“男性优点”。

作为伦敦的时尚中心，邦德街再次表明克拉丽莎从女性传统中领悟到的一点：女人能通过依附有权势的男人而获得权力，因此，真正决定女人身份的是其对男人具有吸引力的外表：

> “只有这些。”她望着鱼铺子说。“只有这些。”她又重复了一遍，在一家手套专卖店前伫立片刻。战前，人们可以在那儿买到几乎完美的手套。她的叔叔威廉以前常说，要了解一个女人，只需看她的鞋子和手套。大战中期的一天早上，他在床上寿终正寝。他曾说：“我活够了。”就手套和鞋子而言，她格外钟爱手套。可她的亲生女儿，她的伊丽莎白，却对两者都毫不在意。
>
> （《达洛维》，15）

她的叔叔威廉已经逝去。而克拉丽莎的沉思却表明，同样逝去的还有战前社会中界限分明的男性与女性的社会角色；而今，虽然她还“格外钟爱手套”，满腔热情地准备宴会，女儿伊丽莎白却对手套、鞋子“毫不在意”，一心梦想着成就一番事业。她和女儿所选择的社会角色已经大不相同，这种差异也体现在两者漫步伦敦的地区差异上：克拉丽莎漫步的地点是威斯敏斯特和邦德街，这两条街分别是传统中代表男性政治权力与女性社交权力的区域；女儿则选择坐公交车来到河滨大道，而河滨大道代表的是新崛起的两性商业与事业繁荣的中心：“[伊丽莎白]在钱赛里巷下车，心想：这一带跟威斯敏斯特街区完全不同。这里是如此严肃，如此繁忙。总之，她要有一份职业。她要成为一名医生，一位农民，要是她觉得必要的话，也可能去当一名议员。这一切都是因为河滨大道的缘故。”（《达洛维》，207）克拉丽莎和伊丽莎白观察伦敦的不同视角也反映出战后英国女性地位的变化。对克拉丽莎及其塑造者弗吉尼亚·伍尔夫而言，伦敦“不费吹灰之力地占据并延续着人们的私人生活”（《日记二》，301）[①]；但对伊丽莎白而言，伦敦激励着人们

① 作为一名作家，伍尔夫的公共生活和职业生活当然也十分活跃。

图 4　1892 年的河滨大道：当时的伍尔夫只有 10 岁，比伊丽莎白·达洛维年纪略小

图片来源：《各地风景》，刘·华莱士将军编。斯普林菲尔德，俄亥俄，Mast, Crowell & Kirk Patrick, 1893，第 25 页。

对公共生活的憧憬。当伊丽莎白乘坐公交车在城市中穿梭时，她一路上见到的高楼大厦都代表着职业生涯的诱惑：

> 大街上人们忙忙碌碌奔走着，工人们用双手不断砌起石块。人们从来不会闲谈琐碎的事（把女人比作白杨……），而总是专心致志，一心想着船舶、贸易、法律、行政。这一切是那么庄严（她走进了法院聚集的圣殿区），又是那么愉悦（瞧那河水）和虔诚（瞧那圣殿教堂）。因此她下定决心，不管母亲怎么说，她一定要当一名农民或医生……一个人独处的时候，有时会这样突发奇想——那些没有工程师署名的房屋，从城里回

> 家的人群，他们比……基尔曼小姐借给她的任何书都更强大，会刺激一个人昏沉、笨拙而羞涩地沉睡在心灵沙地之下的潜意识，让它突然冒上来……一种冲动，一种启示，它能产生永恒的影响，但随之再次沉入了流沙底部。
>
> （《达洛维》，207—208）

克拉丽莎·达洛维和女儿看待伦敦视角的差异也明显体现了女性都市经验与自我认知之间的关系。克拉丽莎感觉自己是隐身的，走在伦敦街头时自己不过是周遭社会的背景；而伊丽莎白不仅身份彰显，而且能力出众："只见伊丽莎白在车站蓦地一个箭步，在众人面前，麻利地上了公共汽车。"（《达洛维》，205）此外，母女二人看待城市的差异还表明，一个人对自我的认知（认为自己是画像中被动的背景，还是具有能动性的人像）决定了其是否会选择一份有意义的职业，而这种自我认知又是由其对父权社会中母系传统的接受程度所决定的。克拉丽莎认为自己不过是他人的背景，所以选择把时间花在举办宴会上；而反叛"母亲看法"的伊丽莎白则认为自己是重要的社会个体，梦想着有自己的一份事业。伊丽莎白对事业的追求也从侧面凸显出母亲对女性私人世界的执念，这就像克拉丽莎的伦敦街头徘徊也突出了她作为男性公共世界中一名局内人的附属地位一样。为了探讨其母性传统的正面和负面影响，伍尔夫将克拉丽莎·达洛维塑造成传统女性角色的代表。

克拉丽莎的伦敦漫步表明，她把自己看成其他更重要的（男性）人物的背景，这既决定了她与他人之间的关系，也决定了她为自己生活创造意义的方式。与此相反，彼得·沃尔什的都市漫步却表明，在他的自我认知中，自己是一个具有能动性，甚至颇有胆量的人。[1] 如果说克拉丽莎在与他人相处时是友好、包容、有感染力的(这与其女性心理结构很相符),那么彼得在与他人相处时的最大特点则是侵略性。他一路从维多利亚街走到白厅街,穿过特拉法加广场,走过科克斯珀街、干草市场街、皮卡迪利大街和摄政街。这些地方既代表了男性的帝国威严也代表了男性的性权力,因为它们不仅是议员们和海军上将们散步的地方,也是街头妓女们打情骂俏的地方。[2] 他所选择的路线强调了他是通过统治另一个民族或者另一种性别来获得其地位的。而读者很快会发现,彼得曾在印度待过,他曾在那里统治的"区域有两个荷兰那么大"(《达洛维》,72)。他还在那里爱上了年轻的黛西,一名印度陆军少校 24 岁的妻子。虽然黛西向他承诺"她会把一切都给他!……他想要的一切"!可他似乎还是对她产生了厌倦(《达洛维》,238)。

彼得伦敦漫步的时间是在他从印度回国看望克拉丽莎·达洛维之后。在克拉丽莎位于威斯敏斯特的会客厅中,他再一次上演了家庭中男性统治的桥段:他自认为自己是白马王子,要把不愿被他解救的睡美人从她与世隔绝的都市城堡中救出来。[3] 不过,他所谓的"解救"绝不是大公无私的,而是为了满足(哪怕是暂时地满足)自己当英雄的渴望。他闯入克拉丽莎的私人空间,对所要"解救"的女人进行定义,以满足他自己统治、影响和炫耀的需求。彼得·沃尔什所扮演的白马王子体现出一种支持男性主导的女性

---

① 有关人像与背景割裂的讨论及其对于个人与社会的意义,参见第二章内容。

② 大卫·戴奇斯和约翰·弗劳尔虽然整理出《达洛维夫人》中人物在伦敦的活动轨迹,却没有探讨这些活动轨迹对于小说整体的意义(《大不列颠群岛的文学景观》,84)。

③ 克拉丽莎觉得"像无人保护的女王(她对彼得突然来访感到十分吃惊——他的来访让她觉得不安),她的守卫们都已熟睡,任何人都能溜进来,来看她躺在荆棘丛生的地方"(《达洛维》,65)。贝弗莉·安·施拉克在专著《持续的存在:弗吉尼亚·伍尔夫对文学典故的运用》(60)中也表达了同样的看法。

图5 特拉法加广场：充斥着男性帝国威严与男性性别权力
图片来源：《各地风景》，刘·华莱士将军编。斯普林菲尔德，俄亥俄，Mast, Crowell & Kirk Patrick，1893，第21页。

观："显然，男人在梦想自己是一个施予者、解放者和救世主时仍希望女人服从；为了唤醒睡美人，睡美人必须先被施咒，陷入昏睡；若有被掳的公主，周围必有妖魔巨龙……征服比馈赠或解放更令人神往。"①

当彼得离开克拉丽莎的会客厅走在伦敦街头时，他统治女人的渴望与他在当大英帝国殖民地管理者时一事无成的事实之间的关联也得以显现。他"去了印度，变成种植工……受尽磨难，功不成名不就地回来了"（《达洛维》，161—162）。正如布鲁顿夫人和她的朋友们所猜测的那样，的确，"他的性格里有一种缺陷"（《达洛

① 西蒙娜·德·波伏娃，《第二性》，207—208。

维》,162)。彼得在途中见到一群穿制服的男孩在菲斯伯里街大踏步前进,他们手里拿着准备献到空墓前的仪式花圈。这个细节表明,尽管他缺乏士兵的自律精神,却不禁被这种帝国主义权威所吸引:“彼得·沃尔什同他们保持步调一致,心想,这是很好的训练。”(《达洛维》,76)然而,在对这些年轻士兵们短暂认同之后,彼得便讥讽到,他们之所以这么纪律严明不过是因为年少无知罢了:“孩子们继续向河滨大道行进,渐渐消失在他的视野中;他想,他们尚未尝到人生烦恼的苦果——没有尝过我所经历的一切。”(《达洛维》,77)这种失去自我与个人欲望、纪律严明的士兵前进队列不适合彼得。相反,在男孩们继续行进时,他为自己能有从万千道路中选择的自由而感到自豪:“[他]站在那无穷无尽的大道的起点,可以任选一条路漫游一番。”(《达洛维》,78)

伍尔夫用城市街道来象征人生不同方向的手法,让人联想到保罗·富塞尔所指出的游记类书籍中最核心的比喻,即把人生比作旅途:“游记类书籍不断重复和利用这一根本的智力和情感上的隐喻,把过去看成向后退,把未来看成向前进。它们操控了时间与空间的整个联系,而我们正是利用这种联系,通过调用空间维度在时间中定位我们自己的。也就是说,旅行书籍让通常无意识的行为变成或多或少有意识的行为。”[①]然而,伍尔夫描绘城市街道时的地理和历史特殊性,将这种文学传统变成精准的心理与政治刻画。通过对彼得·沃尔什周围细节的刻画,伍尔夫充分展现出她的自我认知、她与他人的关系及其生活面貌。彼得伦敦漫步时途经的那些雕像和它们所在的街道都具有双重作用,它们既是真实、现实的,也具有象征性与文学性:作为文学作品中的人物,彼得因

---

① 保罗·福塞尔,《海外》,210—211。

它们而陷入沉思，并且被它们定义；而作为读者，我们能感受到它们的真实共鸣，直觉地领悟它们的象征意义，并因此更好地理解彼得·沃尔什这个人物。

彼得对都市环境做出的不同反应定义了自我认知。和他从白厅街走到特拉法加广场上看到的“所有高耸的雕像：纳尔逊、戈登、哈夫洛克”一样，他也渴望成为他人眼中的重要人物，而不是为了某个集体目标无名地奉献自我。他已经确信，他不会选择变成和这些僵尸一般严守纪律的年轻士兵们一样（《达洛维》，77）。就像特拉法加广场周围辐射出的诸多街道一样，彼得此刻的生存自由也在于他能在诸多道路中进行选择。巧合的是，正是在白厅街，“在童年时代的偶像戈登的雕像下”，彼得看到了一位迷人的妙龄女郎，并决定跟踪她（《达洛维》，77）。与彼得和雕像之间的近距离接触一样，他与这名年轻女子邂逅的情节同样是为了再现以前他与雕像主体戈登将军的“邂逅”：都是为了获得被人崇拜的机会和独自冒险时的浪漫爱情。这位年轻女子对彼得而言具有重要意义，因为她满足了他的性幻想：“[她]成为他始终神往的理想女人：年轻而又大方，活泼而又稳重，皮肤黝黑却妩媚动人。”（《达洛维》，79）他心目中的理想女人再次反映出之前他见到“睡美人”克拉丽莎·达洛维时表现出的对统治的渴望：“普通西方男人的理想女人是这样的：她用自由意志接受他的支配；在接受他的观点时会先进行争辩，但最后总是会屈服；她机智地反抗，却以认错而告终。他的自尊心越强，就越渴望危险的冒险：征服彭忒西勒亚要比娶顺从的灰姑娘棒得多。”[1]同样地，当路上的行人挡住这位年轻女子，让她变成更难捕捉的猎物时，彼得把原本无心的消遣变成了认真的

① 西蒙娜·德·波伏娃，《第二性》，208。

追逐。她对追逐的反抗使他感到兴奋，让他对自己的认知膨胀："他觉得自己是个冒险家，放荡不羁，眼明手快，胆大包天，是个地道的浪漫海盗。"(《达洛维》,80)这位年轻女子嘲讽的眼神在他的幻想中变成了仰慕的目光，并让他得以构建风流倜傥的自我形象。他通过侵犯她的隐私来彰显自己身份的重要性。在尾随这名女子的途中，他幻想着全伦敦都知道他的显赫地位，感觉自己"被挑选出来，那随意响起的车鸣声仿佛透过神圣的手，轻声呼唤着他的名字，不是叫彼得，而是他私下里称呼自己的小名"(《达洛维》,79)。尽管彼得自认为身份显赫，放荡不羁，这段场景却揭示出他之所以形成这种自我认知是因为他把女性当作把自己放大成"真实大小两倍"的镜子(《房间》,35)。

《一间自己的房间》中城市街道的布局表明，男人为人像，女人为镜子，这种两性关系并非双向、真实的，而是男人们自恋地幻想出来的。同样，彼得与这名年轻女人的邂逅——十分贴切地发生在竖立着阳具般的纳尔逊雕像的特拉法加广场上——也是一种孤独、自慰性的幻想。在尾随这名女子时，彼得"偷偷地摸了摸折刀"，认为她不过是一件能被路边橱窗里的商品轻易取代的"华丽和奇异"的物件(《达洛维》,79,80)。事实上，当彼得把她跟丢之后，又很快找到另一位同样"穿着长丝袜，头戴羽饰，体态轻盈"的女子作为目标(《达洛维》,82)。

讽刺的是，这名年轻女子吸引彼得的地方正是在于她不同于克拉丽莎："她不像克拉丽莎那么世故，也不像她那么富裕。"(《达洛维》,79)克拉丽莎世故练达得出众，而彼得之所以尾随这些女孩，不仅因为她们平庸得可以相互替代，还因为她们的平凡让人更容易得到。一个简单勾勒的意象就能看出他对这位年轻女孩的看法：彼得·沃尔什脑海中认定她住的房屋是"那种单调的红房子，吊着暧昧不雅的花篮”(《达洛维》,81)。彼得把克拉丽莎和他尾随的这位女子谨慎地区分开,这在某种程度上也让人联想到西方文化中习惯把女人分为圣母和妓女(或妖女)的普遍做法:前者象征着私人空间中的圣洁,后者代表了公共空间中的道德败坏,堕落,乃至兽欲。

然而《达洛维夫人》绝不是一部旨在“探讨”性行为的小说,更不是讨论性行为的病理学。它关注的是性别与性对两性职业、政治、社会和生活所产生的影响。对于彼得·沃尔什和克拉丽莎·达洛维而言,性生活的特点能反映出他们其他社会关系的特点。彼得指责克拉丽莎“冷漠、无情、假正经”,而实际上,(正如邦德街漫步情节中所展现的)她对男性的“性冷淡”表明,她只把自己当作衬托生命中男性人物的背景,这些男性人物具有能动性,而她则处于被动的从属地位。正如心理分析师罗伊·谢弗所指出的,“性冷淡”这一标签通常只用来形容女性,它本身就代表了女性在社会地位上所受的限制:“性冷淡意味着极度的冷漠,它专门用来形容某种氛围……尽管氛围也可能产生某些影响,但它并不具有能动性。只有人具有能动性。因此,这意味着……女性天生就不具有能动性,或者说天生是被动的客体。”[①]“性冷淡”这一标签的含义凸显出西方文化中女性所处地位的矛盾性:虽然性冷淡本身不为社会所接受,然而,它所代表的被动性自我认知却被认为是完全恰当的:“体力、武力、动力和权力,这些都不属于她;意愿、主动权、交互和掌控权,这些也不属于她。”[②]然而,这些正是人们获得真正性愉悦所必须的要素,不管是男性还是女性都是如此。

---

① 罗伊·谢弗,《语言与洞见》,150。

② 同①。

克拉丽莎在邦德街散步场景中表现出的“性冷淡”，也折射出她把自己当作一种背景的自我认识。同样，彼得·沃尔什的伦敦漫步不仅揭示出他个人的性障碍，也揭示出其性障碍所代表的更严重的社交障碍。他尾随年轻女子漫步伦敦街头的这一场景呈现出一种把情感对象与性欲对象分开的倾向。这种狭隘的性冲动说明他患有“选择性性无能”，也就是“只能与某些特定类型的女性，通常是……能让这名男性抛开温柔、爱意与尊重等情感的‘堕落’女性进行性行为”的情形①。当然，我这里所使用的“性无能”是一种比喻，目的是为了说明彼得街头徘徊场景的寓意：他只能在面对能被自己主宰（至少在他的幻想中是如此）的女性时，才能感到自身的重要性。此外，彼得还把其渴望主宰的欲望嫁接于帝国主义政治之上，而这种帝国主义政治是他在清醒时所反对的。罗伊·谢弗认为，这是因为“男性和女性的性问题都会反映在不同的生活领域，例如身体、职业、精神及社交的健康与优越性等方面。虽然这些领域看起来和性完全不相干，但它们在潜意识中或多或少都具有某种性意义”②。对于自己会对大英帝国统治的延续感兴趣这一点，甚至彼得似乎也意识到了其中的讽刺性：“他出身于一个体面的盎格鲁-印度家庭，他的家族至少有三代之久都管辖着一个次大陆（虽然他厌恶印度、帝国和军队，但奇怪的是，他想，我对于英国统治竟会有这样的感情）。有时候，文明……仿佛他的私有物一样让他格外珍爱；有时，他会为英国而自豪……为安逸的姑娘而自豪。”（《达洛维》，82）

克拉丽莎和彼得在伦敦街头独自漫步时所分别反映的性障碍

① 罗伊·谢弗，《语言与洞见》，144。

② 同①，141。

揭示了社会整体的一处弊端，这一弊端不仅是造成他们社会不安情绪的根源，也是造成塞普蒂默斯·史密斯痛苦的根源。正如“性冷淡”暗含着女性把自己当作男性的镜子与背景的自我认知一样，“性无能”也意味着男性把自己看成强大人像的自我认知，尽管此时他已与这种理想认知相去甚远。这两个概念共同体现了伍尔夫在《达洛维夫人》中所关注的社会两极分化过程的问题，即公共、主动的男性领域与私人、被动的女性领域之间的对立。伍尔夫把彼得与克拉丽莎塑造成两个对立面，他们之间的对立不仅体现在性别的对立，还体现在自我认知以及个人与社会关系的对立。通过这种对立，伍尔夫揭示出“社会最强有力的作用机制”（《日记二》，248）。通过塑造塞普蒂默斯·史密斯这名患有创伤后应激障碍并且痛苦地经历了性与社会两极分化所导致的冲突的老兵，伍尔夫对社会机制进一步提出强烈批判。如果说彼得和克拉丽莎戏剧化地呈现了社会机制所形成的男性与女性，以及公共与私人之间的二元对立，那么塞普蒂默斯则充分证明了这一弊端所带来的悲剧性后果——这种两极分化的性别角色及其对女性能动性与男性被动性的约束会导致军事侵略。

塞普蒂默斯·史密斯从邦德街步行到摄政公园的场景是小说中第三个，也是最后一个街头徘徊场景，它揭示了假使一个社会依赖公共、主动的男性领域与私人、被动的女性领域之间的对立，会导致怎样的悲剧性后果。克拉丽莎拒绝将他人归类——“她不愿对世界上任何人说长道短，说他们是这是那”，而塞普蒂默斯就是一个活生生的现实例证，因为他模糊了传统性别角色、社会地位以及心理状态的界限（《达洛维夫人》，11）。他温柔、感情丰富、具有艺术气息；当他在战时遇到好友埃文斯以后，就像之前爱上伊莎贝尔·波尔小姐那样爱上了他。塞普蒂默斯在邦德街第一次出场时，他正饱受因无法分清公共与私人空间所带来的困扰，这既说明了他精神失常的状态，也简明扼要地反映出他与社会之间矛盾的真正性质。当他看到繁忙的车流中一辆汽车停了下来，他由此进行一番沉思，然后幻想着自己对于世界的终极——尽管带有神秘色彩——意义：

> 一切停顿下来。汽车引擎的哒哒声犹如脉搏，在整个体内不规则地跳动。太阳变得分外炎热，因为那辆汽车就停在马尔伯里花店的窗外。……而那辆汽车却放下帷帘停在街头。塞普蒂默斯思忖：那帷帘上的花纹很怪，像一棵树。他眼前的一切事物都逐渐向一个中心凝聚，这景象使他惊恐万分，仿佛有什么可怕的事情就要发生，立刻就会燃烧，喷出火焰。天地在摇晃，颤抖，眼看就要化成一团烈火。是我挡住了路，他想。难道人们不是在瞅他，对他指指点点吗？难道他不是别有用心地占住了人行道，仿佛在地上生了根吗？可是，他的用心何在呢？
>
> （《达洛维》，20—21）

在他的世界里，因果关系被颠倒，公共与私人空间被混淆：不仅停在马尔伯里花店窗外的汽车使骄阳越来越炽热，汽车似乎就要燃烧的想象也象征着他对自己公共地位认知的膨胀。这一场景既结合了彼得·沃尔什认为自己身份显赫、地位重要的传统男性认知，也结合了克拉丽莎·达洛维和周围环境融为一体的典型女性认知。同样，在塞普蒂默斯眼中，为某种太妃糖做广告的飞机在空中放烟所写下的"Glaxo Kreemo"字样，变成了某个未知对象向他发出的无与伦比的私人讯号，它"暗示着他们的意愿就是要无偿地使他永远只看到美，更多的美！”（《达洛维》，31）。在他的幻觉中，塞普蒂默斯发现他的个人经历——例如他对伊莎贝尔·波尔和埃文斯的爱恋，或者无法对妻子雷西娅产生爱意的事实——能揭露永恒且被公认的宏大事实：“交流是健康；交流是幸福。”“人们决不能砍伐树木。上帝是存在的……要改变世界。人不准因仇恨而杀戮。”（《达洛维》，141，31）塞普蒂默斯用疯癫对抗着父权社会所强行建立的私人与公共空间、男性与女性世界的二元对立。

在后期探讨性别压迫与战争之间关系的随笔《空袭中对和平的思索》中，伍尔夫进一步阐明了这些观点之间的潜在联系。布兰达·西尔弗认为，伍尔夫在这篇随笔中，不仅对弗洛伊德《群体心理学与自我分析》进行了解读，还“通过质疑如果用群体思维及群体偏见来分析性别偏见与战争会得出什么结论”[1]，进一步拓展了弗洛伊德的观点。在这篇随笔中，伍尔夫提倡消除性别角色的二元对立有助于结束战争的观点，而伍尔夫阅读笔记中的一个段落也尤其证明了这一点。西尔弗注意到，在此之前的一段话中，伍尔夫认为“1918 年女性在经济上获得的地位与其同时意识到男性的斗争本能”有关，所以写下了这段话：“对于 1914 年的战争而言，的确如此。眼前的战争却截然不同，因为此刻男人们已经在希特勒身上看到了自己的特性，并且在同这些本能作斗争。这是历史上第一次出现一种性别开始对抗其自身的特性吗？”[2]伍尔夫的分析表明，尽管“二战”中男人们发现自身的男性气概中也存在“潜意识希特勒主义”，“一战”中的男人们却很少有人意识到这一点。

而在写下《空袭中对和平的思索》这篇随笔的 16 年前，伍尔夫

---

① 布兰达·R. 西尔弗，《〈三个基尼〉写作前后》，271。
② 同①。

就塑造了塞普蒂默斯·史密斯这个人物，并让他在疯癫中发现“疯狂的真相”——导致疾病、仇恨和战争的原因正是这个严苛地将公共男性世界与私人女性世界隔离开的社会。患病的塞普蒂默斯感到所有区分的界限都在消解，这一症状揭示出造成他痛苦的根源。然而，由于他所看到的世界向一个中心凝聚的景象仅仅是幻觉，想从可怕的角色分配传统中解放出来也是不可能的。虽然他想象自己是邦德街交通停顿的中心，甚至也许是导致交通停顿的原因，但事实上他不过是繁忙清晨邦德街上拥挤人潮中的普通的一员而已。虽然塞普蒂默斯想象自己是永生的，想象“眼前的一切事物都逐渐向一个中心凝聚”，事实上似乎只有这座城市的街道及其象征的“私人与公共领域的隔离”才是永恒的①。当车里的那张面孔变成过眼云烟，当塞普蒂默斯和其他驻足观看的行人们变成“一堆白骨，唯余几枚婚戒混杂在尸体的灰烬和无数腐败牙齿上的金粉填料之中”，邦德街也永远会是那令他痛苦不堪的社会的化身，哪怕它已退变成“野草丛生的小路”(《达洛维》，23)。

伦敦这座城市组织并维系着让塞普蒂默斯饱受折磨的对立体系，这是导致他痛苦的罪魁祸首，因此，我们并不难理解，城市也无情地映射出其内心的痛楚与混乱。彼得·沃尔什在漫步伦敦时的所见——年轻士兵的游行及性感却处于弱势地位的妙龄女子——让他回忆起他那愉快的(虽然大部分是他自己臆想的)种族与性别统治。甚至连在邦德街漫步时并未亲身感受到权力的克拉丽莎·达洛维，都变成了情绪高涨的权力代理人：克拉丽莎心想，和路过轿车中坐着的女王一样，她也要举办宴会(《达洛维》，24—25)。而当塞普蒂默斯·史密斯环顾四周，他只能看到让他感到痛苦的动

① 《达洛维》，21；格洛莉娅·列维塔斯，《街道人类学与社会学》，230。

荡、混乱与情感压抑的更多证据：一群疯子列队走在街上，像展品一样备受羞辱地供公众消遣；公告牌讲述着被埋葬的男人和被活活烧死的女人；尸体在行走；狗变成人（《达洛维》，135—136，36，105，102）。[①] 塞普蒂默斯饱受折磨，他所见的伦敦也反映出伍尔夫在社会中所看到的对立体系，静止与运动、生与死、脑海中的个人世界与战后伦敦的外部世界都痛苦地混杂在一起，而在《达洛维夫人》中伍尔夫不仅想把这种对立体系描绘出来，还坚决地向它发出质问。此外，塞普蒂默斯的名字、过往与眼下的经历，无不体现出这个曾经创造他、如今又毁灭他的二元对立社会的弊端，这个“吞没了成千上万名叫史密斯的青年的伦敦；这个对塞普蒂默斯这类父母为了让孩子与众不同而精心挑选的名字毫不在意的伦敦”（《达洛维》，127）。他对文学的热爱、对伊莎贝尔·波尔小姐以及最后对埃文斯的爱恋，与他作为西布利和阿罗史密斯公司的职员、足球运动员以及士兵所扮演的社会角色相冲突，这种冲突也体现出两种价值观体系的对立。这种对立所导致的精神矛盾再次例证了西苏所指出的，当两个等级化对立面相遇时必然会产生的“普遍战场”。在这个战场，胜出的永远是“男性”价值观：就像布鲁尔先生建议他手下这名年轻的职员用踢足球来提升男性气概一样，当塞普蒂默斯成为一名士兵后，他获得了布鲁尔先生希望看到的“男性气概”，并且因此在军队和退伍后的工作中都获得“晋升”。他所

---

① 塞普蒂默斯有关疯子的幻觉与1915年1月9日伍尔夫本人出现的幻觉相似，这进一步说明塞普蒂默斯是克拉丽莎·达洛维及所有女人的替身或替罪羊：“我们在纤道上相遇，必须从一个长长的痴呆人的队伍经过。队伍为首的年轻男人非常高，高得让人多看几眼，此外无奇；第二个人拖着脚慢慢走着，向外看去；然后有人突然意识到，这个长长队伍中的人都是悲惨、没有生命、拖着脚走的痴呆生物，有的没有额头，有的没有下巴，有的呆呆地笑着，有的狂野地瞪着疑惑的眼睛。这幅景象着实恐怖。他们应该都会被杀死。”（《日记一》，13）

扮演的具有典型男性特征的公共角色（士兵与职员）主导着其更为被动与私密的典型女性角色（诗人与学生）。战争结束后，他努力去理解那些激励他去创造、去热爱文学的过程，自愿肩负起士兵自我牺牲的职责，爱上埃文斯之后又否认对他全部的爱，在深情地感受着一切之后又拒绝所有情感，这一系列的变化都说明塞普蒂默斯必须要在内心与伍尔夫在《达洛维夫人》中所剖析与批判的这个对立体系进行抗争。然而，这个体系再次"胜出"了，因为他作为一名士兵的冷酷无情与麻木不仁最后占据了上风，塞普蒂默斯最终选择了自杀——选择了"他们所认为的悲剧，他和雷西娅才不这样认为……但霍姆斯和布雷德肖喜欢这种东西"（《达洛维》，226）。

然而，讽刺的是，塞普蒂默斯的自杀实际上代表了"文明的一大胜利"（《达洛维》，229）。当然，说这句话的是彼得·沃尔什，是他在听到救护车装着塞普蒂默斯·史密斯那摔得面目全非的尸体呼啸而过时，自大地弄错了情况：

> 彼得·沃尔什认为，这是文明的一大胜利。当他听见救护车凄厉的铃声时，就自忖：文明的一大胜利。那救护车麻利地、飞也似地驶向医院，它迅疾地、富于人道地搭救了一个可怜虫：什么人被打昏了头，或者病倒了，也许几分钟前被车撞倒了，就在这样的十字路口，自己也可能碰上这种车祸。这便是文明。从东方归来后，他印象最深的是，伦敦的高效率、严密的组织和互助的社会精神。
>
> （《达洛维》，229）

彼得这番推测所具有的讽刺意味，尤其体现在他对"伦敦……互助的社会精神"的称赞，因为我们知道，塞普蒂默斯的真实感受

“极其孤独，像那些濒死的人一样孤苦伶仃，被谴责，被抛弃”(《达洛维》，140)。唯一与他自杀相关的社会，正是导致他自杀的根源——一个由彼得·沃尔什这样的人所组成的社会。和对塞普蒂默斯毫无裨益的医生们一样，彼得的一生也在维系并拥护着个人与公共经验之间的区分，而正是这种区分让塞普蒂默斯选择否认对埃文斯的爱恋以维护士兵的形象，选择用“更得体的”士兵般的禁欲主义来压抑埃文斯死亡所带来的悲恸，并最终选择自杀。布雷德肖医生因为崇尚“得体”，所以把布雷德肖夫人束缚在家中直至她“充分吸收他的观点”，慢慢地陷入其掌控之中；霍姆斯医生以他的注意力能“从病人一下子转到旧家具”自豪，这也暗示着在他眼中病人和旧家具是同等的；彼得·沃尔什幻想着与他尾随的这名妙龄女子的艳遇，坚持西方文化所特有的普通女人与高贵淑女之分，并且为了构建虚荣的自我形象将这个姑娘物化。和善的理查德·达洛维显然比治疗塞普蒂默斯的医生们和具有侵略性的彼得·沃尔什都要善意得多，但是甚至连他都对妻子与妓女、私人与公共之间的恶性区分深信不疑：对于公园里见到的“女流浪汉”，他会一边微笑，一边心想他“绝对不会和她交谈”；而对于克拉丽莎，他却会给她买花，计划着“用千言万语来说他爱她”(《达洛维》，152，138，78—81，176)。

我们可以认为这四个人都应该对塞普蒂默斯的自杀负责，不管这种责任是实际意义上的还是比喻意义上的，因为他们都在某种程度上参与了这种崇尚武断的男性气概价值观体系的建构。正是塞普蒂默斯在战场上痛苦获得的这种男性气概促使他选择禁欲式的工具主义，不再表达情感，抑制埃文斯死亡所带来的悲恸，并最终否定以往生命中所有的意义来源，选择面对一种可怕的可能性——“世界本身就没有意义”(《达洛维》，133)。不过，虽然听起来可能会让人难以理解，但伍尔夫笔下的克拉丽莎·达洛维也觉得自己对塞普蒂默斯的自杀负有责任:“在某种意义上,这是她的灾难——她的耻辱,对她的惩罚——眼看这儿一个男子、那儿一个女子接连沉沦,消失在黑森林的深渊里,而她不得不穿上晚礼服,伫立着。”(《达洛维》,282)

克拉丽莎整日“像个远离尘世的修女”一样待在低调谦逊的私人女性空间里,她怎么会对塞普蒂默斯·史密斯的痛苦负有责任呢?想要理解这一点,我们需要看到克拉丽莎在听说塞普蒂默斯死亡后的最后深思:“不知怎的,她觉得自己和他很像——那自杀了的年轻人。他这样做了,她觉得高兴;他抛掉了生命……他使她感受到美,使她感受到乐趣。”(《达洛维》,283—284)克拉丽莎对塞普蒂默斯用死亡换回的这份自由是赞赏的——这是一种重新定义自己的自由,他不再受到公共与私人经验的传统的约束,不再听命于这种传统规定的“得体”,实施的“改造”。[①] 然而,这种赞赏的表面之下深藏着极大的讽刺与罪恶感。克拉丽莎心里的想法似乎表明,塞普蒂默斯的死亡与她从举办宴会的魅力和乐趣中新获得的享受之间存在某种关联。克拉丽莎从宴会中获得的快乐是罪恶的,因为她当晚的客人就包括威廉·布雷德肖医生与英国首相,而这两个人分别是导致塞普蒂默斯自杀的直接与间接原因:布雷德肖直接导致了后者的自杀,因为他不仅不能理解塞普蒂默斯作为“一战”幸存者内心所承受的巨大内疚,而且他还无情地强制塞普蒂默斯与妻子分开,去指定的乡村疗养院治疗;首相间接导致塞普蒂默斯自杀是因为他利用手中职权宣战。克拉丽莎被限制于社交场合女主人这个私人角色,尽管这说明她自己也是折磨塞普蒂默

① 有关克拉丽莎“存在主义自由”的精彩分析,参见卢西奥·P.卢奥托洛,《存在主义六英雄》,13—35。

斯的二元对立社会体系的受害者，但是她不仅欣然接受自身所受到的限制，还热情地款待那些公共权力世界的代表，因此从这个角度来说，她也是二元对立体制的拥护者。克拉丽莎也对塞普蒂默斯的死亡负有责任，因为作为一名“完美的女主人”，她拥护导致其死亡的二元对立社会。

精神失常后的塞普蒂默斯不仅出现了混淆内部与外部、个人与公共经验的症状，还曾预言自己逃离社会压迫后将面临的后果，而且明白自己是“替罪羊，是永恒的受难者”（《达洛维》，37）。他是克拉丽莎所赞美的父权社会的受害者，只有他死了，克拉丽莎才可以继续活着——继续举办更多的宴会。因此，塞普蒂默斯不仅是克拉丽莎的替罪羊，也是整个社会的替罪羊。正如“心理负担的承受者与其制造者具有同质性”一样[1]，克拉丽莎“不知怎的，她觉得自己和他很像——那自杀了的年轻人”（《达洛维》，283）。由于塞普蒂默斯替克拉丽莎承受了负担，两者也因为他的牺牲而密切联系在一起。

那么，克拉丽莎究竟转嫁给塞普蒂默斯什么负担呢？克拉丽莎在猜测他自杀的原因时回忆起过去最难忘的一个时刻——在布尔顿露台上狂热的那个吻：“这时，她整个生命中最美妙的时刻到来了：萨利止步，摘下一朵花，亲吻了她的嘴唇。……她觉得自己像收到了一件精心包好的礼物，但对方要她收起来不能窥视——然而，当她们散步时……她偷偷地打开瞅了一眼，那是一颗钻石，一件精心包好的无价之宝，也许是宝石的光芒透射出来，是神灵的启示，是宗教的情感！”（《达洛维》，52—53）因为对异性恋社会、婚姻这场“灾难”以及她长期扮演的“理查德·达洛维夫人”这个角色

① 肯尼斯·伯克，《文学形式的哲学》，45。

的屈服，克拉丽莎把对萨利·塞顿的爱一直深深地埋藏在过去(《达洛维》,50,14)。然而，在对塞普蒂默斯自杀的思考中，克拉丽莎发现自杀这个行为体现出一种不受传统角色("腐败、谎言与闲聊")限制的真正意义上的人类交流：就像她对"萨利纯洁而真实的感情"一样(《达洛维》,50)。"每个生命中都有一个至关重要的东西，而在她的生命中，这个东西却被无聊的闲谈包围、磨损、湮没，每天都在腐败、谎言与闲聊中虚度。那青年却将它保留了下来。死亡乃是挑战。死亡是一种沟通的企图，而人们却觉得难以接近那不可捉摸的神秘中心，于是亲密变为疏远，狂欢散尽，只留下孤独的人。死亡值得拥抱。"(《达洛维》,280—281)然而，塞普蒂默斯的死是具有讽刺意味的，因为他在追求自由的同时也让克拉丽莎·达洛维得以继续接受她所扮演的传统角色。她在对他的死亡进行思索后，觉得"她必须回到宾客中间……必须得返回，必须得振作精神"(《达洛维》,283—284)。塞普蒂默斯的死不仅没能颠覆社会秩序，反而变成对它的拥护，正如肯尼斯·伯克所指出的，"将某个人的负担转嫁给替罪羊这个牺牲工具，是一种给予，一种社会化，尽管是将某种损失社会化，是将一部分内心深处虔诚的自我进行转移"①。

塞普蒂默斯的自杀使他离开的这个社会变得更加牢固，为克拉丽莎的宴会创造了更强的归属感。首先，他的死为布雷德肖先生和布雷德肖夫人提供了沾沾自喜地闲谈和说谎的机会，一边假意哀悼(布雷德肖夫人对克拉丽莎·达洛维低声说道，"真是件悲惨的事")，一边借机打广告，宣传布雷德肖先生治疗这种病人的资

---

① 肯尼斯·伯克，《文学形式的哲学》,45。

质是多么卓越(《达洛维》,279)。除此之外,关于塞普蒂默斯自杀的话题不仅让布雷德肖夫人和达洛维夫人之间建立起友谊,还强化了她们对父权社会等级价值观的认同,并且由于二人“共同的女性气质,对自己地位显赫、工作忙碌的丈夫都感到自豪”,她们关系变得更加亲密(《达洛维》,279)。最后,塞普蒂默斯的死还加深了政治腐败的现状,因为布雷德肖先生发现,用他自杀的话题来游说议员理查德·达洛维通过“他们想设法在下议院通过……的那个议案”,最合适不过了(《达洛维》,278)。作为一种(文本意义上的)“象征性自杀”,塞普蒂默斯的死“乃是对某个身份角色的明确与建构,而不仅仅是通过抛弃自我来瓦解所有身份角色”[①]。因此,塞普蒂默斯的自杀能让作者探讨那些完全融入父权社会的女性的个体经验。无论是小说意义上的死亡,还是作者意图上的死亡,他的死都充满了悖论,进一步加固了那个毁灭他的社会。

克拉丽莎想象着塞普蒂默斯“怀着他的珍宝纵身一跃”,而类似珍宝意象也贯穿《达洛维夫人》这部小说。不论是在布尔顿露台上散步时萨利给克拉丽莎出其不意钻石般的吻,还是克拉丽莎看到镜中的自己像“一个中心,一颗钻石,一个坐在客厅里的女人,无疑会给生活枯燥的人们带来光辉的凝聚点”,还是当丈夫批评她对举办宴会的热情时,她觉得自己像“把一颗珍珠或钻石弄丢在草丛里的那个人”一样失败,这些珍宝意象把克拉丽莎构建自我认知的不同时刻联系起来,而这种充满荣耀感、情感强烈的自我认知则是父权社会下私人女性空间内的女性所特有的(《达洛维》,52,55,

① 肯尼斯·伯克,《文学形式的哲学》,39。

182)。所有这些细节都能让我们看到，伍尔夫在构思《达洛维夫人》期间曾用极为相似的比喻来形容她自己，那时的她刚刚感受到伦敦社会的魅力："这种社会性是我非常真实的一面……它是我从母亲那里继承的一件珠宝。"(《日记二》,250)

虽然在创作《达洛维夫人》时，伍尔夫选择接受了自住在海德公园门被迫参加社交活动时便开始拒绝的这件珠宝，但这种接受并非总是全盘地接受。在她最具想象力的短篇小说《公爵夫人与珠宝商》中，她讲述了一位白手起家的珠宝商由于对贵族社会内部小圈子的信任，导致自己丧失敏锐的商业判断而对老朋友兰伯恩公爵夫人带来的假珍珠过高估值的故事(《鬼屋》,94—102)。对于从家族中继承的珠宝，伍尔夫自己并未高估过它的价值(无论是比喻意义上，还是实际意义上)。从比喻意义上来说，我们可以猜测，她的怀疑态度或许能解释为何她在日记中赞赏其所继承的社交属性的同时，又对它心存戒备：她坚决认为，她对伦敦社会的喜爱既不应受指责，也不是虚情假意，更不是出于自私或虚荣的心态。不过她抗议之强烈程度，似乎反映出一种与此相反的可能性。同样，对于她真正从家族中继承的珠宝，伍尔夫很快就将它们处理了，这或许是因为她明白继承任何遗产都是要交税的吧。她从母亲那里继承了一枚猫眼石戒指，这枚戒指总让她想起母亲"在教我们学习时翻课本"的手；从同父异母的哥哥乔治·达克沃斯那里，她继承了"一枚珐琅口弦琴，中间有个摇摆的粉色小点"，这枚小琴时刻提醒着乔治名义上遵从她母亲的心愿，实则强迫她上的那些痛苦的女性社交礼仪课(《达洛维》,81)。伍尔夫将猫眼石戒指送给了莱纳德·伍尔夫，把珐琅胸针以可怜的"几先令"的价格卖掉，不过，她却保留了父亲在"她 21 岁生日那天，他去世的一个月前"送给她的戒指。“父亲送了我一枚戒指——特别漂亮的戒指，我很喜欢——我的第一枚戒指。”[①]就像利昂·埃德尔所猜测的，“这似乎代表了一场婚礼，一种赐福的宗教按手礼，一种文学继承”[②]。和塞普蒂默斯·史密斯一样（而不同于克拉丽莎·达洛维），伍尔夫通过对珠宝的选择获得了一种可以不受有关“得体”课程和社会传统束缚的自由——工作的自由。

虽然伍尔夫欣然舍弃了那些真实的珠宝，但是当她事业取得成功之后，她再次对伦敦社会带给她的快乐表示称赞。在1924年1月9日她买下塔维斯托克广场52号房子那天的日记中，她再次用珠宝的暗喻来赞美她从母亲那里继承的美好世界：“伦敦，你是一块宝石，是快乐的碧玉——音乐、交谈、友谊、城市风景、书籍、出版、一些重要中心的而且难以言说的事物，所有这一切，我现在都能拥有，自1913年8月以来这是第一次。”（《日记二》，283）伍尔夫结束了长期的放逐，回归伦敦，回归那原本会使她无法在伦敦成为作家的母性传统，伍尔夫选择呼应威廉·邓巴尔[③]在诗歌《致敬伦敦》里的句子来表达她对伦敦的全新感受：

> 伦敦，你乃所有城市的精华。
> 所有欢乐的珍宝，快乐的碧玉，
> 美德与英勇并存的最伟大的红宝石。
>
> （《日记二》，283，n5）

然而，就像她在《夜与日》中所做的那样，她再次通过颠覆传统

---

① 利昂·埃德尔，《布鲁姆斯伯里：群英荟萃》，92。
② 同①。
③ 活跃于15世纪末16世纪初的中古苏格兰诗人。——译者注

(男性)的城市意象来表达其全新的女性美学。威廉·邓巴尔赞美的是城市的“英勇”及其“有关男性气质与特征的价值与美德”,而伍尔夫所使用的珠宝意象却将其传统性颂歌变成了对伦敦女性,乃至母性特征的歌颂。[1] 城市仿若珠宝,它具有中心的和难以言说的意义,而这些特征也让人联想到克拉丽莎·达洛维在朋友生命中富有感染性的存在以及茱莉亚·史蒂芬在女儿记忆中的样子:“她当然是我的中心。我觉得‘中心’这个词最能表达我的总体感觉,这么多年来我完全生活在母亲的影响之下,从未能跳出她的影响来看待她本人。”(《瞬间》,83)

这段总体上赞赏但隐隐约约带有幽闭恐惧症色彩的描述,反映出一个与母性认同永远分不开的难题:对个体化的追求。这段话表明,尽管伍尔夫称赞母亲无处不在的存在感,她可能也渴望(至少潜意识如此)拥有在另一种环境中生活的自由,这不仅仅是因为她想获得一种独立的身份,还因为她想能对“作为一个普通人”的母亲有更准确的认知(《瞬间》,83)。同样,虽然伍尔夫对伦敦无所不在的存在感及其“中心而难以解释的”性质表示赞赏,她作为一名作家的职业生涯却表明,她也需要体验不同的城市环境,只有这样才能让写作变得更成熟,让自己能全面地观察城市的本质。她旅居城郊十年的体验似乎使她能够并且渴望审视城市生活传统意义上的女性特征。最后,虽然她对于伦敦社会这件“珠宝”的继承权既抗拒又接受,但这也反映出她的母性认同及其探讨传统女性角色优缺点的意愿,而她早期对母性认同、传统女性角色,甚至是对城市本身的抗拒也许已经带有这些特点了。

在《达洛维夫人》的所有人物中,唯独塞普蒂默斯对社会传统

---

① 此处“英勇”(valour)定义参考《简明牛津英语词典》第二册,3386。

的抗争是最坚决明确的。在用自杀去反抗教导得体与改造的课程的同时，塞普蒂默斯不仅变成了克拉丽莎的替罪羊，也变成了其塑造者的替罪羊。对比伍尔夫自己的生活来看塞普蒂默斯的话，我们会发现他其实缓解了伍尔夫对传统角色期待的焦虑与敌意，这些期待继承自她的母亲，又被同父异母的哥哥教育强化。作为这个传统角色的化身，塞普蒂默斯第一次让伍尔夫能全面地分析它，而不是盲目地美化或者抗拒。作为伍尔夫的替罪羊，塞普蒂默斯能让她呈现出伦敦社会的全貌；作为一名局外人，他又能让她体验克拉丽莎·达洛维这名局内人的角色。然后，他便"怀着他的珍宝"，纵身一跃，(《达洛维》，281)。

塞普蒂默斯在疯癫时曾自言自语到，"沟通是健康；沟通乃幸福"(《达洛维》，141)。他很多格言性质的话语不仅向读者暗示着他的疯癫，也体现了伍尔夫作为一名作家与女性主义理论家，在这部复杂社会分析小说中的成长。正是在这里，伍尔夫第一次展开了关于母性认同与父性认同之间的对话；正是在这里，她不仅呈现出一幅更全面的社会画卷，还揭露出由两种认同之间的二元对立所造成的个体与集体经验的扭曲。她之所以能进入此番对话是因为她强烈依靠这座城市——尤其是城市的街道——来引起人们思考她的社会画像中所体现的主题。"城市街道为社会生活中至关重要的沟通提供了实际的，也许是独一无二的，尺度与范围。"[①]在《达洛维夫人》这部作品中，伍尔夫用城市街道场景将塞普蒂默斯·史密斯、彼得·沃尔什与克拉丽莎·达洛维这三位人物并置，从而迫使读者去分析三者之间的相互关联性，将原本割裂的东西联系起来(哪怕这种联系只是短暂的)：私人与公共、男性与女性社

① 托马斯·V.卡佐诺斯基，《论街道为人造通信物》，207。

会，以及克拉丽莎作为女主人的作用与塞普蒂默斯作为士兵的作用。就像一位建筑师兼城市理论家所指出的，这种联系的建立永远是城市街道的核心作用："从建立之初起，城市街道便成为公共联系与交通的主要场所，成为观念、商品与服务交换的场所，成为游玩与斗争、嘉年华与葬礼、抗议与庆祝的场所。因此，它在维系人类社会的关系网中起着至关重要的作用。"①

《达洛维夫人》的形式和主题都来自小说雏形《邦德街的达洛维夫人》所描绘的城市街道，它所探讨的主题正是构建父权社会的"关系网"。和它的落脚点——城市街道——一样，小说也是嘉年华与葬礼、抗议与庆祝等多种对立元素的产物。如果《夜与日》是伍尔夫离开伦敦后为回应女性工作与社交生活之间的矛盾而创作的，那么《达洛维夫人》则是她回到伦敦后分析女性传统社会角色与英国社会本质和结构之间关联的大胆尝试。

---

① 托马斯·V.卡佐诺斯基，《论街道为人造通信物》，207。

第六章　阿弗之旅:从囚禁走向自由

1933 年,伍尔夫在写给奥特林·莫瑞尔夫人的信中,曾表示自己的最新一部小说是一个“玩笑”。她在信中写到,之所以写《阿弗小传》,一是因为写完《海浪》之后深感疲倦:“我躺在花园里读着勃朗宁夫妇的爱情诗信,当中提到的他们家那只小狗让我忍俊不禁,乃至我忍不住要把他①变成活生生的主人公。”(《信五》,161—162)她还承认二是想和里顿②开一个玩笑……来仿拟一下他的传记”(《信五》,162)。事实上,“最初原稿中”小说结尾处最后一个段落中,“对描写维多利亚女王离世及阿弗如何恢复对过去全部记忆的描写,正是对里顿惟妙惟肖的模仿”(《信五》,232)。不过,由于

① 伍尔夫在信件和《阿弗小传》中均使用“他”来指代公可卡犬,笔者在分析时也采用了这一人称代词,这与汉语中通常用“它”指代犬类有所不同。译文中保留了原文中所用的人称。——译者注

② 里顿·斯特拉奇,英国著名传记作家。他的作品不多,仅四部传记,包括:《维多利亚》《维多利亚女工时代名人传》《伊丽莎白与艾塞克斯》和《人物小传》。其中《维多利亚》是成就最高、影响最大的一部,它集中体现了作者的传记文学观。——译者注

里顿于1932年1月21日不幸去世，因此无法“看到这个玩笑”，所以伍尔夫把《阿弗小传》写成喜剧性传记的部分动机似乎也消退了。于是作为伍尔夫写作成熟时期的第二部幻想传记（第一部为《奥兰多》），这部对维多利亚时期盛行传记传统以及里顿·斯特拉奇式现代风格的揶揄之作，最后变成了对伦敦社会与政治生活所依赖的价值观的批判。

早在写《阿弗小传》的四年前，伍尔夫就发表了《一间自己的房间》，并在书中对父权社会下女性作家所处的地位进行了剖析。她讲述了莎士比亚的妹妹朱迪斯·莎士比亚这个虚构人物纵使才华横溢仍落得英年早逝的悲惨故事。《阿弗小传》中，她又重拾《一间自己的房间》的主题，描绘出现代都市社会中女性作家的另一幅场景。《阿弗小传》的核心故事是阿弗逃离伦敦的禁锢，并在比萨和佛罗伦萨这两个异乡城市中获得自由的身心之旅，而这正代表了女性作家自我发展之旅的原型：最初将都市文化看作父权压迫的禁锢，然后意识到都市潜在的解放性力量，最终决定去享受那份被解放的自由。

《阿弗小传》的情节很简单，故事主要围绕广为流传的伊丽莎白·巴芮特与罗伯特·勃朗宁之间爱情佳话的花絮展开。小说的主角可卡犬阿弗从小在乡间长大，习惯了在草地奔跑，追逐野兔和狐狸，并且很早就当了几只小狗的爸爸，后来他被送到温坡大街，成为患病女诗人伊丽莎白·巴芮特疼爱的宠物，从而处处受到都市生活的限制。在与女主人共同生活期间，阿弗学会忍受无比单调的生活的监禁，无论是在得体礼节伪装下阴郁的病房（“房间里没有一样东西是它本来的面貌，所有东西都原本是别的东西”），还是在城市公园，那里带着铮亮大礼帽的可恶男人们严格执行着养犬约束法[1]（《阿弗》，28）。正当阿弗已经习惯备受束缚的安逸城市生活时，他突然被盗犬贼们绑架，扣押在与富裕的温坡大街仅一墙之隔的白教堂贫民窟。在突然发现伦敦底层人民的糟糕境遇后，阿弗开始质疑其对秩序、善良与文明的信仰。随着"卧室之神们"纷纷跌落神坛，主宰巴芮特家庭的父权权威也坍塌了（《阿弗》，109）。后来阿弗逃离了伦敦这个牢笼，巴芮特小姐秘密地和别人结婚后，也离开了父亲的家，来到比萨和佛罗伦萨追求新的自由。由于身上长了跳蚤，阿弗不得不把毛剃光，而剃光毛也给他带来了最完整的自由：脱去了那身精美光亮的红色小猎犬毛发，阿弗变成杂种狗的样子，他也因此得以成为一个能在没有阶级之分的意大利城市街头自由闲逛的市民，并且还不用担心身份被发现。阿弗最后一次去伦敦的告别之旅也试探并且验证了这一转变：伦敦对自由的敌意让他感到震惊，当他听说卡莱尔家的小狗尼洛不堪忍受切恩街生活的压力而跳窗自杀的传闻时，他最终决定永远回归到没有阶级之分的外来者之中。于是，他愉快地回到佛罗伦萨，成为街上狗群中令人喜爱的长者，并且颐养天年。

上文中我提到《阿弗》代表了女诗人身心之旅的原型，可是上述小说情节概括却只呈现了一只可卡犬逃离伦敦到佛罗伦萨追求自由的故事。这是因为正如昆汀·贝尔所指出的，"与其说《阿弗小传》的作者是一位'真心爱犬之人'，倒不如说她是一个'情愿为犬之人'"（《昆汀二》，175）。对此，我们或许还可以加上一句：作者也把自己爱的人想象成狗。1932 年，伍尔夫在写《阿弗小传》时，为了试图说服薇塔·萨克维尔·韦斯特卖掉《奥兰多》的手稿，曾向她承诺自己会再写一部讽刺传记："我会再写一本书，把那本书

① 指禁止未被皮带牵住的狗在街上乱跑的法令。——译者注

的手稿给你,是关于变成一只年迈、忠诚、蓝眼睛、毛茸茸的牧羊犬的。”(《信五》,41)伍尔夫在这里暗示着,新书中变成一只牧羊犬的物种转换与奥兰多变成女人的性别转换相似,而这也揭示出《阿弗小传》的潜在含义,即阿弗是女性作家的替身:他代表了故事中过去拥有他的女诗人,也代表了塑造他的女作家本人。

尽管伍尔夫在给奥特林·莫瑞尔的信中说这部小说是个“玩笑”,但是阿弗所经历的故事却能引起个人与大众的共鸣,因此这种“玩笑”的性质只能从深藏的心理学意义上来理解:因为她在无意识中说出了真相。阿弗的传记中体现了多处与女性作家相似的经历:首先,虽然他的身份是犬类,却和人类主人女诗人伊丽莎白·巴芮特惊人地相似。他们不仅长着同样卷曲的毛发,能互相读懂彼此的眼神,还共同意识到了“彼此间的相似”。

> 相互凝视时,他们都感觉到了:这就是我,然后又觉得:可是又多么不同!这边是一张苍白消瘦的病人的脸,接触不到新鲜空气、阳光和自由。而他却有一张温润年轻的小动物的脸,极为健康且富有活力。仿佛他们虽然被分开却出自相同的铸模,是否他们彼此都能让各自潜藏的一面更完整地呈现出来?她可能具有一切;而他却一无所有。他们之间横亘着最宽的鸿沟,将一种生物与另一种分隔开来。她能说话,他不能;她是个女人,而他是条狗。于是,他们虽然紧密相连却又遥遥相隔,只能凝望着对方。
>
> (《阿弗》,31)

阿弗不仅在外表上与女主人相像,作为一只家庭宠物,其社会地位也与维多利亚时代社会中女性所处的社会地位相似。伍尔夫在这部喜剧传记的开篇就有一处推测阿弗血统的描写，书中写到，“西班牙猎犬”（spaniel）一词可能来自巴斯克语中的“españa”一词，意思是指边缘或边界。这显然是在讽刺传记作家们对人名与出身的痴迷，不过，她其实也是在提醒读者一个最重要的事实：阿弗及其人类同类都处在边缘地位。在现代都市社会中，动物通常被分配至边缘位置；作为“屋中天使”，女人也同样地被边缘化①。如果说动物园里的动物和家里养的宠物都代表了人类对野性的征服与统治，那么被束缚在客厅的中产阶级居家女人们则表明，男人们通过给予她们精美的服饰、富足的生活以及充足的闲暇时间来显示其性别与经济控制。用一个卧病在床的女人来展现周围那些显然支持她被动的生存状态而且不求回报的男性的健康与力量，是多么生动形象啊（虽然，这里的回报明显是对自己“无私”行为的夸大）！阿弗在人类社会中所处的边缘地位与他那卧病在床的女主人所处的边缘地位极其相似：温坡大街代表着父权社会的中心（对此，伍尔夫的描写已经明确表明），而她则被优雅地囚禁于温坡大街的卧室之中。

《阿弗小传》通过描写伦敦，尤其是温坡大街与白教堂这两个区域之间的联系，反映了西班牙猎犬阿弗所遭受的边缘化与压迫，这也平行地表明了巴芮特小姐（及其暗示的所有女性）所遭受的边缘化与压迫②。在阿弗和女主人看来，这两个城市区域的价值观所具有的意义与他们周围男性所理解的意义截然不同。和阿弗第一次走进温坡大街的卧室时的感官印象一样，叙述者对温坡大街

① 有关动物被异化的讨论，参见约翰·伯格的精彩论文《为何要关注动物?》，《观察》，1—26。也可参考弗吉尼亚·伍尔夫，《1931 年 1 月 21 日演讲》，《帕吉特家族》，米切尔·A. 利斯卡（编），xxix - xxx。

② 参见简·马库斯在《通过我们的母亲们回顾过去》中就伦敦作为“父权之都”的分析。

本身的讽刺性描述也突出了男性与女性价值观之间的冲突：

> 温坡大街……是伦敦最庄严、最冷漠的街道。事实上，即便世界坍塌成废墟，文明在基石上摇摇欲坠，人们只需来到温坡大街，去那街上走走，去看看那些房子，去想想它们整齐一致的布局，去赞叹那些规格一致的窗帘，去瞻仰那些款式统一的铜扣环，去观察那些切肉的屠夫和那些取肉的厨子们，去猜猜居民的收入以及他们对上帝与人类法则的遵守程度——人们只需到温坡大街来深深感受一下权威所散发的和平与安宁，以发出一声感恩的长叹：当柯林斯衰败、墨西拿陷落、皇冠在风中飘零、古老的帝国在熊熊烈火中消失时，温坡大街依旧巍然不动……因为，只要温坡大街还在，文明就是安全的。
>
> （《阿弗》，23—24）

这段对温坡大街的描述揭示了一个崇尚物质统一性、一致性与威严性的男权主义世界，就像1842年初夏阿弗第一次走进温坡大街50号时他和米特福德小姐所看到的那样。在这个世界里，人们赞叹款式统一的铜扣环，观察着屠夫们把切好的肉递给取肉的厨子们，最讨厌的东西不过是“餐具柜上常备的香蕉”——就像阿弗后来发现的那样（《阿弗》，147）。然而，这段描述也承认了温坡大街——以及伦敦这座城市——和历史上的柯林斯和墨西拿一样，依然只是一座城市。我们感到一阵颤抖，宛如让墨西拿变成废墟的大地震前兆，因为这段话表明，温坡大街的威严乃建立于阳具权力之上，一旦这种权力受到侵蚀，人们不再屈从“上帝与人类法则”，那么温坡大街自身也会坍塌（《阿弗》，24）。《阿弗小传》记录的就是这样一个坍塌的过程：忤逆上帝与人类法则，侵蚀阳具权力，以及逃离代表父权的温坡大街的行为①。

想要逃离温坡大街及其所代表的统一性、一致性与威严性，来到一个崇尚创造性、自发性与多元性的世界，人们必须先要认清温坡大街所代表的价值观，然后将它摒弃。阿弗与巴芮特小姐相处的日子让他得以认清这些价值观，而被绑架的经历则促使阿弗将其摒弃。阿弗在走进巴芮特卧室的那一刻便觉得自己像"一个一步步走进陵墓的学者，发现自己置身于一个长满菌类、发霉黏滑、散发着腐败和古旧气息的密室中"，或者"一个进入埋藏在某个古城废墟之下密室的探险家"(《阿弗》,27)。通过把病人的卧室与废墟之城和陵墓的意象联系起来，伍尔夫让阿弗的遭遇——由于被切断社会交往，对他而言，世界与世上的人仅仅是名字而已，他自己只能活在内心世界里——显得腐朽且令人骇然。这也意味着迫使他们过着"近乎修道院般隐居生活"②的暴君父亲所代表的价值观亦是如此。阿弗对巴芮特卧室的第一印象就让人联想到历史上其他伟大文明所遭受的抵抗乃至毁灭：克瑞翁下令将安提戈涅用围墙困在波吕尼刻斯的墓中以及庞贝古城因火山爆发而导致整座城市被掩埋。伍尔夫这段对温坡大街的讽刺性赞美同样表明，对阿弗及其女主人而言，一旦阳具权力被推翻，父权暴政终将消亡。

阿弗和女主人伊丽莎白·巴芮特除了具有相似的身体状况与社会地位之外，也都对父权压迫持反叛态度。伍尔夫用盗贼("一个穿着斗篷……戴头巾和兜帽的人……像一个窃贼")将两者的共同反叛联系起来(《阿弗》,60)。这个盗贼形象首先让人想起在温坡大街阿弗最初见到便感到厌恶的罗伯特·勃朗宁。不过，假如

---

① 伍尔夫在大致同一时期提及了父权文明的没落，有关她的这一个相似构想，参见笔者《"我们自己的道路"》一文。

② 弗吉尼亚·伍尔夫，《奥罗拉·李》，《普通读者二》，186。

说勃朗宁是一名盗贼，那他就像罗宾汉那样，是巴芮特所喜爱的盗贼，正是因为他，巴芮特才有勇气反叛父亲的统治。而正是因为遇到了真正的盗贼，巴芮特和阿弗才开始对他们长期以来全盘接受的父权社会结构产生质疑。阿弗被绑架的经历使他看到另一种经济与社会状态，而女主人营救他的经历也起到了同样的作用：让他对稳固一致、井然有序的温坡大街的正当性产生质疑。《阿弗小传》呈现的是主人公拒绝父权而选择母性，逃离伦敦（用简·马库斯的描述来说是"父权之都"）而奔向佛罗伦萨，放弃局内人身份而宁愿当一名局外人的经历。

和伍尔夫的其他作品一样，《阿弗小传》中的空间关系也往往体现重要的非空间现实。因此，偷走阿弗的盗犬团伙窝点所在地"距温坡大街仅一步之遥"，这并不让人觉得意外，而这种空间的毗邻性也反映出这两种社会环境间舒适的经济共生关系。"圣吉艾尔斯大街偷它能偷的，温坡大街付它能付的。"（《阿弗》，86，89）此外，当阿弗被从温坡大街舒适的病人厢房转移到黑暗、潮湿、肮脏的"贫民窟"之后，他发现两种环境之间的联系不仅限于经济上的相互依赖。他被囚禁的状态似乎也映射出巴芮特小姐所处的地位：疾病缠身的她也被沙发所限制，而在她试图协商营救阿弗的过程中，她所面对的敌人不仅包括白教堂的盗贼头目泰勒先生，还包括她身边那些住在温坡大街的男性。虽然泰勒的行为出于贪婪，而巴芮特的父亲、弟弟与情人的行为都是出于最高尚的道德信仰，但是两种男性压迫所导致的结果是相同的："她去找阿弗几乎和让阿弗来找她一样困难。"（《阿弗》，98）

> 她的父亲和弟弟结成同盟来反对她，并且为了他们那个阶级的利益，不惜采用任何诡计。但最糟糕的是——比这要

糟糕得多的是——勃朗宁先生自己用尽全部力量、雄辩、学识和逻辑来支持温坡大街，与阿弗作对。他写到，如果巴芮特小姐向泰勒屈服，那她就是在向暴政屈服，在向绑架勒索者投降，在帮助邪恶抵制正义，在支持狡诈对抗纯真。

（《阿弗》，98—99）

虽然最初温坡大街与白教堂之间、上层阶级与下层阶级之间的战争界限看似明确，但是父亲、弟弟乃至情人之间所结成的坚固同盟很快便揭示出，这种冲突真正实现的不过是某个特定“阶级”的利益。男性之间已结成同盟，其目的就是压迫女性与其他物种——压迫巴芮特与阿弗。伊丽莎白·巴芮特生命中的诸多男性都是出于男性立场，为了男性利益，不顾被囚禁的阿弗以及巴芮特自身的感受，用男性逻辑来看待阿弗的绑架事件。发生在白教堂的情节代表着一种诱惑，迫使巴芮特在获得男性成员的肯定与解救阿弗之间做出选择，她也必须要象征性地在两种道德体制之间做出选择——是选择不带情感的男性道德体制，还是选择带有个人情感的女性道德体制。尽管在诱惑之下巴芮特曾想过屈服，想过承认自己对“法律和正义”的无知，想过用自己爱犬的生命来换得父亲、弟弟和情人的正面评价，但她仍然选择反抗男性的统治。为此，她在给情人勃朗宁先生的信中进行了回击，并质问他：“如果盗贼劫走了她，完全控制她，威胁要割掉她的耳朵，邮寄到新十字区”，他会怎么做？（《阿弗》，101）

这封信连接了温坡大街与白教堂、阿弗的囚禁与巴芮特的囚禁，也将伍尔夫的这部可卡犬的喜剧传记与她对一位女作家成长经历间接严肃的描写联系起来。温坡大街将阿弗与巴芮特联系起来，因为它代表了他们被囚禁与走向反叛父权统治的过程；白教堂也将他们联系起来，因为它代表着各自所面对的平行存在的威胁。在描绘这个紧挨着富裕的温坡大街的破败贫民窟时，伍尔夫参考了托马斯·比姆斯所著的《伦敦贫民窟》(1850)一书。维多利亚时代中期曾出现多部描绘“大都市最骇人听闻之景象”的作品，除了《伦敦贫民窟》之外，同类著作还包括《街头的哀愁》《破败的伦敦》《伦敦阴影》《伦敦的贫民窟揭秘》等[①]。然而，《阿弗小传》中对白教堂地区的描绘颠覆了以比姆斯所著的这部小众作品为代表的诸多维多利亚时代历史类书籍中的常见描绘。不论是久负盛名的亨利·梅休的名作《伦敦劳工与伦敦贫民》(1851—1852)，还是《伦敦被遗弃者的凄厉呐喊》(1883)[②]，这些作品都把伦敦贫民窟描绘成城市贫穷本身的象征。而事实上，梅休对伦敦贫民的“全面”分析仅仅狭隘地局限于对“形形色色的街头人物”的分析，他所着重强调的是这些人所具有的那些令人厌恶，乃至生理和心理上倒退的显著特性，而且他还将这部分伦敦人口中的亚群体看成“另外的种族”[③]。梅休的视野体现了维多利亚末期之前许多关于伦敦东区的作品的特点。东区往往都被看成陌生的地域——另一个国度，乃至另一个世界。

贫民窟通常被描写成一座远离富人区的穷人之城，现实却恰恰相反。在富裕的温坡大街表面之下，肮脏的贫民窟就在转角处，任何“好动的、腿脚灵便又喜欢散步”的人都可以轻易到达(《阿弗》,86)。这种毗邻性也许会带来一些幸运的结局——因为如果“贫民窟紧挨着大厦……总会有这样一种可能——某个有钱人会

---

① 格特鲁德·希梅尔法布，《贫穷的文化》,727。

② 牧师安德鲁·米尔斯出版的纪实类小册子。——译者注

③ 同①,721。

绕过转角，把某个穷人拯救了”[1]。不过，现实中富人对穷人往往更多的是故意的漠视。只要贫民窟对周围富人区的富裕生活不构成任何实际威胁，富人们就会一直漠视它们的存在。维多利亚时代伦敦贫富两个世界间的差异成为公众对贫穷视而不见，对穷人的痛苦不管不问、推卸责任的借口；同样，来自中产阶级的记者与作家们对贫穷的这一“发现”往往只是为了推进那些为富人牟利的社会改革。托马斯·比姆斯就是一个很好的例子（虽然这个例子可能有点极端）：虽然“他在伦敦四处走走”之后感到“惊讶……与震惊”，他所见的景象、听到的语言和闻到的气味都让他“怀疑温坡大街自身的稳定性”，但是这并未促使他重新审视社会与经济关系的等级结构，而是激发了他想要进一步巩固其稳定性的渴望。

> 西敏寺有众多堂皇的建筑［比姆斯发现］，可是就在这些建筑背后，到处是破败的棚屋，那里面成堆的人住在成群的牛上面——“每隔七英尺就有两间”。他觉得他应该把他看到的景象告诉人们，可是……当比姆斯先生尝试这么做时才发现，［这］任务使英语语言显得贫乏无力。但是，他还是觉得应该把下午在伦敦最高贵的区域散步时所见到的情景描绘出来。就像斑疹伤寒会带来巨大的风险一样，这些富人们只是还不知道他们正面临着什么样的风险而已。
>
> （《阿弗》，86—87）

一方面比姆斯对白教堂的观察源于自身的阶级优越感，另一方面这些观察不仅说明他担心贫民窟对附近富人家庭构成实际威

① 安东尼·基廷，《有关伦敦东区的事实与虚构》，593。

图 6 《警界画报》刊登的图片:白教堂治安委员会收到凶手邮寄来的受害者凯萨琳·艾道斯的肾脏以及“开膛手杰克”写的信件
图片来源:《伦敦:城市与市民两千年史》,菲利克斯·贝克和彼得·杰克逊著。纽约,麦克米伦出版公司,1974,第 327 页。

胁,也暗示了整个维多利亚时代的富人阶层之后将要面对革命性的阶级矛盾。

《阿弗小传》中涉及白教堂的情节还呈现出另一种矛盾,即两性之间的矛盾。伊丽莎白·巴芮特写给勃朗宁的信件让白教堂所代表的冲突从阶级扩大至性别。无论伍尔夫是否有意为之,她对发生于白教堂的情节描述都让人想起 19 世纪最臭名昭著的一起谋杀案件——“开膛手杰克”于 1888 年 8 月至 11 月在白教堂一带以残忍手法连续杀害至少五名妓女,其作案地点集中在一平方英里以内。凶手割开受害人的喉咙,以手术般精准的技术剖开她们的腹部,取出内脏(因此,有人怀疑凶手可能是一名医生、屠夫或者教授)，并曾将一名受害者的肾脏邮寄给警方。《伦敦时报》曾在1888年10月2日刊登了有关凶手写的信，这篇报道的内容与伍尔夫笔下巴芮特收到的信件颇为相似：

> 中央新闻社于上周四和昨日上午收到了两封性质特殊的信件，两封信件的署名均为"开膛手杰克"。第一封信件上有E.C.[1]邮戳，信中写信人提及之前发生于东区的臭名昭著的谋杀案，并且近乎残忍地打趣着承认自己便是这些案件的凶手，还表示在干"下一票"谋杀时会"把女子的耳朵割下来"寄给警方……[2]

这些臭名昭著的谋杀案主导了公众对白教堂以及整个伦敦东区的想象，将这一带描绘成"充满暴力与遭到遗弃的"角落。这也让萧伯纳感慨，"倘若能将那些公爵夫人们骗到白教堂的后院看看，那么也许只需对其中一位贵妇进行一场屠宰解剖实验，就能获利50万英镑，大可不必去牺牲四名贫民女子的性命"[3]。伍尔夫笔下巴芮特小姐所写信件中的内容也对此有所暗指：对于女人而言，身为穷人或中产阶级的区别仅在于其受压迫的性质，而不是其受压迫的事实。

正如在阿弗遭受绑架过程中阿弗与女主人的相似经历所表明

---

① "中东部的中心城区"缩写。——译者注

② 《致命爱抚》，理查德·贝克(编)，192。《泰晤士报》刊登该报道时，伍尔夫虽然只有6岁，但是她当时的识字能力已经超群，而且她的父亲在看报纸的时候也习惯读出内容。

③ 引自安东尼·基廷，《有关伦敦东区的事实与虚构》，594。基廷还指出，由于"开膛手杰克"等人物，"伦敦东区在人们心中的印象自19世纪最后20年形成以来，几乎没有改变过"(586)。

的，他们均要屈服于身边男性们的意志，不管这个男人是目无法纪的泰勒先生，还是墨守成规的勃朗宁先生。尽管萧伯纳对维多利亚时代骄傲自满的情绪提出质疑，认为“开膛手杰克”的出现与白教堂一带的客观环境有关，从而将责任主体从一名恶名昭彰的神秘变态杀手转向社会的某个阶层，但他仍未能及伍尔夫之所及。通过《阿弗小传》中这一情节的设置，伍尔夫将压迫的范围由阶级进一步扩大至性别，并暗指社会机制在创造温坡大街上那令人赞叹、管理有度、井然有序的独裁文明的同时，也滋生了由“开膛手杰克”系列谋杀案所代表的整代人所经历的令人恐惧、难以控制、混乱不堪且带有无政府主义色彩的暴力行为①。此外，伍尔夫的措词表达与细节选择，都与“开膛手杰克”谋杀案的相关描述极为相似，这种相似性表明温坡大街与白教堂这两种截然相反的城市环境的共同之处在于伦敦社会中存在的厌女症和性别压迫。小说认为阿弗的绑架事件（以及其所暗指的“开膛手杰克”谋杀案）虽是个例，但它代表了一种普遍状态：父权文化对女性及其他边缘化群体的统治与压迫，这一点与当代女权主义对强奸与色情产业的解读一致。阿弗被绑架、囚禁以及绑匪威胁要把它的头和爪子寄给女主人的恐怖情节，都间接指向“开膛手杰克”谋杀案。另外，在巴芮特小姐试图违背周围男性的意愿解救阿弗时，她发现，就父权社会而言，阿弗的价值与女性存在的价值等同：两者的价值都取决于主

① 1931年1月26日，《海浪》即将完稿时，伍尔夫在日记中记录了当天的新闻头条：“‘甘地被释放’‘芭蕾舞坛巨星安娜·巴甫洛娃病逝，将安葬于戈尔德斯格林’‘开膛手郊区布莱克西斯谋杀案’”。这三个头条新闻，涉及被正名的反叛、艺术与针对女性暴力犯罪的开膛手等不同主题事件，为仅七个月后伍尔夫即将创作的《阿弗小传》埋下伏笔（《日记四》，8）。有关“开膛手杰克”诞生的阶级与性别问题的深刻探讨，参见朱迪斯·R. 沃克威兹，《“开膛手杰克”与男性犯罪传说》。

人赋予他们多少价值。

对阿弗和巴芮特小姐而言，在白教堂的经历彻底改变了他们的世界观。巴芮特小姐只需回忆起她在那个贫民窟看到的男人们的面孔，只需想起那里“住着像她一样的女人，当她躺在沙发上看书、写作时，她们就这样生活着”，便会发现她的想象“已被激发……而那些‘神圣的大理石雕像’、书架上的胸像却从未曾这样激发过她的想象”(《阿弗》,104)。对她而言，在白教堂的经历让她与贫民窟里的女人们结成了姐妹同盟，而到了 19 世纪后期，中产阶级女性们已很难再这样做了，因为她们这些做慈善的人被“开膛手杰克”吓得再也不敢去白教堂这样的贫民窟了。虽然在白教堂的经历之前巴芮特也曾幽默地描绘“住在阿卡迪亚山里某个昏暗小树林里的希腊仙女”，也曾借助“希腊词典”来阅读古籍，也在写作时仿佛能感受史诗先驱们的密切注视，但是新建立的女性同盟随之取代了其早期对男性史诗传统的认同(《阿弗》,46,55,176)。事实上，伍尔夫也间接暗示，阿弗的绑架事件为巴芮特・勃朗宁创作女权主义史诗《奥罗拉・李》提供了契机，因为这部史诗将一位女诗人的成长与玛丽安・厄尔(一位来自贫民窟的女人)的经历交织起来：

> 《奥罗拉・李》的读者们——可是因为这样的人并不存在，那就必须要说明一下，这是勃朗宁夫人所写的一部长诗的标题，而这首诗中最生动的片段之一(虽然这里也存在艺术家自然会有的曲解，因为她对客体的观察仅限于四轮马车里的匆匆一瞥，而且当时女仆威尔逊还在拽她的裙子)便是对伦敦一处贫民窟的描写。显然，勃朗宁夫人对人类生活充满了巨

大好奇，而这种好奇心是卧室洗漱台上的荷马与乔叟胸像无法满足的。

（《阿弗》，175—176）

对阿弗来说，白教堂的经历也重构了他的宇宙观：“卧室里的旧神祇们——书架、衣橱、胸像——似乎都不复存在了。这个房间不再是整个世界，而只是一个庇护所，只是森林里由一片颤巍巍的宽树叶遮蔽的一个小山谷，而森林里野兽出没，毒蛇盘踞，每棵树后都藏着一个随时准备发动袭击的凶手。”（《阿弗》，109）不管这里的“神祇们”是创作史诗的男诗人，还是巴芮特先生这样的父亲们（阿弗一听到巴芮特的声音，就像“躲在花丛里”的野蛮人“听到上帝的声音”那样害怕和恐惧），在阿弗遭遇白教堂的经历后新获得的生命观里，他们的威严不复存在（《阿弗》，51）。充满悖论的是，成为受害者的经历让巴芮特小姐和她的爱犬受到启迪，进而获得自由。虽然阿弗被解救后的日子似乎并不自由（他终日躲在沙发旁颤抖），巴芮特小姐的态度也和往日一样毕恭毕敬，但是温坡大街生活的根基已经被撼动。终于，在9月的一个早上，导致根基坍塌的地震来临了——已经和罗伯特·勃朗宁秘密结婚的伊丽莎白·巴芮特·勃朗宁带着阿弗去往意大利，“把暴君们和偷狗的盗贼们都甩在身后”（《阿弗》，117）。

温坡大街与白教堂之间虽看似有别，实则无异，因为两者的差异之下隐藏着性别关系上更深层的相似性——两个区域都被笼罩在父权（前者是巴芮特先生，后者是泰勒先生）统治之下。而伦敦与比萨和佛罗伦萨之间的差异才是真的差异：在伦敦，病弱的女子需要被庇佑，狗必须要拴着狗链；在佛罗伦萨和比萨，阿弗和巴芮特·勃朗宁却能获得令人陶醉的新自由。除此之外,意大利社会代表着性别平等与阶级平等。比萨不仅让巴芮特·勃朗宁享受到走在城市街道的愉悦,因为在那里“漂亮女人们能独自散步”,还让她看到“尊贵的夫人们能在倒完污水后,‘无比光彩照人地’到宫廷去”(《阿弗》,123)。“在佛罗伦萨,恐惧是闻所未闻的,这里没有偷盗狗贼……没有父亲们”(《阿弗》,126)。佛罗伦萨这座充满母性的城市远离父权的暴政,在这里阿弗和女主人不再感到恐惧,而能去不断探索和成长。体现他们获得自由的一个重要方面在于,这两个昔日同病相怜的囚徒开始疏远,并以不同的方式体验和阐释事物。尽管在伦敦时他们遭受着同样的压迫和囚禁,但在佛罗伦萨,他们在思维判断和行为上都是独立的个体。对巴芮特来说,佛罗伦萨的自由浓缩在人们高举旗帜喊着“自由”口号的街头游行里;而对阿弗来说,这种自由是一种更世俗的快乐,那就是和一只带斑点的西班牙母猎犬“沐浴爱河”,共度良宵(《阿弗》,130)。

这些意大利城市让阿弗感到震惊,因为那里没有等级之分:“在伦敦时,他跑去邮筒的路上几乎总能碰到哈巴狗、猎犬、斗牛犬、獒犬、科利牧羊犬、纽芬兰狗、圣伯纳德犬、猎狐梗,或者西班牙猎犬七大家族里的一种。他给每条狗都起了不同的名字,名字分别对应不同的等级。可是在比萨,虽然狗很多,但是并没有等级之分。所有的狗——这可能吗?——都是杂种狗。”(《阿弗》,120)虽然一开始阿弗觉得在这个无等级差异的社会里自己像一个“被放逐的王子”,但他逐渐变得民主。到了佛罗伦萨,“他[挣脱了]旧观念的最后一丝束缚”(《阿弗》,121,125)。在这个“解放的时刻”,阿弗发现:“‘必须’哪儿去了?链条哪去了?……都消失了,与偷狗的盗贼们……四轮马车和双轮马车一起消失了!与白教堂和肖尔迪奇[1]一起消失了！……他现在是全世界的朋友。所有的狗都是他的兄弟”(《阿弗》,125)。

跳蚤的袭击宣告阿弗已完全融入这个远离白教堂和温坡大街的世界。西班牙猎犬的血统体现在它们的毛发上，阿弗身上的毛“对于他的意义，就好比一只嵌着家族勋章的金表对于一个广袤地产衰败得只剩下那个小圆盘的落魄乡绅的意义”(《阿弗》,142)。为了除去阿弗身上的跳蚤，勃朗宁先生剪光了阿弗身上的毛，这个事件象征着阿弗的女性化，代表了更深层的社会与地域流动性，以及对外来者们的认同感。在对《阿弗小传》中的这段情节与伍尔夫本人的一段生活经历之间明显的相似性进行分析后，这一点会更为明确。在1927年，也就是创作这部小说的不久前，阿弗的塑造者本人也剪短了头发。伍尔夫在日记中记录了这段经历，她赞美短发能带来更多便利，缓解社交焦虑，她写道：“我以后要一直留短发。不再追求任何美感，在我看来，单是这个便利之处已经足以让人向往。以前每天早上，我要拿起梳子，梳开手里的卷发，用发卡固定，然后我欣喜地发现——不，我并不需要这么做了。从前面看，发型没有任何变化；但是，从后面看，我像山鹑的屁股。这让就餐的恐惧减少了一大半。”(《日记三》,127)伍尔夫自嘲地写到，这是“结婚以来生命中最重大的事件”，不过她的玩笑里往往透露着真实。之所以剪去头发似乎帮她消除了社交焦虑，正是因为她在剪短头发的同时也放弃了对地位、对美的追求。虽然剪掉毛发的过程是痛苦的，但阿弗对此的最终态度反映出同样一种追求无名和普通的意愿：

---

① 伦敦的一个地区。——译者注

随着罗伯特·勃朗宁手里剪刀的咔嚓声，那可卡犬的徽标纷纷落地，脖子周围浮现出一个大变样的滑稽的动物形象，阿弗感到自己被阉割了，缩小了，很丢脸。我现在是谁？他盯着镜子想着。镜子以它特有的残酷的诚实回答道："你什么也不是。"……他凝视着镜子，耳朵上没有卷曲的毛，光秃秃的，似乎有点抽搐，仿佛有代表真相与欢笑的伟大精灵们在里面窃窃私语。什么也不是——说到底，这难道不是世上最令人满意的状态吗？……把那些自以为是的人身上的骄傲自大夸张地描绘出来——这本身不也是一种职业吗？

（《阿弗》，143）

阿弗发现了无名的快乐；"被阉割"之后，可以随心所欲地去想去的地方，结交想结交的朋友。他建立了一种新哲学："'阿弗很明智。'勃朗宁夫人在给她姐姐的信中写到。她或许想到了那句希腊谚语：要经历痛苦才能获得快乐。虽失去毛发却因此得以远离跳蚤的阿弗是一位真正的哲学家。"（《阿弗》，144）在阿弗重新回到伦敦时，他的这种新哲学也经受了一次考验，对女性与外来者同情的新视角，让阿弗得以重新审视这座城市。他对国家界线与等级区分嗤之以鼻，认为伦敦社会存在的帝国骄傲情绪与社会等级差异是"某种病态"（《阿弗》，145）。"那种禁锢、堆积的小物件、夜里的蟑螂、白天的绿头蝇、萦绕不散的羊肉味、餐具柜上常备的香蕉——所有这些……都弄得他脾气暴躁，神经紧张。"（《阿弗》，147）返回意大利之后，阿弗的判断变得更为清晰：比萨和佛罗伦萨这样的城市能让生活获得情感的自由，而维多利亚时代的伦敦只会让生活停滞，遭到禁锢。在阿弗伦敦之旅期间，有两个意象一直反复出现：他总是想起卡莱尔夫人的狗尼洛，他因无法忍受切恩街上的紧张生活，绝望地从顶层跳窗自杀；他一直觉得“前门总是锁着的，他必须等人来牵起他的链子”（《阿弗》，147—148）[①]。

在《阿弗小传》接近尾声的时候，伊丽莎白·巴芮特·勃朗宁向她伦敦的房子道别，她此时的态度极其轻描淡写，她心想：“什么都没有改变。这么多年了，什么都没有改变……是的，她说到，在她看来这间房子该打扫一下了。”（《阿弗》，149—150）在这里伍尔夫用女人考虑打扫房屋这最谦逊的方式，对父权社会提出深刻批判。对伍尔夫而言，女佣人的形象永远具有潜在的颠覆性。在《伦敦码头》和《伟人故居》这两篇大致写于《阿弗小传》同时期的散文中，她就借用对女佣人的讨论，将在父权体制下伦敦社会空间中女性与贫苦工人阶级所遭受的压迫联系起来；而在之后创作的《岁月》中，同样的人物形象将成为女性所具有的革命性政治意义的英勇象征。[②] 除此之外，伍尔夫在讨论巴芮特·勃朗宁的一篇文章中还明确写道：“在文学这座大厦里，底层仆人们待的地方是她唯一分得的地方。”（《读者二》，183）在《阿弗小传》中，伍尔夫间接指出，在社会这座大房子里，只有在空间与政治双重边缘化的地方才能实现真正的打扫。这部喜剧传记从双重流亡的边缘——阿弗处在人类种族的边缘，巴芮特·勃朗宁处在父权体制下伦敦社会的边缘——批判了维多利亚时期伦敦社会的桎梏、虚伪以及那些压迫女性和其他边缘群体的罪恶联盟（以盗贼或戴兜帽的人为代表，因为他连接了“体面的”温坡大街与“堕落的”白教堂，也连接了巴

① 阿弗在剃光毛发后回到伦敦，与奥兰多在变性之后回到伦敦，存在诸多相似之处。与奥兰多（及其伍尔夫）一样，阿弗在剃光毛发后对生活有了全新的认识：社会不再让人恐惧，也不再让人着迷；它不再认同局内人，而开始认同女性与其他局外人，从这个新视角看来，伦敦似乎具有了压迫性。

② 简·马库斯，《〈岁月〉作为希腊戏剧、家庭小说与〈众神的没落〉》。

芮特先生与开膛手杰克)。但是,通过概略地描绘伊丽莎白·巴芮特·勃朗宁在比萨与佛罗伦萨的生活,《阿弗小传》还呈现出另一种截然不同的城市生活画卷,在这幅画卷中母性传统得以与文学创造力结合起来,这与阿弗的先驱奥兰多——伍尔夫早期另一部喜剧传记中的主人公——所生活的现代伦敦很相似。[①] 对阿弗和他的女主人而言,都市环境对其所处边缘地位的优缺点都起到了

---

① 和《阿弗小传》一样,《奥兰多》也可以被看作情节大多发生于城市的两部成长戏剧的集合。《阿弗小传》描绘了一只狗与一位女诗人的平行成长之旅,而《奥兰多》记录了同一身体里的两个故事:一位诗人的诞生和一位女性的"诞生"。伍尔夫在借鉴《摩尔·弗兰德斯》的同时颠覆了"笛福叙事"的影响,记录下奥兰多从局内人到局外人,从年轻的男性情人到成熟的母亲这一成长过程。此外,小说的结尾还承认奥兰多在集女人、母亲和"诗人"等多重身份于一身时,通过女性边缘化地位体验到了性格与经验的丰富多样性。在奥兰多在君士坦丁堡性别转换的著名情节中,作者使用了异域都市场景来融合小说的两条叙事主线:从那时起,奥兰多的双重身份融合在一起,创作诗歌的欲望推动女性身份的确立,而奥兰多作为女人的体验又束缚并拓宽其"诗人身份"。

描述奥兰多的儿子在后台出生的段落赞美了现代都市所带来的巨大社会、性与文学愉悦感。迫于传记传统,传记作者没有描写奥兰多的分娩过程——这个话题暗含的社会与性自由不适于传记作者着笔描写,伍尔夫嘲讽地暗示到——但是她设法更进一步,将整个城市描述为使"所有天生的欲望都得到满足"的竞技场。此处对城市的描绘修订了将伦敦视为充满混乱商业主义、语言多样性和过多刺激来源的这一传统现代主义观点。如果对艾略特和乔伊斯来说伦敦至多只能用炼狱,乃至地狱来形容,那么对伍尔夫来说,伦敦则是平淡而辉煌的富饶天堂。

"等等!等等!翠鸟来了;翠鸟没来。

瞧,此时此刻,工厂的烟囱和冒出的烟;瞧,市政府的职员乘着轻便小船在湖中闪过。……瞧他们所有人。尽管上苍仁慈地命令人们隐藏人心中的秘密,我们却因此永远受到诱惑,去猜测一些或许虚无缥缈的事情……我们看到对一顶帽子、一条小船、地沟里一只老鼠的天生欲望燃烧起来,继而歌颂欲望满足之辉煌……

欢呼吧!天生的欲望!欢呼吧!幸福!神圣的幸福!形形色色的欢愉,鲜花与美酒,虽然前者容易凋谢,后者令人醉生梦死。星期日花半个克朗买张票离开伦敦,在昏暗的小教堂里歌颂死亡,或者随便做点儿什么,随便做点儿能打断或者干扰打字机打字、信件归档和链条锻造的事情,让帝国无法正常运转。甚至欢呼女店员唇上那红红的、粗俗的弯弓……穿梭于两岸之间的翠鸟,所有天生欲望得到满足,不管男性小说家们怎么说。或祷告;或否认;欢呼吧!无论欲望是什么形态,希望它来得更多,更古怪。"(《奥》,192—193)

强化作用。在1932年写给艾瑟尔·史密斯的信中，伍尔夫说《阿弗小传》"不过是聊以打发时间的一个小玩笑"(《信五》，140)。可是它绝非只是个玩笑，它对都市经验压迫性与解放性的全面考察，它运用都市场景将性别压迫与阶级压迫结合起来的手法，都为《岁月》这部严肃的家庭编年史做了铺垫。

在这段仿佛合唱的插曲中，伍尔夫描绘了诸多意象来赞美伦敦，这些意象不仅让人联想到她本人所著的《邱园纪事》(1919)，还让人联想到荷加斯出版社于1923年出版的艾略特的《荒原》：鲜花和工厂的工人、河堤上的老鼠、打字员、职员、女店员、伦敦公园一日游、在昏暗的城市教堂里唱的赞歌以及往往粗糙的天生欲望的形态。"穿梭于两岸之间的翠鸟"这一意象笼罩着整个段落，而翠鸟(king-fisher)意象则是对艾略特长诗中核心的渔王(the Fisher King)传说的间接自然颠覆。虽然这个意象明显借鉴了《荒原》，但它有别于艾略特的构想。《荒原》的主题是无能，不管是个人的性无能，还是大自然的无能为力；与此相反，伍尔夫却赞美情感与性的潜能，赞美"无论是什么形态……所有的天生欲望"都能得到满足。《荒原》哀悼个人、政治及精神体验之重要形态的丧失(体现在艾略特的诗里渔王的挣扎中，这是全诗的一个神话源头)，伍尔夫却欢呼那些打破父权秩序的事物，坚信人类经验之多样性具有各种形态。她不仅为那些"能打断或者干扰……链条锻造"且"让帝国无法正常运转"的事情叫好，还选择这个合唱式的段落来标志奥兰多之子的降生，以此庆祝在现代社会中母性力量的繁荣。参见笔者《伍尔夫〈奥兰多〉中的传统与修正》。

第七章　伍尔夫在《岁月》中的都市构想

伍尔夫的小说中，没有一部像《岁月》一样创作初衷如戏剧般地矛盾。“[1931 年 1 月 20 日]我在洗澡的时候，突然构思出一本新书——《一间自己的房间》的续篇——内容是关于女性的性生活，书名也许可以叫《女性的职业》——上帝啊，这多么令人兴奋！它的灵感来自我周三将在皮帕的协会[①]上宣读的文章。”(《日记四》,6)1932 年 11 月，伍尔夫表示小说雏形将是遵从《夜与日》传统的一部“事实小说”，不过她的小说构思却表明，在探讨熟悉主题方面，这部小说的立意比之前那部小说要宏大得多：“它将是一部随笔小说，叫《帕吉特家族》，它将涵盖一切，性、教育、生活等，主要描绘 1880 年至此时此刻的诸多重要时刻……”(《日记四》,129)

从《夜与日》(1919)开始，伍尔夫一直在思考女性生活中两个相互关联的问题：性与职业。在《夜与日》中伍尔夫记录了凯瑟

① 此处指的是“伦敦/全国女性服务协会”(London/National Society for Women's Service)，皮帕·斯特拉奇当时任该协会的秘书。——译者注

琳·希尔贝里为摆脱女性贤内助这一传统“职业”而进行的斗争，她选择了自己的职业——数学研究。在这部小说中，伍尔夫描写的父权体制下伦敦女性生活中面临的性与职业之间的矛盾最终无法调解，因此她只能让玛丽·达奇特成为独身的伦敦职业女性，让凯瑟琳·希尔贝里和爱人逃到乡村隐居起来研究数学，以此作为解决冲突的方案。不过，在伍尔夫创作《岁月》之时，她已决定对女性的都市生活进行全方位探讨。

在伍尔夫的最初构想中，《岁月》这部作品将融合两个部分：一个部分为从篇幅略长的小说中节选出的若干“片段”，这部分将勾勒1880年至2032年间一个典型英国家庭的面貌；另一个部分为穿插在这些节选的小说“章节”之间的数篇随笔，这部分将对小说“章节”部分提出的问题进行探讨。不过，伍尔夫在完成五个小说片段与六篇事实性随笔之后，放弃了试图融合事实与虚构的这一写作实验。1933年2月，她对成形的手稿进行了大幅修改，将“中间章节”，或者说随笔，全部删除，决定完全采用小说的形式。除了删除这六篇随笔之外，伍尔夫还在后来两次修改中至少删除了若干其他章节：第一次修改时删除了《1910年》章节中的数页内容，第二次修改中又删除了《1917年》和《1921年》这两个章节中的“两大块”[①]。从《帕吉特家族》(伍尔夫最初确定的书名[②])到最终出版的版本，这部小说反映出伍尔夫小说创作的独特修改模式：她总是把对英国社会的好战性与性别歧视的直接斥责，变为戏剧化呈现的间接批判。虽然从1931年小说最初构想到1937年小说最终发表，伍尔夫的创作思路经历了巨大变动，但那些被删除随笔所讨论

① 有关伍尔夫对《岁月》所做修改的讨论，参见格蕾丝·雷丁，《两大块》。也可参见苏珊·斯奎尔，《“我们自己的道路”》。

② 弗吉尼亚·伍尔夫，《帕吉特家族》，米切尔·A. 利斯卡(编)。

的主题，有很多仍然被保留了下来，只不过它们修改后以戏剧化的方式呈现在小说中。

伍尔夫在创作期间为这部立意宏大的家族编年史取名为《帕吉特家族》，这个标题也揭示出她在直接探讨“女性的性生活”这一主题——或者，用她在“伦敦/全国女性服务协会”上发言时所说的话——讲述“女性身体的真相”时所面临的困境（《帕吉特》，xxxx）。简·马库斯认为，“帕吉特”（“Pargiter”）这一家族姓氏与英国语言学家约瑟夫·莱特在其编写的《英国方言辞典》中所收录的“泥水工”（“pargeter”）一词相似，伍尔夫在创作这部小说初稿时曾愉快地阅读过约瑟夫·莱特的爱情书信集。“Parget”（“pargeter”的词根）既有掩盖、洗白、说谎之意，又有修补、建造、美化之意，这两层含义在伍尔夫《帕吉特家族》（后来改名为《岁月》）的创作中均有体现。[①] 讲述“女性性生活”的真相，意味着讲述社会与政治压迫的真相，讲述为追求性自由与职业自由而进行的多种斗争，为此，伍尔夫再次选择了迂回的间接策略。和《夜与日》一样，《岁月》也是从茶桌旁的情节写起，由此可见，伍尔夫在“茶桌训练”中学会的迂回表达策略在创作这部小说时起着至关重要的作用（《瞬间》，129）。[②]

1931年1月伍尔夫在一则日记中写到，《一间自己的房间》是《岁月》的重要前身，它们的共同之处不仅在于它们都以女性整体的遭遇为主题，还在于都借助城市——作为意象和背景——来间接描绘女性的处境。在《岁月》中，伦敦好比一个战场，男性与女性

① 米切尔·A. 利斯卡，《弗吉尼亚·伍尔夫，帕吉特》，173。

② 《岁月》中的前17页内容有10页与茶桌有关。虽然小说是从帕吉特上校的俱乐部写起，但是帕吉特家的女人们在茶桌场景中感受到的精力上的挫败感对《1880年》这一章节以及整部小说都至关重要。

互相争夺对这座城市的控制权，而女性为追求性别与职业平等所进行的战争也在此拉开序幕。伍尔夫讲述了帕吉特家族 1880 年直至“现在”的命运，“这个家族位于阿伯康 56 号，前门有一档台阶，后院有长长的花园，是位于兰仆林与贝斯沃特中间难得幸存的[几所]旧式大宅之一”(《帕吉特》,10)。小说主要围绕帕吉特上校的长女埃莉诺展开，埃莉诺终身未婚，在母亲去世后一直留在阿伯康宅邸协助父亲管理家务。除此之外，小说也为我们刻画出这个维多利亚时代后期中上层大家族的诸多其他成员。帕吉特家族中的男性成员在父权社会中拥有的社会地位不尽相同：长子爱德华是牛津大学教授，次子莫里斯当上了律师，幼子马丁从非洲探险回来后一直单身，孙子诺思是一名待业的退伍军人。家族中的女性成员与英国社会体制也存在多种形式的关联。除了协助父亲管理家族事务之外，埃莉诺还热衷慈善，她不仅协助慈善协会在利森格鲁夫收租金，筹备“里格比住宅”的修缮，还在多个委员会任职。她的表妹吉蒂·马隆来自牛津教授的家庭，起初一心向往农民的自由，不过后来她还是放弃了去英国北部当农民的梦想，向世俗妥协嫁给拥有身份地位的拉斯维尔德爵士；虽然她住在格罗夫纳广场当贵妇(丈夫在世时)，私下却秘密支持妇女选举权运动。支持爱尔兰自治的迪莉娅嫁给了一名健硕的英裔爱尔兰绅士，后来定居爱尔兰乡间；正是他们到访伦敦，才有了小说最后的家庭聚会情节。米莉后来嫁给了休·吉布斯，两人也住在乡下，一个负责照顾孩子，一个负责打猎。萝丝因儿时看见一名裸露癖男子的身体而受到了心理伤害，长大后积极投身于激进妇女选举权运动。萝丝的表妹萨拉·帕吉特住在贫民窟，她就像希腊神话中的凶事预言家卡桑德拉一样，对世界的预言往往诡异而精准。萨拉的姐姐玛吉摒弃了伦敦传统的生活方式，嫁给了(具有讽刺意味地)一名法国军火制造商，获得了幸福而平等的婚姻，在“大教堂附近一条无名的小街道上”享受着家庭生活(《岁月》,279)。还有埃莉诺·帕吉特的侄女佩吉·帕吉特，小时候生活在乡村，长大当了医生，不过她的医学训练给她的精神和心智造成了严重伤害——对此伍尔夫后来在《三个基尼》(1938)中也曾进行批判。《岁月》这部小说记录了帕吉特家族中诸多男性与女性成员所经历的变迁，在它覆盖的时间跨度中，英国从帝国变为一个受到法西斯威胁的国家，女性走出维多利亚时代家庭的禁锢，前往现代都市追求自由，她们为应得的公共空间而与男人们竞争，因此从女权主义与和平主义的意义上来说，它是一部政治小说。

小说开始的情节中主要有两处叙事场景：伦敦中上层的阿伯康宅邸和牛津中上层社会。对于少年和男人们来说，两座城市都充满了追求知识进步与职业发展的机会——马丁·帕吉特因为在班级名列前茅，获得了六便士的奖励；爱德华·帕吉特因为要准备希腊语奖学金考试，获得了一箱陈年佳酿的奖励。然而，对于女孩和女人们来说，城市是令人压抑的，因为她们只能待在客厅。无论是在伦敦还是在牛津，女人们都为茶桌所困，不得不面对无穷无尽的杂事、乏味的社会职责和逃不掉的家庭聚会。除了伦敦与牛津中上层社会中的性别差异，小说还描述了两座城市的另外一面，如伦敦的利森格鲁夫以及牛津“过了林默尔路，经过煤气厂”才能到的罗布森家(《岁月》,66)。对于帕吉特家的女性成员来说，城市里那些工人阶级区域里的生活似乎更令人向往：那里的生活更自由，更坦诚，而且有更多空间来进行精神和性生活探索。小说勾勒出从“1880 年”到“现在”的双重变化，反映两种感受：一是女性从私人空间走向了公共生活；二是她们相应地摆脱了维多利亚时代伦敦与牛津中上层社会的家庭生活，来到现代伦敦的工人阶级区域追求独立的生活。在出版的版本中,小说运用这种从伦敦中上层区域到工人阶级区域的空间转换来表明,女性的性生活与职业生活是由压迫性的男性社会所决定的,只有离开它,进入由女性在其崭新的工人阶级社会环境中建构的更平等的女性主义社会,女性才能获得解放。

在《岁月》这部小说中,帕吉特家的女人们对她们所在城市体系的参与度越来越高,这不仅体现了其自身成熟度和社会地位的提高,更重要的是,这也反映出时代的变革。1891 年,埃莉诺在筹备里格比住宅的修缮;1910 年,她和表妹吉蒂在一个或为妇女选举权运动组织的委员会任职;1917 年,她悔恨地回忆自己本可以用那些军火买家的钱来重建里格比住宅。时至"现在",埃莉诺去过印度,享受独居,结识了不同年龄、不同国家的许多朋友。萝丝虽曾因参与激进妇女选举权运动而入狱,后来却因战时工作获得政府表彰(《岁月》,420)。甚至连萨拉最后都找到了一份公共领域的工作,当了一名记者(《岁月》,342)。

为了更好地赏析伍尔夫城市主题、意象与背景运用手法的演变,我们可以将其在小说手稿中对伦敦的处理梳理出来:在《帕吉特家族》中对街头之爱的探讨;在被删除的《1910》一章中,她将克丽欧佩特拉方尖碑[①]作为即将到来的女性主义文明的象征;在书稿校样时删除的"两大块"中,她对战时与战后的伦敦进行了比对。再看看正式出版的《岁月》,我们就能评估出这些大规模修改对终稿形态所产生的影响了。通过分析她对邮筒与桥这两个都市意象的处理,我们能看到她在都市场景运用上的创新,都市场景在形式与主题上都反映了小说的反独裁主义政治哲学以及现代社会中女

① 伦敦的克丽欧佩特拉方尖碑为 1475 年从埃及运来的珍贵古董。——译者注

性都市生活的两面性：一边是压迫，一边是女性主义斗争。

“街头之爱”

在《帕吉特家族》中，伍尔夫向我们展现了这样一个城市，它“被人为地分割成”不同的性别区域，每个区域都有其情感的形态（《帕吉特》，36）。对这种城市分割的分析贯穿了整部小说，尤其是在《随笔二》中，因为她在当中将不同的空间区域与帕吉特家族成员生命中不同情感的爱在某种程度上联系起来。在伍尔夫对这些区域的描绘中，帕吉特家的女人与孩子们的归属是客厅，客厅里的爱有些公开流露，有些藏在心中，种类各异：帕吉特上校对子女的疼爱，迪莉娅和米莉对埃莉诺的不同敬爱，波比对米莉安·帕里什的爱，以及埃莉诺对莫里斯的姐弟之爱；帕吉特家的男人们的归属是城市街头，伍尔夫把那里的主导性男性力量称为“街头之爱”，这种爱“与那些客厅之爱有所不同”，它控制着城市的街头，将街道“各处”的小家庭紧紧围困（《帕吉特》，38）。

伍尔夫对街头之爱——在《帕吉特家族》与《岁月》的《1880年》章节中，她戏剧化地描绘出这种直接、侵略性，甚至敌对性的显著男性性欲——的分析揭示出帕吉特家的女人们的弱势处境，其中对伦敦的处理反映出伍尔夫分析性别政治的目的。通过探讨街头之爱，她也阐明小说的核心主题，即“女性的性生活”（《日记四》，6）。不过，她并没有为此对这个词组的含义进行揭示，而是彻底剖析这一话题，从而阐明性自由的缺乏——以及制约性自由的生活结构——决定了女性的社交生活，正如更少的制约决定了男性能获得更多的社会机会一样。

在伍尔夫的描述中，帕吉特家的少年们都曾受到街头之爱的影响。1880年,路灯旁一位嘲笑他们的妓女让他们获得性的初体验,并且得以进入“男性联合会”,这个联合会拥有“许多特权与优待”,它宣占自己的领地,禁止男性与女性之间的友谊,禁止男性之间的爱恋(以及自我爱恋)(《帕吉特》,54)。可是,因为他们从小就比姐妹们在城市里拥有更多的自由——例如,爱德华·帕吉特“很小的时候就能一个人在伦敦闲逛,而且他从街头学到的东西能很快得到学校里男同学们的补充”——比起帕吉特家的女孩们,帕吉特家的男孩们对街头之爱更熟悉,也更容易掌控。而且,由于他们只有在极其罕见的情况下才会成为被动的目标,他们觉得街头之爱威胁性要小得多(《帕吉特》,81)。

与此相反的是,街头之爱的存在对那个时代的女孩和女性们都造成了重大负面影响。伍尔夫写道:

> 埃莉诺、米莉和迪莉娅不可能独自散步——除了在阿伯康宅邸周围的街道上之外,而且这也仅限于早上8点半至日落之间。埃莉诺有时会获准破例一次,那就是在她要去利森格鲁夫的时候。不过,如果会议或音乐会是在晚上的话,即便她是去参加慈善活动,她也只能打车去或者让睦邻组织的某个姑娘送她上公交车。她们当中任何一个人想去西区,哪怕是白天去,都是不可能的。邦德街仿佛鳄鱼游动的沼泽地,如果没有母亲的陪同是去不得的。对她们而言,伯灵顿拱廊街仿佛被热病侵袭的巢穴。
>
> (《帕吉特》,37)

正如伍尔夫所描述的,街头之爱的威胁无所不在,而这也改变了帕吉特家女孩们眼中伦敦的面貌,熟悉的地标(邦德街、伯灵顿拱廊街等)所代表的文明环境变成了热病侵袭、无法通行的沼泽地。此处暗含的比喻是把父权文明比作未开化的原始丛林,把充满性欲的男性比作危及生命的鳄鱼和传染热病的蚊子。虽然伍尔夫创造的意象与约瑟夫·康拉德的经典现代主义“黑暗中心”想象类似,它反映出维多利亚时代后期男性性欲给女性带来的实际危险。因此,这不仅是一种比喻,而是形象地表达出性骚扰、未婚先孕以及性传播疾病对女性生活构成的威胁。

嫖娼是街头之爱威胁的最基本形态之一,也是几十年前促使英国《传染病法》得以通过的原因。虽然这一举措的目的是为了防止军人感染性传播疾病,但针对街头之爱而采取的这些举措以及对女性活动自由的限制是失策的,因为《传染病法》规定对妓女进行强制医学检查,并且在必要时采取治疗措施,但是这不仅经常起不到作用而且还具有压迫性,并且完全无视男性顾客因素的问题。为了预防强奸与未婚先孕的发生而保持女性的“纯真”,限制她们的活动,这种做法忽视了两者的真正根源。19 世纪 60 年代兴起了废除《传染病法》运动,其原因就在于法案错误地强制执行了性道德的双重标准。正如约瑟芬·巴特勒所指出的:“对作为一种陋习受害者的女性进行惩罚,对主要导致这一陋习及其可怕后果的男性进行纵容,这是不公平的。”[①]帕吉特家中好几位女性都会参与的妇女选举权运动,也经常与男性贞洁运动挂钩,例如 1913 年潘克赫斯特纯洁运动就提出了“给女性选举权,还男性纯洁性”[②]。伍尔夫笔下的伦敦因街头之爱变成丛林的意象,这不仅体现了她对父权社会之深层野蛮性的批判,也点明了帕吉特家族中部分女

① 奥利弗·班克斯,《女权主义的面孔》,73。这里需要注意巴特勒的错误假设,和当时很多社会改革者们一样,她也认为性渴望为男性所特有。

② 同①,131。

性后来加入妇女平权运动的原因。

街头之爱不仅改变了 19 世纪 80 年代伦敦的地标，揭示出都市男性掠夺性与传染性的属性，还改变了伦敦女性的生理与心理体验。朝气蓬勃的帕吉特家的女孩们并不总是遵守规则，她们有时会违反禁令，偷偷独自前往邦德街或伯灵顿拱廊街。之后，她们还会对父亲撒谎，把事情变得更糟。她们所受到的生理与社会自由限制会形成心理上的限制，这表现为她们需要掩盖、向他人谎骗其行为，甚至会欺骗自己，不管是独自违反禁令的一次短途旅行，还是像在窗边看一眼街上的年轻男子这样不足道的小事，都是如此。“除了偶尔的脸红或咯咯笑，她们从不流露[这种]感受，于是这种感受便慢慢渗透至心灵深处，有时会通过奇怪的感觉、难受的梦境让她们夜里惊醒，而这都源于一个事实——那就是阿伯康宅邸……已被可称为‘街头之爱’的危险所围困”(《帕吉特，38》)。在《帕吉特家族》中，伍尔夫解释到，小说场景比散文随笔更能体现这种被压抑情感的再现所具有的复杂性，于是她描述了萝丝·帕吉特晚上去拉姆利商店的情节——这成为《岁月》第一章中的重要情节——来代表童年经历。这个情节不仅展现了街头之爱给小女孩们带来的心理胁迫与伤害，也揭示出萝丝成年后热衷妇女选举权运动的原因。

1880 年的一个晚上，萝丝·帕吉特不顾天黑以后女孩决不能独自外出的严厉家规，偷偷去了拉姆利商店。她想去买些塑料鸭子和天鹅放在浴缸里玩。在沿着梅尔罗斯路匆匆前往商店的途中，她被一个男人的面孔吓到了：“‘敌人——敌人！’萝丝心中惊叫道……就像玩游戏一样。”(《帕吉特》，42)可是，她返回时的遭遇却表明，这次在邮筒前见到的场景绝非游戏。相反，它是女性必须经历的诸多都市仪式之一，这些仪式能让她们明白她们在父权社会中应该待的"恰当地方"。"她走到邮筒的时候又看见了那个男人。他靠在邮筒上,仿佛生病了一样,萝丝这样想着,不禁再次深感恐惧……周围一个人也没有。在她跑走时,他朝她说着胡话,不断吮吸着嘴唇,然后开始脱衣服。"(《帕吉特》,43)邮筒前这个男人可怕的裸露癖让萝丝感到震惊与羞愧,所以她后来没有告诉埃莉诺她看到的真相。当她被噩梦惊醒时,她只能说是因为担心"盗贼"进来,然后反讽地接受姐姐无法宽慰她的回答:"有爸爸和莫里斯在……他们绝不会让盗贼进家门的。"(《帕吉特》,48)然而,对萝丝来说,父亲和莫里斯并不能让她宽心。这不仅因为他们是男性,所以对这个场景所代表的街头之爱也应该负有责任,而且还因为正如萝丝内心想法所揭示的那样,对于街头之爱所构成威胁的根源,也就是二十几年前《传染病法》中所体现的性道德双重标准,她的父亲是持支持态度的。"她说爸爸会杀了他的。但是,如果[爸爸知道她看到了什么],[她绝不会告诉爸爸她看到了什么——绝不],她觉得如果他知道[她看到了什么]〈真相〉,他会[认为她]对她特别生气。"(《帕吉特》,48)

萝丝对于邮筒前的遭遇感到羞愧,这说明了街头之爱对维多利亚时代女孩们所产生的复杂影响:既让受害者因为自己曾参与(虽然并非自愿)性经历而感到羞愧,从而平息她们的愤怒;也把这种特殊体验与普遍的性体验联系起来,不仅破坏了后一种体验,还抑制着她们自然的性表达。就像《帕吉特家族》中的《随笔五》所说明的,这种童年的压抑经历在她们成年之后也会产生持久影响。例如吉蒂·马隆,由于她在整个少女时期都被禁止性体验,所以后来她不仅与被禁止接触的外部世界失去了联系,也遗失了自己的内心世界。为了其不受街头之爱的威胁而强加的限制,已经钝化了吉蒂的性反应:

> 儿时，自打她能穿着雪白的连衣裙下楼到客厅的时候起，她便开始学习极其严格的道德准则，因此她小时候不能在异性面前踢腿，大点的时候也不能单独与异性共处一室，不能穿着睡衣站在打开的窗户旁，不能用话语或行为来表示哪怕一丁点生理或心理上受到的异性吸引。因此当她16岁那年，乔治·卡特在草堆后亲吻她时，她虽然感到快乐，但是清楚地知道自己犯了可怕的罪；当她20岁那年，艾伦·哈蒙德向她求婚，兰茂密尔勋爵爱慕她时，她生理上产生的情感比他们要少得多——因为不仅是她，还有她的母辈和祖母辈，她们对爱情的生理反应已被压抑得太久，以致于有着完美身体的吉蒂这样的姑娘的生理反应是如此轻微，甚至比不上身体不完美的托尼·阿什顿那样的年轻男子。虽然托尼·阿什顿身体不完美，但他在性方面要健康得多，因为他、他的父辈和祖父辈所受的性禁锢与吉蒂几乎从出生就遭受的性禁锢相比，完全不是一个量级。
>
> （《帕吉特》，109）

性反应依赖于帕吉特家的女人们渴望追求的自由，由于她们的自由受到束缚，性反应也因此被钝化，于是她们便充满悖论地将性能量转移到那些生活看起来（哪怕这只是误解）未受父权主义束缚的人身上。[①] 这便是吉蒂·拉斯韦德被露西·克拉多吸引，并以不同方式被布鲁克斯一家人，尤其是大儿子吸引的原因："啊！

---

① 萨拉·希尔斯，《关于性的说明》。刊登希尔斯文章的那期《通报》似乎包括了早期探讨《岁月》的最好分析。除了希尔斯的文章之外，笔者还尤其受益于玛格丽特·康斯托克的《扩音器与人类声音》，还有简·马库斯，《〈岁月〉作为希腊戏剧、家庭小说与〈众神的没落〉》。

能有自由，能做自己，自己谋生，当一名农民……然后——她突然有了这个想法……虽然这是完全错误、不合礼节的想法——然后爱上乔，成为……一个剃光头发、补鸡笼的男人的妻子，自己在约克郡养猪！”（《帕吉特》，148）吉蒂的性幻想源于她对自由的幻想——按照自己的方式独自生活，自己赚钱养活自己。《帕吉特家族》以及后来《岁月》中的女人们之所以对自由充满欲望，是因为对她们而言，自由就是性：对前者的抑制导致了对后者的抑制。

由于街头之爱的威胁，帕吉特家的女人们既被隔断与伦敦和牛津外部世界的联系，也很大程度上失去了与自身女性经验内部世界的联系，因此她们的人生也少了很多可能性。对她们来说，独身生活很艰难，因为大多数情况下女性是无法自己赚钱的，而且贞洁对单身女性来说至关重要：

> 一名中产或中上产阶级的女性与任何也许会害她生下私生子的男人往来，这是完全无法想象的——因为光是生下私生子的丑闻对其社会和生活上的打击就几乎是致命的；养育这个孩子的所有花销（在 1880 年）都得由她独自承担；而法律让她无法赚够养活自己的钱，更别说养活另一个人了。
>
> （《帕吉特》，52）

贞洁是如此至关重要，以至于在没有年长女伴的陪同下，她们不能参加聚会，甚至不能去看望朋友，于是她们获得快乐或者工作的机会只有一个，那就是找到那条为社会所认可、能让其离开父亲的家以稍微获得自由的唯一出路：婚姻。因此，婚姻市场的竞争十分激烈，就像当父亲的一位朋友邀请他带一个女儿（没说带哪个女儿）来吃晚餐，见见对方回家探亲的儿子时，埃莉诺就感到了迪莉娅与米莉之间的敌意。“谁也没说话，但是从迪莉娅僵硬的嘴唇、米莉移动茶杯时（虽然茶杯的位置不需要动）的颤抖，她意识到……她们彼此之间强烈的嫉妒……〈的确，她们都不〉认识罗杰·布莱克……可是，他是一名年轻男子，而在她们的圈子里，男人极为稀缺。”（《帕吉特》，15）在这种极为束缚的社会环境中，女人之间——甚至姐妹之间——竞争是不可避免的。

《帕吉特家族》揭露出街头之爱对女性造成的恶性循环效应：使女性无法在经济、社会与法律上与男性平等。女性之所以没有选举权，并因此失去受教育和从事职业的机会，是因为她们必须保持贞洁，远离街头之爱的危险力量。反过来，女性的贞操至关重要是因为她们没有选举权，因此无法改变法律，而已有的法律禁止她们赚足够的钱来养育性自由可能会带来的孩子。所以，街头之爱是女性性生活与职业生涯遭受束缚之根源。它是维多利亚时代晚期伦敦社会环境的决定性特征之一，是女性从属地位十分形象的空间体现。

1933年，伍尔夫从事实转向小说，把《帕吉特家族》变成《岁月》。在大幅修改的过程中，她删除了有关街头之爱的讨论和其他所有事实素材。不过，这些主题在出版的书稿中仍然依稀可见，例如：埃莉诺和萝丝对被醉汉尾随的担忧；以不同方式影响迪莉娅、帕吉特上校、马丁·帕吉特，甚至查尔斯·斯图亚特·帕内尔生活的性道德双重标准；佩吉·帕吉特无意间问的沉重问题——“你年轻的时候是受过压迫吗？”；最明显的是萝丝·帕吉特对妇女选举权运动高涨的热情，因为这是她童年在邮筒旁个人经验的产物，也是女性为推翻《传染病法》、批判性道德双重标准、改善女性处境所进行的普遍斗争的产物（《岁月》，335）。

《1880年》描写的是街头之爱的盛行时期，但是在《1910年》

中，以街头之爱为代表的维多利亚时代父权主义道德观开始出现衰退。在从《岁月》的《1910年》章节删除的有关一座城市纪念碑的讨论中[①]，伍尔夫对这一改变进行了说明。这段内容记述的事情发生在1910年5月6日，一个春日的夜晚。书中的年、月、日都代表了帕吉特家庭、女性，以及整个国家的重要转折点。在那个夜晚，曾经由帕吉特上校及其政治好兄弟迪格比所掌管的帕吉特家族开始瓦解：迪格比死后，房屋被出售，子女们各奔前程，而不出一年，帕吉特上校的离世也将带来和这相似的解体。“大约[在]1910年12月，人性改变了”，伍尔夫在散文《本涅特先生与布朗夫人》中这样宣布，然而那一年的春天，女性行为也出现了一种更特别的改变。那一年的英国大选之后，妇女社会与政治联盟对政府采取了更为和平的态度，以期鼓励议会通过将赋予部分女性以选举权的《和解草案》。[②] 在1910年春夏季，激进的妇女选举权示威游行停止了，随之出现了一种更为和平、统一的社会气氛。最后，1910年5月6日，国王爱德华七世逝世，乔治五世继位，这标志着一个时代的终结。

《1910年》章节的早期手稿中，有一个场景不仅捕捉到了这种概括该时期英国历史及帕吉特家族成员人生的终结感，还同时体现了个人与社会的新生感。有一天艾薇拉·帕吉特（后来改为“萨拉”）和妹妹玛姬打算给那天去过她们家的表姐萝丝写一封信。她们的对话表明，她们还在思考萝丝的到来向其提出的问题：父权社会中女性的权力与职责，以及女性实现女权社会的方法。她们的讨论——及希望通过讨论写出的这封信——的核心包含了代表不

① 也可参见斯奎尔，《“我们自己的道路”》。
② 该草案最终遭到反对。

同文明的两个意象：代表父权文明废墟的乡村意象——荒漠里的"一截断石"，以及在她们的讨论中，代表未来女权社会的伦敦克丽欧佩特拉方尖碑这一都市意象。

第一个方尖碑是艾薇拉在说起那天早些时候和萝丝参加妇女选举权会议时提到的，那天会议讨论的主题是争取选举权的运动中是否要使用暴力。她对玛姬说道："啊，开会真是件很奇怪的事，玛姬。它很美丽，就像荒漠里淡淡的、泛着绿色亮光的一截断石。"[①]艾薇拉的比喻让人联想到雪莱笔下破碎的奥兹曼斯迪亚斯纪念碑，那个刻着人脸的石碑同样以残缺的姿态矗立于荒漠之中。石碑上刻着这样的铭文："我是万王之王，奥兹曼斯迪亚斯：/功业盖物，强者折服！"[②]可是，充满讽刺的是，"此外，荡然无物/废墟四周，唯余黄沙莽莽/寂寞荒凉，伸展四方"[③]。这个曾经人声鼎沸的繁华皇城已成为沙漠废墟，通过这个比喻，艾薇拉表达了妇女选举权运动的信仰：终有一天，正在压迫女性的父权文明会像奥兹曼斯迪亚斯的王国一样，灰飞烟灭，了无痕迹。她还希望在推翻父权强权之后，女性能创造一种女性主义文明，这种文明将拥有悠久的历史和巨大的影响力，和它相比，旧的文明就好像是"即将到来的文明上的一片玫瑰叶而已。我们的文明，玛姬，跟即将到来的文明比起来，就像克丽欧佩特拉方尖碑上的一片绿叶那样薄弱"[④]。

乍一看，艾薇拉提到的意象联系起来的似乎仅仅是帝国主义与民族主义、英国的统治与克丽欧佩特拉的专治、一种形式的压迫与另一种形式的压迫。因为，克丽欧佩特拉方尖碑与《岁

---

① 参见斯奎尔，《"我们自己的道路"》，204。
② 珀西·比希·雪莱，《奥兹曼斯迪亚斯》，引自《英国浪漫主义作家集》，大卫·珀金斯(编)，971。
③ 同①，204。
④ 同①，203。

月》出版版本中的纪念碑一样，也是英国帝国主义征服的重要象征。位于伦敦维多利亚河堤的这块针形石碑是埃及在1878年赠送给大英帝国的礼物，目的是为了庆祝英国对埃及的统治，因此用一位强大女王的名字来命名，但是这位女王绝不是一名女权主义者。然而当我们考虑到这个意象的语境(它出现在姐妹之间的简短谈话中)时，伍尔夫对这个伦敦纪念碑的颠覆性构建便显而易见，因为克丽欧佩特拉方尖碑实际上暗含了一组截然不同的关联。[①]

这座用一位女王命名的针形伦敦纪念碑，也代表着阳具在家庭中的化身，它唤起了女性在家务辛苦劳作的过程中所结下的友谊，例如，玛姬和艾薇拉在畅想女权主义社会的梦想时，她一直在忙着针线活。伍尔夫把此处及其他场景中的家务活都变成激进话语的载体，这也反映了她“不要理所当然地认为那些存在于大处的生活一定比小处的生活更丰富多彩”的信念(《读者一》，155)。为了寻找生活的意义，其他作家也许会在上议院附近徘徊，而她则会偷偷记录下缝纫车间与洗衣房里的窃窃私语。不过，伍尔夫在小说中之所以会经常关注琐碎家务，还有一个更重要的深层原因，她认为，虽然女性辛苦的家务劳作显然是父权文化压迫的产物，但它在两个方面有利于实现女权主义事业。首先，恰恰是因为家务劳作的枯燥乏味，它能确保其私密性。伍尔夫在所有作品中都表明，女性很庆幸因家务劳作而得以免受男性打扰。《达洛维夫人》中克拉丽莎·达洛维在缝纫时看到彼得·沃尔什的那份惊讶，也说明

① 这个意象伍尔夫借用自奥利弗·斯特雷奇，而斯特雷奇又借用自詹姆斯·吉恩斯。不过，伍尔夫的特点在于，她颠覆了斯特雷奇意象中的性含义与吉恩斯意象中的科学含义，用这个意象来象征即将到来的未来不朽的女性文明(《日记四》，66—67)。

在从事此类家务活时女性通常能获得私密空间。其次，女性在享受这一私密空间时——及其他极少数的时候——能自由地对男性社会进行批评，而讽刺的是，正是这一男性社会将她们赶到厨房、洗衣房和缝纫室。

虽然伍尔夫能理解女性如何在孤立的家务劳作中团结起来，但是这并非意味着在伍尔夫的小说中，这种劳作总是会形成女权主义观念。对此，我们只需想想帕吉特家的女佣克罗斯比为"万能、无比强大的马丁先生"所建的神殿，便可明白有时辛苦劳作也可能会促成英雄崇拜，比如她从帕吉特家退休以后仍然选择继续给马丁洗衣服(《岁月》，230)。不过与权力关系中的常见问题一样，这里的问题也在于认同感。倘若从事繁重家务的人对其压迫者怀有认同感，那么她的境遇只会导致异化——她与同类人的异化程度甚至会超过她与剥削她的主人的异化。在《岁月》中，吉蒂·拉斯维尔德与克罗斯比都曾经历这种异化，尽管她们处在社会阶层的两端。吉蒂的压迫来自继承权被剥夺；克罗斯比的压迫来自她的苦役。克罗斯比嘲笑出租屋里的其他租客；吉蒂鄙视富有的上层社会女人。二人都更认同曾经利用并抛弃她们的男性特权社会——这个社会把克罗斯比赶去了城郊出租屋的单人房间，也把吉蒂赶回了儿子乡下田庄的一间农舍。

但是假如从事繁重家务的人能从其经验中有所收获，那么她就会学会信任并认同她的同类人，最后可能形成一种团结的友谊，伍尔夫在《三个基尼》中把这种友谊比作"局外人社会"的源头(《基尼》，113)。在她的构想中，这一社会因源自压迫的认知而凝聚在一起，它将致力于打破阶级与性别的壁垒，不仅会改变个人生活，也将改变人与人之间所有的关系。因此，连为自己的裙子选一种特别的面料这样简单的行为，都可能成为"局外人社会"反叛的形式:伍尔夫在50多岁的时候仍然痛苦地记得乔治·达科沃斯对她少女时期做的一件晚礼服的责备——“在家具店冲动买下的一块绿料子……因为它比裙料便宜,而且更大胆。”达科沃斯看了她一眼就让她把它“撕掉”,因为他感到了“某种反叛;某种对社会标准的挑战”(《瞬间》,130)。达科沃斯的直觉当然是对的:伍尔夫大胆的绿裙子挑战了时尚的标准,因为时尚的标准规定了女人应该穿什么,应该有什么样的仪态。克丽欧佩特拉方尖碑意象中女裁缝的隐喻[①]也表明了对这种源自女性友谊的女权主义反叛力量的信心:坚信国王终将被女王所替代,坚信父权文明终将被平等的女权社会所替代。[②]

艾薇拉与玛姬的谈话中提到的两个前进的队伍,进一步呈现出由父权统治向女权统治的转变。首先,艾薇拉想象着“一个美好、无穷无尽的队列从时间的一头走到另一头——帕吉特家族”[③]。接着她颠覆了伍尔夫把父权家庭比作穿越沙漠的旅行队这个常用意象,她想象未来有一个时刻,女性将告别那看似永恒的父系传统——告别它带来的社会荒漠。“我们在这儿,跟随队伍穿过沙漠,除了远处地平线上的一丛树木,便是一望无际的荒凉,野蛮人挥舞着矛,鬣狗不停嚎叫。此刻我们来到了这块岩石,这座威严陡峭的高山,我们揉揉眼睛,四下张望,我们……在空中挥舞着剑,给他们一个飞吻,转身离开[走上自己的道路]。”[④]这离开父权与父系传统的女性前进队列,反映了妇女选举权运动的目标与策

---

① “克丽欧佩特拉方尖碑”英文为“Cleopatra's Needle”,其中“Needle”本意为针,直译则为“克丽欧佩特拉的针”,故有隐喻女裁缝之意。——译者注

② 有关伍尔夫分析女性在家务劳作中结下友谊的其他例子,参见笔者在第二章中有关《伟人故居》的讨论。

③ 斯奎尔,《“我们自己的道路”》,223。

④ 同③,224。

略，颠覆了前进队列本身的意义。前进队列原本是皇家或宗教（但永远是父权的）一种仪式，当它为妇女选举权运动支持者使用时，它通往的既不是王座也不是圣坛，而是一个讲台，演讲者们在那里敦促人们建立一个女权社会，这个社会的模式与帕吉特上校及其先辈们那种充满竞争的特权模式截然不同。艾薇拉和玛姬想象着，在这个社会，"我们将活成理性的人。我们不想要金线蕾丝，不想要伊顿公学、哈罗公学和毛瑟枪"[①]。

在第二稿中，伍尔夫删掉了这个段落里"自己的道路"这个令人难忘的词（它明确地重申了《一间自己的房间》的主题）。后来，她又把探讨父权社会向女权社会转变（以"克丽欧佩特拉方尖碑"为象征）的段落从《岁月》的《1910 年》一章中全部删除。这说明她仍然选择了她所特有的修改方式：将对社会弊端的直接谴责变成一种更为委婉的戏剧化表达，虽然我们对此感到遗憾，但我们必须对此表示理解。[②] 虽然在《帕吉特家族》中，伍尔夫通过"街头之爱"这一概念探讨了性道德双重标准以及性传播疾病、强奸与未婚先孕所构成的威胁，给维多利亚时代女性所造成的社会、心理、经济以及法律上的影响，但是在写《1910 年》这一章节的初稿时，她把对父权批判最尖锐的部分从直接讨论中删除，放到了一组对立的意象中：父权家族的"美好、无穷无尽的队列"所抵达的代表男性文明的那截荒漠中的断石，以及与此相反的克丽欧佩特拉方尖碑，它代表着女性可以转身"走上自己的道路"，从而实现女性文明。

---

① 斯奎尔，《"我们自己的道路"》，224。

② 格蕾丝·雷丁和米切尔·A.利斯卡均在文章中提出了这一点，参见《纽约公共图书馆通报》80(2)，1977 年冬季刊。

伦敦:1917年与1921年

伍尔夫在看完《岁月》的长条校样后,显然对将《帕吉特家族》中的随笔压缩到小说素材之后的委婉程度感到不安,因为在修改过程中她不仅删除了赞美未来女权文明的有关段落,还删除了"两大块"——《1917年》中的部分内容以及原来的《1921年》章节。① 在这些被删除的内容中,她通过描绘现代伦敦对社会进行了分析:在《1917年》一章中,她明确地剖析了第一次世界大战的起因;在《1921年》中,她指出了女性在社会中从属地位的根源,并提出了解决办法。通过对这两处内容的分析,我们会看到伍尔夫如何借助对都市环境的描绘来表达社会批判,以及如何戏剧化地呈现军国主义与女性所受压迫之间的关联。

被删除的第一"大块"设定于1917年,它通过对伦敦的全景式描绘来揭示导致第一次世界大战的社会环境,这里的焦点不断转变:从帕吉特家族的退休女佣克罗斯比到"穿着内裤的旅行者"伯特·帕克斯,到多愁善感的老姑娘米里亚姆,再到火车上无名的乘客,最后回到小说的主人公埃莉诺·帕吉特。通过对公园、火车、剧院区、城郊高层公寓等一系列场景的小品式描写,伍尔夫批判了伦敦社会的弊端:它对权威的顺从,它的多愁善感,以及最重要的,它割裂私人空间与公共空间的事实。尽管在这一段中出现的人物都未认清他们个人生活中的事件与海外激烈战争之间的联系——埃莉诺除外,她几乎看到了这一联系——但是城市生活中不可避免的诸多并置已经让读者意识到这些关联了。

---

① 对这些被删段落的进一步分析,参见雷丁,《两大块》。下文还会出现有关这些被删段落的引用。

在这段内容的开始，克罗斯比在带着阿尔法和格拉蒂丝这两个懒洋洋的孩子去邱园的路上，偶然看到了“一群穿着卡其军装的少年”踩着鼓点沿着里士满大街前进。这两队人的相遇暗示着，虽然两者——一边是大人带着战争年代听话的孩子，一边是表情严肃、纪律严明的士兵——表面上完全不相关，但却隐藏着一种相似性，从而点明这部分内容的主题：个人生活与战争这个引发公众关注的事实之间的联系。伍尔夫简洁勾勒出战时一些不愿质疑英国传统的人物，从而揭露当时社会中普遍的表面礼节与伤感情绪：公园里，克罗斯比误以为坐在她旁边的一男一女和一个小孩是一家人；火车上，乘客们不愿讨论每份报纸上都那么醒目的新闻：“三艘英国巡航舰沉没”，旅行的人们痛苦地体会着战时生活的虚无，他们面无表情的脸倒映在车窗上；乘客们对一名穿军装的军官和他的女友羡慕又同情，感慨着“是他去前线前两人最后一个夜晚了”(《通报》,230)。

伍尔夫还描绘出一幅令人不寒而栗的伦敦景象，那里充斥着生机勃勃的机器与死了一般麻木的人类：

> 广告时隐时现。剧院的名字都用蓝、红色线条框了起来，一瓶啤酒倒了又停，停了又倒。天空刺眼得仿佛挂了顶红黄的华盖……伦敦大剧院顶部的地球雕塑高高在上。街上人们排着长队，队伍缓慢前进，仿佛被一条蛇慢慢吞噬。人们一步一步往前挪着，有人在吃香蕉，有人在看报纸，男人们翻着跟头，吹着喇叭。队伍缓慢前进，停一会儿，动一会儿，仿佛这条蛇又吞了一大口。
>
> (《通报》),230)

这个一战时伦敦的意象既包含了历史寓意，又包含了原始，或者说神话的寓意。在这段描写中，伦敦大剧院与一支呆滞的队伍同时出现，前进的队伍充满恐怖的节日气氛，整个画面让人联想到即将沦陷的古罗马城。虽然画面中的人们有的在吃东西，有的在看报纸，翻跟头，吹喇叭，但是他们似乎不是在庆祝，而是在梦游，他们既不是去看马戏或者戏剧，也不是去看（人们可能期待在体育馆看到的）体育比赛，而是去集体献祭。

此外，这段描述中的古老寓意还表明了这场祭祀的性质——后来被伍尔夫称为“潜意识法西斯主义”的一种致命共谋，即崇尚军国主义的男人和母亲们共同制造的战争（《飞蛾》，245）。[①]《1917 年》一章初稿中出现的伦敦核心意象是吞噬自己尾巴的衔尾蛇，它们通常代表着吃掉自己孩子的母亲。[②] 这幅衔尾蛇一般吞噬自己、梦游般的伦敦景象表明，战争的罪恶不仅源自公共领域尚武的男人们，也源自私人家庭中的母亲们。这段场景中反复出现的报纸表明了两者的关联（即使默默读报的人们没有发现这种关联）：在“三艘英国巡航舰沉没”这条新闻旁边是有关“安德沃镇一名邮差的妻子生下了三胞胎”的新闻（《通报》，229）。而且衔尾蛇的意象也进一步强化了这种关联可怕的循环效应：只要女人们继续心甘情愿地生下儿子去当炮灰，那么战争就不会停止。

如果说把城市比作吃自己孩子的母亲这一意象突出了女人们对战争应负的责任，那么《1917 年》同一段中的后续情节则明确指出男人们——包括那些看似无辜的男人们——应负的责任。该情节讲的是埃莉诺·帕吉特和米利亚姆·帕里什离开剧院互相告别

---

① 参见第二章。该词为伍尔夫借用阿斯特女爵士的话。

② 埃里希·诺依曼，《大母神》，38。

后，埃莉诺独自返回位于安全城郊地带的高层公寓。在手稿的描述中，埃莉诺穿梭其中的城市影响着她的情感状态，就像1880年邮筒旁的恐怖遭遇极大地(事实上是永久地)影响了萝丝的情感一样。埃莉诺的情绪随着周围都市环境的变化而改变：从走出剧院时的自我怀疑，渐渐变成独自伤感、爱国、怀旧，最后变成传统女性的愧疚。她刚走到街上的时候，必须得"调整一下自己的想法"(《通报》，231)。然后在"戏剧的影响"下，她"看得彻底忘记自我"："直到演出结束的最后五分钟，她才相信那个无辜的人是个恶棍"(《通报》，231)。事实上，埃莉诺说得没有错。"无辜的人"正是导致这场战争的诸多恶棍之一，他在家庭中的性别暴政与国外的政治暴政密切相关，这在后面的场景描写中也有所暗示。在穿越战时伦敦回到城郊公寓的过程中，埃莉诺放弃了她的个人直觉和独立判断，选择附和城市里其他人的情感：爱国、伤感和保守。

伍尔夫细致地描述了埃莉诺回家的路程，以便体现其个人情感与周围环境之间相互呼应的关系。刚从剧院走出来的时候，她无意间听到两个专业人士的对话："啊！不过，这不是挑挑拣拣的时候啊。"(《通报》，231)这句简单的话被她带进自我怀疑的情绪中，让她因无法为国家事业尽力而感到愧疚。她觉得自己也在挑挑拣拣，总想着找出哪些人是无辜的，哪些人是有罪的。她突然感到与那些专业人士们务实的爱国主义比起来，对道德责任的关注显得如此"幼稚"。埃莉诺渴望同样强烈的爱国主义情感，这也改变了她对路上街道的认知：夜晚时她能忽视那些白天让她心烦的细节，她觉得街道变得"更宽，更体面……湛蓝，宽阔"(《通报》，231)。她顿时想起四年前宣战的那个时刻："女仆跑到外面的阳台——她回忆道——然后说，战士们正紧握上了刺刀的步枪保卫防线！……然后我对自己说，要是有选择，我不会这么做，她回忆道。”(《通报》,231)埃莉诺的记忆是模糊的:我们不清楚她不愿意承认的是英国处在危机之中这一事实,还是她的国家愿意开战这一事实。然而,不管四年前她是怎么看的,到了1917年,大约就在她从科克斯勃街走到海马克特街的时候,她突然感到一阵爱国主义情感袭上心头(“就是……这种熟悉的感觉”)(《通报》,231)。那个伦敦地区曾经是灯红酒绿的红灯区,是体面的女人们不能涉足的禁区。它的存在不仅体现了女性性欲与女性礼仪之间的割裂,而且也是伍尔夫在《达洛维夫人》中戏剧化呈现的性别角色鲜明划分的一个例子,这种性别角色的鲜明划分也造就了骑士般的完美战士形象。随后,埃莉诺走在海马克特街时涌现的爱国主义情绪很快被一种可怕的保守思想所取代,这也说明了爱国主义(及其对“男性”美德的美化)与让女性遭受性、经济和社会压迫的得体的女性行为举止传统之间的关联:“她本来想步行的,但是她突然不想一个人走路。还是有其他人一起更好,她心想。其他人——在上公共汽车的时候她心想——能让人停止思考。他们能帮我。”(《通报》,231)对于思维活跃、善于探究的埃莉诺来说,这种突然想停止思考的强烈愿望表明,她已经陷入违背自己真实感受的情感:爱国、传统的女子柔情及顺从。同样,这也体现在当公共汽车经过父亲的俱乐部时埃莉诺在伤感的幻觉中,她想象着坐在她对面的那个女人是带孩子去看望丈夫的——她的丈夫是“住在某个城市医院”的一名受伤士兵(《通报》,232)。不过,因为这个女人先下车了,埃莉诺自己也无法继续编这个小故事,觉得它“不够令人满意”,于是放弃了。

经历了愧疚、怀旧、恐惧和伤感,埃莉诺庆幸自己终于回到了安全的城郊,寂静的夜里只有她孤身一人,此时她周围的环境仿佛最后一面镜子,映射出她的内心:“这里的房子都是中产阶级的小房子……她路过它们门前时，它们都显得那么静谧，在夜晚安逸地被窗帘保护，对她毫无察觉。”(《通报》,232)[①]埃莉诺如同周围的房子一样，静谧，毫无察觉，安逸地拉上思想的窗帘，拒绝承认过去和现在的社会弊端。她在回家的路上反而沉浸在对过去“湛蓝，宽阔”岁月的怀旧中，不仅为自己灌输爱国情绪，还为增添这种爱国情绪展开了一段理想化的想象，她避开痛苦与伤痛，想象着一个女人带着孩子去看望受伤的士兵丈夫。最后城郊的公寓正好变成埃莉诺的避难所，她看着四周代表往日家族的摆设——“书桌上母亲的照片；还有一柜子的瓷器”——觉得“乏味，孤寂，生活在一个又高又安全的地方”(《通报》,233)。

回到位于伦敦安全郊区的高层公寓后，埃莉诺终于即将发现军国主义与自己城市中所见的传统女性角色之间的关联。她一边在煤气取暖器“小白骷髅”般的火旁烤着，一边瞥了一眼报纸，正好看见海上战役“伤亡”名单中有“兰肯”的名字。她回忆莱昂纳尔·兰肯上校的思绪表明他的死——实际上，所有战争带来的死亡——都绝不是“疯狂的意外”造成的。[②] 她想起有个夏天在西莉亚家莱昂纳尔·兰肯上校为她开门的事：“在他为她推开门的时候，她突然有种伸手阻止他的想法。可是，我怎么才能阻止他呢？她心想。”(《通报》,233)在一份早先的手稿中，伍尔夫更清晰地表明了埃莉诺在那一刻意识到的兰肯这种绅士行为与后来战死沙场之间的关联。伍尔夫在手稿里写到，埃莉诺在街上听到几个人有关战争的讨论，心想：“如果她从小就养成看报纸的习惯，如果选择参与政治，如果20年前她成立社团，发起游行，去白厅示威，然后

① 有关近郊环境代表保守、局限的思想状态的相似讨论，参见第四章中笔者对拉尔夫·丹厄姆位于海格特公寓住所的讨论。

② 托马斯·哈代，《偶然》，《诺顿英国文学选集》Ⅱ，1766。

说,‘如果你再不住手的话’……”[①]埃莉诺内心的想法暗示着,如果女人拒绝让男人们为她们代劳(无论是推开客厅的门,还是“管理”政治),女人就可以阻止战争的发生。

尽管埃莉诺已经隐约意识到自己的无能为力与其应对海外战争负的责任之间的关联,但是她无法解决这两者之间的冲突——至少无法通过言语来解决:“可是思考有什么用?她对自己说。”(《通报》,233)可是她的行动却表明,在某种程度上她已经意识到战争与压迫女性之间的关联,而且她也已经明白,如果她还对要求男人绅士、女人被动接受的社会体系保持缄默,那么对于像兰肯上校这些人的死亡,她也应该负一份责任。于是,这个情节中她最后选择公然挑衅传统,反叛一个40多年前曾给吉蒂·马隆带来伤害的礼节:她不顾端庄礼节,洗澡的时候拉开窗帘。

我们可以把这个段落读成一种虚伪的自我赎罪,之前埃莉诺的想法已经说明她是无辜的,这里不过是想继续说明这一点,因为她早就想着自己是否能拯救兰肯上校,想着如果能有一半军火经费就能把里格比邸宅修缮得多么好,但是最后还是认为:“思考有什么用?”可是,这个情节有一种美的张力,它间接呈现出埃莉诺与以前的吉蒂·马隆之间的对比:前者勇敢地在月光下沐浴,后者因为“谁都可能看见”而听话地从窗前离开。这一对比使得埃莉诺的做法看起来并非虚伪的自我救赎,而是一种献祭仪式。她就像《伦敦码头》里描写的女佣们一样,用自己的一生来收拾男人制造的烂摊子——这里的烂摊子就是战争。她用沐浴洗净夜晚给自己讲的那些伤感故事,洗净这些故事所反映的男性政治——用伍尔夫自己的话来说,“都是幻想与空谈”,“都是污浊的空谈”(《日记二》,582)。

① 雷丁,《两大块》,235。

在《1917 年》里这段被删除的内容中，埃莉诺·帕吉特的思想与行动揭示了战时伦敦意象所暗含的主题——女人必须离开父权社会在自己的道路上前进，从而阻止男人制造战争；就像妇女选举权运动支持者那样游行前进，不仅为了获得选举权，更是为了让女性不再受强制性生育和家务的禁锢；就像《1910 年》初稿中埃莉诺想象的那样，离开父权社会的荒漠，向着由克丽欧佩特拉方尖碑象征的女权文明前进。总之，这种前进决不像《1917 年》中描述的衔尾蛇一般吞噬自己、梦游般的伦敦景象，在热衷战争的文明中一步步走向死亡。尽管伍尔夫在定稿时最终选择删除这段内容，但是对反战主义与女权主义问题之间关联的探讨仍然是《1917 年》一章乃至《岁月》这部小说的中心主题，一如她所塑造的埃莉诺致力于找到一种“让生活更自然……更好”的方法(《岁月》,296)。

被删除的第二个“大块”原本是过渡章节《1921 年》，它描写的是在 1917 年至“现在”这个时期，伦敦城市面貌的改变如何反映出女性社会地位的变化。在《1917 年》中，街头之爱产生的负面影响仍然存在，男人们还崇尚绅士精神，女人们依然重视礼仪，但是到了 1921 年，这些限制已经出现宽松的迹象。吉蒂·拉斯维尔德和埃莉诺·帕吉特最后都成为自由女性——吉蒂的丈夫和埃莉诺的父亲都已去世。然而，这两位女性对于伦敦变化的反应却形成了鲜明对比，这也突出了《1917 年》章节最后所点明的主题，即社会对待女性的方式与其国内外政治之间的关系。尽管她们二人从小就受到街头之爱所带来的种种禁锢，但是她们对长大之后的自由生活却有着迥异的规划。伍尔夫认为，每位女性对自己未来的构想决定了当前她作为女性在现代城市中的体验。

《1921 年》一章之前原本有一段小插曲，这段小插曲后来独立成章，变成了另一章节《1918 年》。它描述了刚刚宣布停战的那个时刻，克罗斯比艰难地走在里士满大街上，在堵车的时候偶然看见“爱德华先生和吉蒂小姐”坐在汽车里。她很希望“有人和她一起，这样她就能把他们指给他看了”（《通报》，237）。之后，这部分内容先后描述了吉蒂和爱德华一起在里士满公园散步，吉蒂和埃莉诺一起喝茶的时候谈起了伦敦的变化，埃莉诺一边散步一边陷入对自己和家庭的沉思，并借着埃莉诺的视角观察着伦敦的变化，然后转到埃莉诺独自一人在一家装修花哨的餐厅吃饭的场景，最后描述出埃莉诺紧张地穿过漆黑的街道去乘坐地铁。

这里的第一个场景似乎就透露了一个巨大的变化——“一战”的结束。然而，后面的场景却表明，事实上战后的和平并没有对英国社会产生什么影响：“战争结束了——克罗斯比在售货店前排队时有人告诉她。”（《通报》，237）不过，后面的内容却说明，不仅物品还像战时一样稀缺，人们的思维习惯也和战时一样保守。吉蒂和表哥爱德华在里士满公园散步的场景很好地突出了传统社会形态势力依旧。礼节、仪态和权势是如此强烈地束缚着他们，以致于他们无法像真正意义上的散步那样自由自在，发现探索。汽车限定了他们散步的过程：司机把他们送到公园的这个门，然后在另一个门把他们接走。他们谈话的主题一直围绕着房产——吉蒂小时候在牛津住的房子，现在爱德华将变成“继承”它的“新主人”；丈夫去世后，吉蒂和丈夫共有的房产没有留给吉蒂，而是给了她的儿子多米尼克（《通报》，238—39）。在两人聊到这些变化的时候，吉蒂出现听到布谷鸟叫的幻觉，而布谷鸟习惯把自己的蛋下在其他鸟类的窝中。这说明在吉蒂的潜意识里，爱德华和多米尼克都是篡位者。而且，连丈夫拉斯维尔德的位置似乎都被篡夺了——吉蒂并没有享受单身的自由，而是选择了爱犬“苏丹”的陪伴。爱犬“苏丹”似乎也限制了吉蒂丧夫后的人生计划：“它讨厌伦敦”，吉蒂对爱德华说，然后紧接着提及自己打算离开伦敦。爱犬“苏丹”和真正的苏丹一样，限制吉蒂与曾经暗恋她的爱德华之间的接触。在吉蒂给它洗澡的时候，爱犬“苏丹”宣布了它对吉蒂的所有权，而从爱德华的视角看来，吉蒂给它洗澡的过程带有明显的性暗示：

> 他希望她没带这只狗来。它让他们谈不成话。但是，她一直都特别喜欢——他记得——大长毛狗……现在已经很难想起究竟是她身上的哪一点曾让他那么迷恋。他半眯着眼。他曾经对她痴迷。他还记得那一天……可是，这只狗突然从水里爬出来了，把水都抖到吉蒂的裙子上。她自己也抖了抖裙子。她直接用手去打它。他庆幸自己没有娶她。她太粗鲁，太莽撞了。
>
> （《通报》，239）

自从丈夫去世后，吉蒂的生活就变狭隘了，不过，虽然带了一丝后悔，她还是接受了这种狭隘的生活：“和别人交往浪费了那么多时间，交流却那么少。很大程度上，这是她的错。”（《通报》，239）她错就错在即便在丈夫去世后还心甘情愿地接受父权的统治。虽然现在占据她心里最重要位置的已经不是丈夫拉斯维尔德，而是爱犬“苏丹”，但是两性交流的模式却没有改变。妻子应该照顾丈夫，受妻子照顾是丈夫的专属权力，这比其他任何人际关系都重要。因此，吉蒂和爱德华散完步准备上车时，吉蒂首先关心的是“苏丹”，然后才是爱德华：“‘苏丹刚才一直在水里，’吉蒂指着湿漉漉的狗说。‘你得先拿个毯子让他躺下。爱德华，我们让你坐哪儿呢？’她问道。”（《通报》，240）

吉蒂这个人物表明，作为男性主导社会中的一名寡妇，虽然她的财产已被剥夺，但她还是固执地拒绝承认其社会地位的改变以及社会对她的不公对待。她固守着往日旧世界的旧形态，强行用其一成不变的社会观来看待周围城市的改变。在吉蒂和爱德华坐车行使在伦敦街头时，爱德华向她说起一个朋友对战后伦敦最深刻的印象，可是没等爱德华说话，吉蒂就打断了他，这说明她在内心是拒绝承认这些改变的。“他连话都没说完，她心想。他本来想说什么呢？是想说皮卡迪利大街吗？一切还照旧，她想着。”（《通报》，241）

和埃莉诺喝茶的时候，吉蒂也展现出陈旧的社会观，甚至连粗暴抛弃她的父权社会教条都无法摒弃。他们两人构成了鲜明对比：吉蒂的生活观是怀旧、悲观的；而埃莉诺的生活观是动态、乐观的。吉蒂打算离开战后的伦敦，因为在她看来，对权力的欲望仍然充斥着这座城市，而对权力的欲望是“人的天性”（《通报》，243）。对于改变男人们丢下的“烂摊子”这件事，她不抱任何希望，因为年轻的一代似乎跟他们的父母们如出一辙：“女人们还是如此愚蠢，男人们仍然只关心他们的体育和政治。”（《通报》，243）后来，在权力被剥夺之后，吉蒂只能寄希望于回到过去，对致使她失去权力的那个性别与阶层产生认同，然后再重获权力。她模仿男性行为举止，像“男学生”那样吃饭，站在“壁炉前时，像乡绅那样把手背在身后”（《通报》，241—242）。她将和爱犬“苏丹”一起，躲到英国北部“都铎时期的庄园”里去，就像她的外号“掷弹兵”[①]一样，过着封建时期与世隔绝的生活（《岁月》，257）。如今，吉蒂对未来的梦想离她住在牛津时期的梦想越来越远。那时她曾经希望当农民，或许

---

① 英国掷弹兵近卫团（The grenadier guards）是最高级的步兵团。吉蒂的这一外号可能暗示了：1. 她守卫着旧体制；2. 她参与了女性的家庭战争。——译者注

会与“一个剃光头发的男人结婚”(《帕吉特》,148)。而今虽然买下了曾是农场的庄园,她似乎仍然无法逃脱与拉斯维尔德勋爵的婚姻带给她的那些权力与地位的陷阱。

吉蒂和埃莉诺一起站在窗边,看着楼下的格罗夫纳广场。在这个短暂的片刻,她们对城市的不同认知凸显出其社会观与政治观的差异。吉蒂狭隘的选择观、悲观的情绪以及对他人漠不关心的自我中心主义都影响着她对城市的认知。她眼中城市里微不足道的小人物与高高在上的体制构成比对:“从这么高的地方看下去,这些小人物都缩小了,看起来渺小得奇怪……他们周围都是一圈圈的大房子,暮色中闪着赤金色。”(《通报》,243)“我多么讨厌伦敦啊!”吉蒂大声说道,在她眼中,城市被少数有钱有势的家庭所牢牢掌控。“我多么喜欢它啊,”埃莉诺反驳道(《通报》,243)。这是因为在她眼中,就像文中描述的下一个窗边风景一样,人们既没有被“缩小”,也不“渺小”,而是迷人、生动、具体的。埃莉诺步入街头的时候,似乎能读懂“那个总是出现在伦敦广场的衣衫褴褛的老妇人”的想法,猜想她会给那个吹短号的乞丐丢一个铜板(《通报》,243)。

埃莉诺对伦敦的喜爱使她能在那一刻和衣衫褴褛的老妇人建立起精神友谊,她这种社会与政治认知与吉蒂那种孤立、封建主义的怀旧认知截然不同。这种差异也体现在埃莉诺回忆起的她和朋友尼古拉斯的一次谈话中,他们当时都对吉蒂生活的意义深感遗憾:“‘渴望权力的人们啊’……不,她决不会告诉吉蒂他们谈话的内容。权力、爱国主义、爱、性以及所有的一切。”(《通报》,243)埃莉诺不愿告诉吉蒂其谈话内容的事实也进一步深化了那次谈话的内容:权力、爱国主义以及性压迫——吉蒂过去生活的所有重要元素——所带来的异化。与吉蒂不同的是,埃莉诺意识到了在吉蒂依然支持的父权等级社会下，人们很难敞开心扉的根源——“想要了解别人是多么难啊！我们是多么害怕彼此啊”（《通报》，242）。

尽管她们都为社会所影响，二人看待社会的方式却有所不同，她们和别人真心交流的能力也因此不同。吉蒂对压迫她的权力的根源（“一圈圈大房子”）仍怀有认同感，因此，她连和表姐在一起的时候很难说出自己的真实感受：“她有一张房子的照片。她想把它拿给埃莉诺看看。房子很漂亮，这个小庄园宅邸曾经是农舍。她打算重新装修一下。不过也许埃莉诺对这不感兴趣。”（《通报》，241）吉蒂认为她的小庄园房屋与那些大房子比起来微不足道。相反，埃莉诺对像“衣衫褴褛的老妇人”这样的弱势群体怀有认同感，因此能和像尼古拉斯·帕姆加洛夫斯基（小说最后的场景中，他多次拒绝发表演说）那样拒绝拥有权力的人们建立起亲密的友谊（《岁月》，245）。埃莉诺所热爱的伦敦是一座吉蒂·拉斯维尔德从未认识的城市，是伍尔夫在《三个基尼》中希望女性能够自己建构的城市：“[让]那些未受教育的妇女的女儿们围着崭新的房子，围着穷人的房子，围着狭窄街道上公交车驶过、小贩们在门前大声叫卖的房子舞蹈，让她们歌唱‘我们废除了战争！我们废除了暴政’！”（《基尼》，83）

埃莉诺和吉蒂喝完茶后决定去散步，这段城市漫步的描写最能体现她眼中与吉蒂眼中伦敦的不同。让埃莉诺感到最自在的是城市中工人阶级居住的区域；而当她在一家装修花哨的大餐馆吃饭时，看着里面那些装腔作势的“有钱人”和“上过报纸的某某夫人”们，她明显地感到不自在（《通报》，248）。事实上，正如一位评论家所指出的，帕吉特家的很多女人都选择找一个跟埃莉诺散步区域类似的地方安家，这样的选择构建了这部小说的社会与政治视野，使小说“远离男人们的路径”，将家庭编年史的典型环境转变为“其他视野和其他现实”。[1]

最初在《街头徘徊》和《伦敦风景》中，伍尔夫仅把这种新型城市作为描写的背景。而在《岁月》中，她成功地让里面住进了人——埃莉诺、玛姬、萝丝和萨拉·帕吉特——并且阐明了这种城市的目标：“废除战争……废除暴政。”（《基尼》，33）正如德国著名神学家保罗·田立克所指出的，城市不仅能影响某个人的性格（例如，在《1880年》一章中，伍尔夫说明了城市是如何通过防止街头之爱来限制萝丝·帕吉特的），还能改变整个人类社会的性质，使它对陌生人和陌生经验采取友好或敌对的态度：

> 大都市反区域狭隘主义的经验中最典型的代表是面对陌生人或事物时的经验。与陌生人或事物的接触会产生两种结果。它可能会产生对陌生人或事物的仇恨，通常这种仇恨针对的是陌生人，因为陌生人的存在本身对人们所熟悉世界的稳定性构成了威胁；它也可能会让人们勇敢地去对熟悉的世界进行质疑。我们无法消除大都市中的陌生事物和陌生人，因为很可能每个人的邻居都是陌生人。因此，通常第二种让人们对熟悉世界进行质疑的可能性更常见。
>
> 然而，人们可以用很多方法来避免质疑熟悉的世界。一种办法就是躲避陌生的人和事物。所有形态的集权主义都会尽力避免陌生的、有问题的、批判性的、理性的事物。为此，他们只能否定大都市精神……[2]

---

① 参见康斯托克，《扩音器与人类声音》，264。

② 保罗·田立克，《大都市中的陌生与熟悉》，347—348。

在被删除的第二“大块”中，埃莉诺和吉蒂就代表着“与陌生的人和事物接触”的这两种不同方式：埃莉诺明确表示她爱这个城市，因为“人们是这么有趣”；而吉蒂强烈表示她讨厌这个城市，她对生活的一切认知都是在否认变化。埃莉诺和尼古拉斯讨论“权力、爱国主义、爱、性以及所有的一切”，并对人们熟悉的权力欲望提出质疑；而吉蒂认为权力欲望是“人的天性”(《通报》,243)。吉蒂对未来的打算——离开伦敦，到英国北部去——不仅表明她对大都市精神的否定，还代表了她对大都市本身的逃离。

虽然我们承认在《1912 年》中埃莉诺·帕吉特的思考体现了对城市生活的积极认知，但是我们也不能对此太过赞赏，这一点很重要。的确，埃莉诺能独自在伦敦的“外国人居住区域”散步，能看到那里“写着法语或英语名字……出售通心面……出售红色橡胶管的”商店，能在喜欢的时候独自就餐，能在想去的时候“晚上去电影院看场电影”，这些都说明与童年时住在阿伯康宅邸时闭塞的生活比起来，她的生活有了巨大改善(《通报》,245,249)。然而，在战后的伦敦，女性的地位仍不尽人意，阶级区分也未被完全消除。晚餐时，埃莉诺气愤地想起“那些大公司”，它们“在伦敦到处都有分公司”，规定这种奢华但令人失望的菜单，把餐厅装修得不伦不类，融合了“白金汉宫和阿尔罕布拉宫的拱廊”(《通告》,248)。埃莉诺注意到为她服务的女服务员因端着过多的盘子而不堪重负，她的笑容很僵硬，而且只有在埃莉诺给她付小费的时候才会露出笑容。在餐厅就餐的一对年轻夫妇只管呆呆地坐着，没有任何交谈。埃莉诺所见之处都是被动、传统、梦游般的同胞。面对伦敦的此情此景，她在心里撤回了之前对吉蒂说的话，“她转过来对吉蒂说：‘我喜欢人们——他们是这么有趣。’可是，这是谎言，她说道，是她最痛恨的那种谎言；以及那种做作——她曾经说过自己不做作。那种让人惺惺相惜而爱上同类的谎言，她心想……可是我不爱他们，她心想。……我痛恨他们。他们还在那里，吃饭。他们都在那里，被动地盯着自己的食物。我鄙视他们，她想着”(《通报》，249)。埃莉诺鄙视的那些伦敦人对待在餐厅就餐这种陌生体验的方式，与吉蒂对待她作为生活在伦敦的寡妇这一陌生体验时的方式相同：他们都试图否认它。他们不仅选择在菜单一成不变、装修相仿的餐厅吃饭，让自己隔绝起来，而且还通过漫无目的的闲谈或沉默来躲避这种陌生体验。

埃莉诺在餐厅所见的人们麻木、被动，这表明连城市居民都容易受到安全熟悉事物的诱惑。他们在面对陌生体验的时候选择熟悉的安逸，但是这么做可能会让都市失去神秘感——他们自己也会失去都市自由。保罗・田立克认为，如果“大城市被分割成小块，每个小块都被观察、被净化、被消除差异”，那么“大都市所拥有的自由”会岌岌可危。[①] 埃莉诺所见的这幅让人厌恶的餐厅景象就为我们呈现了一个浓缩的大城市景象：菜单的每个部分都被分割成小块，每道菜都失去了感官诱惑，每份都是一样的，很难让人产生食欲，而且它们不是为了让人们去独自享受，而是为了能让别的客人看到以便炫耀。埃莉诺反抗这种做法的事实说明她愿意对熟悉的世界进行质疑，愿意做一名被田立克称为“对抗的先知”的人，破坏其他城市居住者的骄傲自满心态，以便找到能“生活得更自然……更美好”的方式(《岁月》，296)。[②] 通过这顿晚餐，埃莉诺意识到一种可怕的可能性，那就是人们会选择另一种生活方式：把自己隔绝起来，不去面对战后社会的新挑战，“躲避陌生的人或事

---

① 保罗・田立克，《大都市中的陌生与熟悉》，347—348。

② 同①，347。

物”，在机械的麻木中寻求安慰，这种做法让这段餐厅情节和伍尔夫在《1917年》中对战时伦敦的描述一样，让人不寒而栗。

《岁月》公开出版的版本：邮筒与桥

伍尔夫对《岁月》长条校样的修改过程持续了四年，她对初稿多处进行了重写，删除“两大块”是最后几处重大修改之一。[①] 她最先舍弃的是小说的随笔部分，还有对街头之爱影响女性社会境况的直接讨论；随后，她又舍弃了《1910年》《1917年》《1921年》这几章的素材，舍弃了代表女性文明的绝妙都市意象、对“一战”爆发根源的分析与社会对待女性的方式以及国际政治之间联系的分析。然而，从《岁月》的意象和情节可以看出，伍尔夫仍然对一个人应对陌生人与经验的方式所暗含的政治寓意感兴趣，而且她也仍然运用高度提炼的都市意象来表达对“女性性生活”的持续关注（《日记四》，6）。尽管她最后删除了克丽欧佩特拉方尖碑这一意象与《1921年》中对埃莉诺·帕吉特散步时所见伦敦的描写，但是她选择保留了后来构想中的积极寓意，即一个更为女权的社会，在意识到伦敦可能带来压迫的同时，她也意识到这座城市带来解放的可能性。

伍尔夫决定删除《岁月》初稿中写实部分的原因很复杂。[②] 正如她在1937年给斯蒂芬·斯彭德的信中所写的，“我不得不把一整块内容删除，因为我来不及按照出版社的要求修改……小说主题太宏大了……为了使人物形象更简洁，更贴近社会，我猜我把他们压缩得太单薄了，也因此破坏了整体的平衡：主线不应该单一，

---

① 米切尔·A. 利斯卡，为其编辑的《帕吉特家族》所著《引言》，vii－xxii。

② 对这一问题的全面分析，参见雷丁，《两大块》。

应该更全面。”(《信六》,116)显然,伍尔夫之所以大幅修改,既是因为担心小说篇幅太长,也是迫于出版商方面的时间压力。不过,她的删除策略也反映出她向委婉策略转变的倾向。[1]

通过同时呈现城市与社会的变化,《岁月》揭露出自 1880 年到“现在”(1937 年)这半个多世纪期间,女性政治、社会、性以及经济生活的本质。原稿《帕吉特家族》对维多利亚时代伦敦女性的境况进行了深刻的事实分析,对当代读者而言是一部极其精彩的社会记录,而这些内容在最后出版的小说中并没有直接体现,而是通过都市意象戏剧化地、间接地——最重要的是,不带强制色彩地——在小说中展现。就像玛格丽特·康斯托克所指出的,最后出版的《岁月》内容体现了“与法西斯原则相反的美学原则”:

> 它没有用来组织次要元素的中心和核心人物。对于似乎高于自己生活的辉煌人生,读者无法认同。而这部小说的写作方式也使读者很难去“追随带领者的步伐前进”——套用《岁月》中的核心词语来说的话。没有哪一个人物的生活是让人着迷的,作者的声音也罕见地不带干扰性,小说中甚至找不出一段“优美的散文”。
>
> (《通报》,254)

《岁月》并没有用说教的方式来践行其政治理念,而是通过人物、时间以及对我们来说最有意义的都市意象来体现。小说揭示了女性社会境况的变化以及与之相对应的都市环境变化:帕吉特

---

① 格蕾丝·雷丁认为,通过删除《1917 年》与《1921 年》两章的部分内容,伍尔夫使《岁月》的基调变得更为轻松,结论也变得比原本的更为乐观,《两大块》,227。

家的女人们离开了她们原有的中上产伦敦私有住宅，搬到了泰晤士河附近吵闹街道上的简朴房间里。

在小说出版的版本中，伍尔夫没有对维多利亚时代晚期和现代伦敦女性遭受的压迫进行直接分析，而是用都市环境来连接所探讨的相关主题的情节，直接体现给女性造成压迫或带来解放的那些力量，从而说明女性境况。例如，她运用邮筒与桥的意象来说明 1880 年至 1937 年间出现的两种重要女性友谊：邮筒代表了那些因街头之爱而遭受压迫的女性群体，而桥象征了因同怀美好女权世界构想而团结在一起的女人们。

邮筒的意象最早出现在伍尔夫为伦敦/全国女性服务协会所做的演讲中，而这次演讲正是《岁月》的灵感来源。[①] 伍尔夫在演讲中用邮筒来象征界限，它区分了私人和公共世界，也区分了父权家庭中女性的从属地位和财务、空间自由。很多女性（包括艾瑟尔·史密斯女爵士在内）想要在工作上获得成功，都会遇到种种困难。对此，伍尔夫讽刺地表示，之所以她本人的作家之路相对平坦，是因为“书写用的材料很便宜”（《帕吉特》，xxviii）。她对听众们说，女性想要当作家，只需参考下面故事里这名女孩的例子即可：

> 你只需想象这样一个女孩，她〈手里拿着一支笔在卧室里〉［坐着写作］，她有很多钢笔和纸张。然后，她突然想去做一件事，这件事只需要花一张一便士的邮票——把文章〈塞进邮筒〉［寄给报社］，然后向报社的编辑暗示，她也许能试着写一篇……书评。
>
> （《帕吉特》，xxix）

---

① 利斯卡，为其编辑的《帕吉特家族》所著《引言》，vii。

“所以我就成了一名书评家。”伍尔夫在1931年对她的听众们说。可是,她在演讲中接着说到,就连拿着信步行去邮筒投递这么简单的事,在现实中都困难重重。这名意气风发的作家不得不拼凑一篇有关汉弗莱·沃德太太和她的牛奶的书评,为此她必须要消灭“这本书里的恶棍”——不是“我们的老朋友[男人]〈另一种性别〉,我遗憾地告诉你们”,而是“屋中天使”,即女性自己所内化的“女性气质典范”(《帕吉特》,xxix,xxx)。《岁月》中邮筒意象和伍尔夫演讲中的一样,它的第一层含义也与职业有关,与反抗男性压迫和女性自我压抑有关,正是这些使得女性参加工作变得如此艰难。

除了代表女性试图进入职场时面临的阻碍之外,邮筒也象征着《岁月》中的另一道界限。它那竖立的外形与上面代表王权的徽章分别象征阳具和帝国主义,正是那个红色邮筒让萝丝·帕吉特第一次认识到其性征的政治与社会含义。1880年的一天夜里,她在偷偷去拉姆利商店的途中见到一名有裸露癖的男人站在邮筒旁边,这段恐怖经历让她意识到为了防止女性遇见这种街头之爱而“必须”强加于她们之上的束缚。虽然邮筒的意象最初是在讨论女性自我表达时(伍尔夫在演讲中描述她作为一名女作家的经历时)提到的,但是在《岁月》的这段情节中,邮箱却象征着对话语的禁锢,尤其是性话语。萝丝心灵的某些地方因邮筒前的遭遇而封闭起来:她既不能告诉姐姐她看到了什么,也无法向自己承认这段经历。萝丝自己变成了其冒险幻想中“被包围的要塞”,她的直觉正确地告诉她,邮筒旁的这个男人是“敌人”,他不仅将她囚禁家中(街头之爱带来的威胁限制着女性的活动),还侵入并控制了她的思想。[①]

① 参见康斯托克,《扩音器与人类声音》,255。

邮筒不仅关乎工作与性束缚，还关乎教育上的限制。这一点最早体现在埃莉诺在母亲去世那天夜里想起的一个仪式中。那天她给弟弟爱德华写了一封信，莫里斯主动提出帮她去寄信：

> 他站起来，似乎很高兴有事可做。埃莉诺和他一起走到门口，在他出门去寄信之后，她依然开着门，站在门口……莫里斯消失在街角的阴影里。她还记得从前他还小的时候她也这样站在门口，看他拿着小书包去学校。她会向他挥挥手；当他走到那个街角时，他也会转身向她挥挥手。这是一个奇怪的小仪式，不过现在已经废弃了，因为他们长大了。
>
> （《岁月》，44）

也许这个仪式之所以被废弃是因为它已经完成使命：经过多年的准备，埃莉诺已经接受了自己在家中的位置。在母亲去世的那个夜晚，她已经承担起父亲管家的职责。此外，过去的那个小仪式也使莫里斯被压抑的情感所困扰，因为它代表了压抑家庭女性成员生活与情感的体制。最后，这个仪式还导致埃莉诺与莫里斯之间产生了距离，因为它也体现了教育机会的性别差异；女性极少或者无法获得教育机会，而（中层或者上层阶级）男性却拥有一切教育机会。就像伍尔夫后来在《三个基尼》中所写的那样，这种教育机会上的性别差异是两性之间的"一座悬崖，一道如此深的鸿沟"，以致于她怀疑"去尝试跨越它进行对话是否有意义"（《基尼》，4）。教育让莫里斯得以进入法律的公共世界；由于缺乏教育，埃莉诺只能待在家，或者帮利维一家那样的穷人家庭做志愿服务。最后，埃莉诺因为没有受过什么教育，害怕自己出丑，所以不敢问莫里斯工作上的问题；而莫里斯也同样不再和她说自己的想法了：

她是不是应该说首席法官？她从来记不住哪个是哪个。正因为如此，他不跟她聊埃文斯和卡特的案子。

她也从来没跟他说过利维一家，除非是借此开开玩笑。这是长大以后最糟糕的一点，她心想；他们再也不像过去那样无所不谈。每次见面他们再没有时间像过去那样交谈——那样随便聊天——他们谈论的总是事实——琐碎的事实。

（《岁月》，34）

对女性教育的限制使两性之间出现鸿沟，他们之间的沟通也因此变得艰难，因为这条鸿沟让说话者失去自信，让聆听者更难倾听。

在出版的《岁月》版本中，邮筒代表着女性在工作、性和教育上遭受的三重压迫，它揭示出两个世界之间的差异：一边是男性公共世界，在那里教育、工作与性都不受任何限制；一边是女性私人世界，在那里教育、工作与性都遭受严格限制，财富和社会联系都需要男性来分配。在小说最后章节《现在》的一段内容中，伍尔夫还用邮筒的意象说明了这些限制带来的影响。在这个情节中，埃莉诺和佩吉·帕吉特搭乘出租车去参加家庭聚会，在出租车经过阿伯康宅邸时，她们看着眼前“庄严笔直的大道和两旁一连串的灰色门柱和台阶”（《岁月》，332），埃莉诺想起了小时候，低声说道：“阿伯康宅邸……邮筒。”虽然佩吉并不知道埃莉诺想到了什么，但是她接着却提了一个寓意相似的问题：“是不是因为你年轻的时候被管束很多？”（《岁月》，335）这个连接邮筒三重寓意的场景让埃莉诺回忆起“浮上表面的一幅画面——又一幅画面。迪莉娅站在屋子中间，说着：啊，天哪！啊，天哪！一辆双轮双座马车停在隔壁家的门前。她自己注视着莫里斯——是莫里斯吗？——走到街上去寄信”(《岁月》,335—36)。尽管埃莉诺肯定不知道邮筒对于妹妹萝丝代表着什么(因为萝丝一直无法把在那里遇到一个裸露癖男人的事情告诉她),她少女时期所受的管束也包括邮筒强加在女性身上的那些限制,因为它把社会生活分成了男性和女性不同的区域。在原稿《帕吉特家族》对这个场景的描述中,伍尔夫详细描写了迪莉娅的情感,并以此来说明性自由、社会自由与心理自由之间的关联性。迪莉娅之所以绝望地说:“啊,上帝啊!”是因为她看到一个女人推着一辆婴儿车,这个可能代表她自己未来的画面让她意识到,她永远得不到去德国学音乐的机会(《帕吉特》,36)。埃莉诺“现在”回忆起自己看着莫里斯去寄信的画面,令她想起母亲去世带来的三重束缚,从那以后,迪莉娅和其他帕吉特姐妹们都得以离开家,只有埃莉诺得留在家里管理家务,孤独终老。

伍尔夫在《岁月》中除了用邮筒意象来代表维多利亚时代后期英国女性所受的限制,还用另一个都市意象来表明城市也能使女性获得更多的可能性。和邮筒一样,桥的意象最早也出现在伍尔夫向皮帕·斯特雷奇任职的伦敦/全国女性服务协会所做的演讲中。伍尔夫在谈到自己年轻时想从事写作而遇到的障碍时,将自己同前一位演讲者做了比较——“那位搭起桥梁,为后来者铺路的”艾瑟尔·史密斯女爵士。她解释道:“我们尊敬她,不仅仅因为她是音乐家和作家,还因为她炸开了岩石,搭起了桥梁。一位只想创作音乐的女性被迫去搭建桥梁,这有时似乎令人惋惜,但那是她工作的一部分,而且她做到了。”(《帕吉特》,xxviii)和带来创作灵感的那场演讲一样,《岁月》中女性的才华与工作都起着搭建桥梁的作用。实际上,这个意象在埃莉诺·帕吉特最早的某些儿时记忆中也出现过,它代表着社会在培养女性搭建桥梁上所起的作用。正如这部小说因皮帕·斯特雷奇邀请伍尔夫为其任职的女性社团演讲而诞生一样，女性友谊（小说主题之一）也因帕吉特家的老妈妈皮佩唱的童谣而展现。[1] 这些童谣的歌词不仅触动人心，而且更重要的是，它们还因人而异：皮佩会根据听者的性别选择不同的歌。她给马丁唱“西班牙国王的女儿/来拜访我/她都是为了/我的银肉豆蔻树”；她给埃莉诺唱“在阿维尼翁的桥上”和“让我们围着圆圈跳舞”。唱给马丁的童谣暗示着他在性和经济上的优越性：歌词里，他的财富（银肉豆蔻树）让他引起了西班牙国王女儿的注意。这个奇特的意象寓意深刻：因为肉豆蔻也被称为“香料中的帕夏”，肉豆蔻树的分布仿佛后宫，一棵雄树周围长着十棵雌树。肉豆蔻树既象征着性统治，也象征着政治统治，因为很多（男人的）战争都是为了争夺种了这些昂贵香料“后宫”的土地。[2] 马丁带有异域色彩的财富（肉豆蔻树）确立了他的经济、政治和性统治地位，而这首童谣中的女性却需由她强大的男性亲属（西班牙国王）来定义。童谣中的幻想世界与现实一样，女人都扮演着从属角色；而西班牙国王的女儿来访之所以激动人心，我们猜测，是因为这种拜访行为所含有的政治寓意。

皮佩给马丁唱的那首儿歌代表了个人对金钱和权力的赞歌，而她给埃莉诺唱的在阿维尼翁桥上围着圈跳舞的儿歌，却强调不连贯性、变化和运动。后来当伍尔夫在写《三个基尼》时，她又用桥的意象来表达女性面临的一个不可能的选择：一边是私人世界的压迫，一边是公共世界的另一种压迫。在她的想象中：

---

① 皮帕与老妈妈皮佩同名，因为皮帕（Pipa）与皮佩（Pippy）同为 Philippa（菲利帕）的简称。——译者注

② 笔者很感谢简·马库斯指出这一点。苏丹主题让人联想到《1921 年》章节被删除的内容中吉蒂·拉斯维尔德在她养的巨型犬“苏丹”的“陪护”下放弃寡居带来的新自由，选择退居乡村的情节。

受过教育的人的女儿们……进退两难。我们身后是父权制度;是私人的房子,它充满无用、不人道、虚伪和奴性。我们前面是公共世界和职业制度,它自私、嫉妒、好斗和贪婪。一个把我们像奴隶一样关在闺房;另一个迫使我们像毛毛虫一样首尾相连地围着桑树这神圣的财产之树转圈。这是罪恶之选。无论哪个都是坏选项。我们还不如从桥上一头扎进河里,放弃这个游戏,宣布整个人生就是一个错误,然后了结它,不是吗?

不过,《岁月》中皮佩唱给埃莉诺听的儿歌准确地呈现出帕吉特家大多数女性的经历:她们用不同的方法学着逃离私人家庭的暴政,但是她们——除了佩吉·帕吉特——尚未经历公共世界的各种暴政。她们中的大多数并没有选择从桥上跳下去,而是选择在桥上跳舞——有时是庆祝性欲解放的舞蹈,例如萝丝的同性恋和玛姬幸福的婚姻;有时是表达神秘主义或友谊的舞蹈,例如萨利和埃莉诺。埃莉诺选择在私人家庭之外搭建桥梁,拓宽家庭的概念,把跨越年龄和国界的朋友们都当作家人,从而能在为父亲无私地服务了大半辈子之后学会快乐、独立地生活。玛姬决定嫁给法国人勒内,在不同民族间搭起桥梁,尽管堂嫂西莉亚对此表达了不满:"'人人都说他是个很不错的人……但是,勒内——勒内',她的法语发音很糟糕,'——听起来不像个男人的名字'。"(《岁月》,206)萨拉用自己神秘的幻觉在平凡世界与精神世界之间建起桥梁,因此她能在日常步行去参加妇女选举权运动会议的路上看到人终有一死的幻象:

"你跟萝丝干什么去了?"玛姬问道……萨拉转过身看了

她一眼，然后继续弹琴。“站在桥头，凝望河水。”她低声说。

“站在桥头，凝望河水，”她跟着音乐的节拍哼着，“奔腾的河水，流动的河水。愿我的白骨化作珊瑚，鱼儿点亮它们的灯笼，鱼儿在我的眼睛里点亮它们绿色的灯笼”。

（《岁月》，186）

也许最重要的人物要数萝丝（以孜孜不倦的搭桥人艾瑟尔·史密斯为原型），因为她在妇女选举权运动中的贡献搭建起女性之间的桥梁。事实上，桥的意象也说明了萝丝能获得心理与社会自由继而投入妇女选举权运动事业的缘由。1910年的一天，她从公交车上下来，准备走过泰晤士河上的一座桥时，在一家裁缝店的橱窗里看到了自己的身影：

真可惜啊，她心想……不能穿得更体面点，不能打扮得更漂亮点。总穿廉价的旧衣服，总穿从惠得利商店买的外套和裙子。但这样的衣服省时间，毕竟经过这些年——她已经四十多岁了——她已经很少在意别人怎么想了。他们过去总说，你为什么不结婚？你为什么不这样做，不那样做，总想干涉。但是现在不这么说了。

她习惯性地在桥外侧突出的一个小平台上停了下来……她站在那儿，注视着下面的河水，某种埋藏许久的情感开始将河水变成一个图案。这个图案让人感到痛苦。她想起一次约会的晚上，她就是站在这里痛哭流涕；不仅泪水流下来，她觉得，幸福也付诸东流了。然后她转过身——这里她转过身来——看见这座城市的教堂、桅杆和房顶。至少还有它，她对自己说。的确是一幅壮观美景啊……那些是议会大厦。一个

图 7　伦敦国会大厦
图片来源:《各地风景》,刘·华莱士将军编。斯普林菲尔德,俄亥俄,Mast Crowell & Kirkpatrick, 1893,第 29 页。

> 古怪的表情浮上她的脸庞,一半愁容,一半笑容,她身子往后稍稍一仰,仿佛在指挥千军万马。
>
> (《岁月》,161)

伍尔夫后来在 1941 年写的一篇文章中认为,战争的根源之一在于女人心甘情愿地扮演"奴隶"的角色。她们"浓妆艳抹,花枝招展,涂着猩红的口红和指甲油",凝视着商店橱窗里自己的影子,获得虚荣的快乐,这个意象最能说明这一点(《飞蛾》,245)。伍尔夫写道:"她们既是奴隶,也想奴役他人。"而穿着二手和大批量生产服装的萝丝·帕吉特绝不是想要奴役他人的奴隶。与此相反,她不再关心别人对她的看法——这不仅省了时间,还让她获得自主性。如今,朋友们再也不会干涉她的生活,催她结婚;而她也能自由地选择全身心地投入到妇女选举权运动中去。当萝丝站在桥上注视着泰晤士河水时，她想起了某天夜晚她站在同一座桥上哭泣——或许是因为失恋——然后决定全力投身于妇女选举权运动。在那一刻，她想起泰晤士桥上的壮丽风景——议会大厦，正是在那里，将会讨论是否通过《和解草案》；正是在那里，妇女选举权运动虽具有争议性，却方兴未艾——这些都补偿了她的痛苦。这个桥的意象表明，她正是在那时才决定为妇女选举权运动而工作的，看到"千军万马"的追随者们，她既感到欣喜也感到责任。萝丝用来形容自己加入的这个为美好世界奋斗的女性联盟的词语（"千军万马"）也隐含了伍尔夫创作《岁月》的现实背景，因为这个词引自埃米琳·潘克赫斯特[1]形容妇女社会政治联盟的原话："简直是妇女选举权战场上的千军万马。"[2]此外，通过用军国主义比喻来形容妇女选举权运动，这个桥梁意象还体现了《岁月》的一个重要主题：战争与压迫女性之间的关系，伍尔夫后来在《三个基尼》中也单独对此进行了论述。

通过运用邮筒和桥来展开维多利亚时代后期与现代伦敦女性地位的改变，伍尔夫使这两个事物具有重要的个人与历史意义。然而，无论是她自己的个人经历（去邮筒投递自己的一篇文章），还是历史事件（从传统童谣《伦敦桥要倒了》到妇女选举权运动中的纵火烧毁邮筒事件），都或过于鲜为人知，或过于稀松平常，很难为间接展开政治分析提供参考范式，于是她在《岁月》中精心穿插了许多重要的情节和回忆来突出这两个物体。因此，邮筒和桥成为了连接小说中人物与事件的重要意象。在这部修改过的女权家庭

---

① 妇女选举权运动的创建者。——译者注

② 大卫·米切尔，《战斗中的潘克赫斯特家族》，32。

图 8　伦敦桥

图片来源:《各地风景》,刘・华莱士将军编。斯普林菲尔德,俄亥俄,Mast Crowell & Kirkpatrick, 1893,第 27 页。

编年史中,它们是代表女性经验的核心意象:邮筒连起了那些反映帕吉特家的女人们在职业、性与教育上受到限制的情节,而桥(及其对艾瑟尔・史密斯女爵士搭建桥梁才华的呼应)则代表着女性离开私人家庭进入公共世界前,在社会上所处的中间位置。

在 1931 年和 1932 年的日记中,伍尔夫表示《一间自己的房间》和《夜与日》都是《岁月》的重要前身。虽然小说中对现代伦敦女性同时追求性生活与职业生涯的描写(以及小说的现实主义风格)和《夜与日》存在明显的相似性,但是《岁月》最终更乐观地描写了这种追求的结果。尽管在小说最后家庭聚会的一开始,佩吉・帕吉特带着强烈的自我意识和幻灭情绪,但是随着她和大家的接触，她不仅在某种程度上缓解了和弟弟的关系（他答应带现在的女朋友来见她），当着父亲的面被老师表扬有才气，而且还和弟弟一起幻想着"过不一样的生活"（《岁月》，423）。除此之外，《岁月》的结尾还用清晨意象来比喻一种明显乐观的生命力："太阳已经升起，房屋上方的天空显得格外美丽、简单和宁静。"（《岁月》，435）

这部长篇家族编年史在风格和主题上与现实主义小说《夜与日》存在明显的相似性，但同时它也让人想起那篇简短精练的散文《一间自己的房间》。和这篇文章一样，《岁月》也借助都市意象来描述父权制度下伦敦女性的境况，构想女权主义乌托邦。在《1910年》章节原稿和出版版本中妇女选举权运动支持者萝丝和玛姬、萨拉，以及《现在》一章中的埃莉诺和佩吉，都对此进行了不同的想象。最后，正如《一间自己的房间》通过精心安排男人、女人和出租车的交汇来表达两种性别之间互为映射的理想人类关系平衡状态一样，《岁月》在结尾处也通过一个极为相似的都市意象来表达对未来人类社会的乐观期待。埃莉诺"看着那辆出租车。车上下来一个年轻小伙，他给司机付了钱。然后跟着下来一个穿花呢旅行装的姑娘。他插上钥匙开门。'对了。'埃莉诺喃喃自语。这时他打开了门，两人在门口站了片刻。随着门砰地一声轻轻关上，她重复了一声：'对了！'"（《岁月》，434）

通过对《岁月》原稿与出版版本中城市意象的对比与分析，我们能看出伍尔夫对父权社会由说教式批判到戏剧化呈现的转变，她越来越喜欢把社会批判暗含在鲜活的城市社会景象之中。不仅如此，我们也能越来越清楚地看到，随着伍尔夫不断开发出探讨女性都市经验范畴的新方法，她不仅运用了不同的都市意象，还拓宽了对城市生活本质的认知。原稿《帕吉特家族》的重心是表达压迫使女性团结起来，而在《岁月》的后几稿（与后几个章节）中，她更侧重探讨城市能为女性带来更多可能性的积极意义：它不仅能让女性远离父亲的暴政，拥有一间自己的房间（哪怕是在河的南边一间简陋的出租公寓），还能让她和当医生的侄女一起于傍晚乘坐出租车在伦敦穿行。在小说内容快到“现在”时，以妇女选举权运动为代表却不仅限于妇女选举权运动的另一种女性友谊也越来越清晰地显现出来。伍尔夫在删除的文本中描绘了有关这种女权主义友谊的新构想。首先是克丽欧佩特拉方尖碑意象，其次是从《1917 年》和《1921 年》两章删除的“两大块”中对埃莉诺·帕吉特的刻画；然而伍尔夫对这种友谊最完整的表述是通过出版版本中桥的意象，她使用这个意象的方式要求读者参与进来，而且是以跟她一致的反专制政见参与进来。

说伍尔夫有关现代伦敦女性地位的描述是绝对正面的，有点言过其实；同样，忽视其构想中的乐观元素也有失偏颇。与《夜与日》中的政治孤立主义和悲观主义不同，在《岁月》中她把城市当作衡量文化本质内涵的标尺。在《岁月》中，她融合了两条主题和历史的暗流：极权主义带来的威胁与女性获得解放的可能性——一个令人深感悲观，另一个让人充满希望。小说的最后，一对双胞胎用伦敦土话给聚会上的帕吉特一家唱了一首奇怪的歌，这对双胞胎似乎象征着小说中都市的双重性质。这首歌听起来既优美，又让人不安，因为它与孕育它的城市一样，既不是静止的，也不是总结性或者胁迫性的。相反，它引发了很多问题，促使人们转向彼此寻找答案：“‘可是它……’埃莉诺想说什么，又停住了。到底是什么呢？他们站在那儿，看起来那么严肃，可是他们发出的却是如此五音不全的噪音。他们的脸与声音之间的对比令人震惊；找不出哪个词来概括它。‘很优美？’她用带有一丝质问的语气转向玛姬。”（《岁月》，430，431）

第八章 “我不会停止思想的战斗”

从写于1939年春的两则日记中我们能看出伍尔夫生命最后岁月中城市漫步的方式和途经地点。

1939年1月30日

坐公共汽车去南华克桥——沿着泰晤士街步行——看见能走到河边的一段台阶——走下台阶——河岸有一根绳子——看到了泰晤士河河岸，上面有很多仓库……地上很滑，仓库区的路很破旧，杂草丛生、破败不堪——河水涨潮时一定会把它们淹没——河水现在很浅。桥上的人们盯着下面，不太好走——一只老鼠窜来窜去，河边，很多链条、木头柱子、绿色的黏液、被腐蚀的石头、被潮水冲上来的纽扣钩子。寒风刺骨。想起巴塞罗那的难民们步行了40英里，其中还有一个人抱着一名襁褓中的婴儿。

1939 年 4 月 29 日

但是什么是有趣的东西？我在想 10 年后我这会想看点什么书？我十分迷茫。也许会看文学纪实。编年史，而不是小说。昨天我穿着毛皮大衣——因为太寒冷了——去城里散步。在[伦敦塔?]大教堂那里停了下来，有很多摄影师——很快新娘也来了——汽车缓慢行驶，后面车子太多了。新娘的母亲和一名小助手也来了：两个人戴着可笑的小船帽。她们帮新娘戴上面纱——“能把捧花也盖上吗?”她问道——语气很欢快。她肤色很红，很瘦。新郎和伴郎穿着灰色西裤和燕尾服，在一旁等待。老人们站在太阳底下看着。还有拍照的人——队伍很短——稀稀拉拉的，很冷清，我猜并不是很富裕。一位老人——和我年纪差不多——穿的鞋子很破旧。……后来，我沿着河边走到黑衣修士铁路桥后面的毛皮市场——穿着白色外套的男人们套着银色狐皮——毛皮的味道——看到一些以前的城市公司的房子——其中一个是旅店店主公司——还有一株从工厂里冒出来的绿色植物……买了一份刊登希特勒演说的报纸——在公交车上看完没有结论。——报纸付印前临时插进去的一篇。每个人都在看——连卖报纸的都在看，这说明人们都很关注。

这些战前写的日记不仅记录了伍尔夫对工人和仓库所处世界的探索，还记录了夫妻之间的相爱和国家之间的相杀，它们也证明了布兰达·R.希尔弗提出的观点：《岁月》这部小说记录了大英帝国的衰落，而在《岁月》之后伍尔夫对“等级、父权、法西斯与战争之间的关系”依然十分关注。[1] 在这部长篇伦敦家庭编年史之后，她仍在运用都市环境来探讨这些问题。《三个基尼》(1938)和这些战前日记一样，其中对每个都市场景元素的描写都是为了揭示性别、阶级与国际关系。想要理解城市在伍尔夫生命最后岁月的意义，我们必须从《三个基尼》谈起。

伍尔夫把这篇随笔看作“《一间自己的房间》的续集”。它的起源是《岁月》丰富的都市肌理，1933 年 1 月，它从《岁月》中分离出来，独立成篇。[2] 和之前的两部作品一样，城市对于《三个基尼》的主题与风格都具有核心意义。这篇随笔对制造战争的父权社会进行了尖锐批判，戏剧化地描述了男性公共生活的占有欲、竞争性、等级差异与仪式性，一如“站在私人住宅门槛边的女性”所看到的那样。

> 乍一看这里极为气派。在一块地方同时坐落着圣保罗大教堂、英格兰银行、伦敦市长官邸、巨大而阴森的最高法院，以及另一边的西敏寺大教堂和议会大厦。在通往这里的大桥上，我们停下来对自己说，我们的先辈和兄弟们在那里劳碌一生……私人家庭(大致位于伦敦西区的某个地方)的信仰、法律、衣服、地毯以及牛羊肉，都是从这个世界里获取的。
>
> (《基尼》，18—19)

《三个基尼》不仅运用都市意象来揭露父权社会中战争的根源，它还号召女性摒弃父权社会，从而阻止战争与法西斯主义，并

---

① 布兰达·R. 希尔弗，《〈三个基尼〉写作前后》。有关《岁月》作为描述大英帝国衰落的小说，参见简·马库斯，《〈岁月〉作为希腊戏剧、家庭小说与〈众神的没落〉》。

② 弗吉尼亚·伍尔夫，《作家日记》，161。也可参见希尔弗，《〈三个基尼〉写作前后》。

借助城市景观戏剧化地展现女性反战、反男性统治的强大力量。伍尔夫认为，这种“与父辈们针锋相对的”女性力量是如此强大，以至于它会完全改变伦敦的面貌：“它是一股蕴含巨大能量的力量。它冲破了私人家庭的大门。它打开了邦德街和皮卡迪利大街……它弄皱了裙子的荷叶边和胸衣，它使得世界上最古老的职业……无利可图。”（《基尼》，138）换句话说，一旦女人们在公共世界有了自己的一席之地，就不用再靠出卖身体来赚钱，也不用再靠打扮来吸引男人。所以那些靠女性打扮或出卖身体而获利的城市部门，现在都必须为女人进行调整，因为女人不再是公共世界的物品，而是公共世界的行为主体。通过对城市的探讨，《三个基尼》为读者们总结了一个无法逃避的事实：“公共世界和私人世界具有不可分割的联系，前者的暴政和屈从就是后者的暴政和屈从”——简而言之，战争与家庭中对女性的压迫有着相同的源头（《基尼》，142）。

《三个基尼》出版两年后，伍尔夫发表了一篇简短而重要的反战散文《空袭中对和平的思索》，并在其中对战争与女性压迫的共同根源进行了极为精练的分析。她借鉴了阿斯托夫人的论述，将这个共同根源称之为“潜意识希特勒主义”。[①] 和《三个基尼》一样，伍尔夫仍然通过都市生活场景来戏剧化地呈现她的观点，在具有代表性的商业街上寻找“潜意识希特勒主义”的证据：

> 潜意识希特勒主义……是一种侵略欲、统治欲、奴役欲。即使在黑暗中，我们也能清晰地看到它。我们看到商店橱窗内灯火辉煌，女人们向外凝视，浓妆艳抹，花枝招展，涂着猩红

① 笔者的论文《镜像与母性》进一步讨论了伍尔夫对“潜意识希特勒主义”是战争根源的分析。

图9　1940年的布鲁姆斯伯里广场
图片来源：纽约公共图书馆收藏。

的口红和指甲油。她们既是奴隶，也想奴役他人。如果我们自己能从奴役中解脱，我们也能将男人们从暴政中解脱。希特勒们都是靠自己的奴隶养育大的。

（《飞蛾》，245）

虽然伍尔夫分析的主题仍然是和平主义与女性和其他群体为自由而进行的斗争之间的关系，她在这里采取的分析方法却与之前不同。在《三个基尼》中，伍尔夫认为，对男性侵略鄙夷地视而不见是女性最好的行动方针；然而，在写《空袭中对和平的思索》时，她的态度变得更为复杂。[①] 她认为，女人和男人必须联合起来对抗“潜意识希特勒主义”：为了“关掉”男人的侵略“本能”（这里伍尔夫指的是经过数个世纪社会化而形成的、“为教育和传统所滋养与呵护”的一种强烈欲望），女人必须“对男人们失去枪支的失落进行补偿”（《飞蛾》，247）。伍尔夫认为，女人必须对男人进行重新教育使其不再侵略，为“那些试图战胜自己内心斗争本能的男人们”创造“更加体面的活动”（《飞蛾》，247）。这篇随笔表明，实现这一目的办法之一在于，女人们放弃养育的专属权力，让男人们回到私人家庭，并从中获得新的情感：养育之情、同情、创造和快乐（《飞蛾》，247—248）。

《空袭中对和平的思索》一文不仅大胆地重新定义了性别的社会意义，也重新定义了战斗性这一概念。虽然伍尔夫在写《三个基尼》时，对于战斗是不接受的，但是在写《空袭中对和平的思索》时，她已经对“战斗”有了更广义的理解，认为它也包括女权主义与和平主义的斗争：

> 还有一种不使用武器就可以为自由而战的方法：我们可以用思想来战斗。我们可以想出办法，帮助在空中作战的英国青年击败敌人……如果我们因为思考看似无用而放弃独自思考，放弃在茶桌旁思考，那我们岂不是剥夺了英国青年们一

① 此处，笔者对《空袭中对和平的思索》的理解与简·马库斯有所不同。马库斯认为，这篇随笔代表了“在极强压力下的防御姿态”，我却认为它很强势地重新定义了战斗性与爱国主义的概念，并且将女权主义反对男性压迫女性与外来者的斗争也纳入进来。参见简·马库斯，《攻占工具房》。

件有用的武器？……布莱克写道："我不会停止思想的战斗。"思想的战斗意味着逆流而上，不是随波逐流。

（《飞蛾》，244）

在这篇随笔中，伍尔夫很明确地重新定义了爱国斗争的概念，认为对抗压迫的斗争，无论是在家中还是在国外，都属于爱国行为。伍尔夫对这个战斗比喻的修改反映出弗洛伊德的《群体心理学与自我分析》对她的影响，1939 年她正在读这本书。她的读书笔记表明，这部作品使她把战争看成人类不同心理要素之间的战斗。[①] 她的一段话将"1918 年女性经济上的独立与其同时意识到男性战斗本能联系起来"，在后续的笔记中她进一步阐述了女性主义发展与女性对男性侵略的新担忧之间的联系[②]："眼下的这场战争非常特别。因为现在男人们已经认识到希特勒身上有他们自己的特性，并且正在同它做斗争。这是历史上第一出现某个性别与自己的特性做斗争的现象吗？这可以与女性运动作比较。"[③]伍尔夫呼吁用"思想的战斗"来帮助英国同胞，因为正如她理解的那样，战争的本质问题在很大程度上是心理性的：是男性侵略本能与富有创造性、孕育性、治愈性的女性心理特质之间的战争。伍尔夫督促女人们参加战斗，用"独自思考、茶桌旁的思考"作为武器来教会男人们另一种生存方式。

此外，这篇随笔还说明，女人们之所以必须参加战斗的原因不仅仅是为了帮助男人们，也是为了帮助自己，因为男人们在国外进行的反法西斯压迫的战斗与女人们在国内进行的反性别压迫的战

① 参见布兰达·R.希尔弗，《〈三个基尼〉写作前后》。
② 同①。这句话引自希尔弗《〈三个基尼〉写作前后》的一个早期未出版的手稿。
③ 同①，271。

斗，是同一个战斗："今晚，我们都是囚徒：英国男人们被囚禁在飞机上，英国女人们则被囚禁在床上。"（《飞蛾》，245）两者有着共同的敌人："'希特勒！'喇叭里喊着同一个名字。希特勒是谁？他是什么？是好战、暴虐、丧心病狂地追求权力的化身……摧毁它，你们就会自由。"（《飞蛾》，245）[①]在读书笔记和信件中，伍尔夫进一步拓宽了爱国主义的新内涵，认为对抗男性侵略与捍卫创造本能的斗争也属于爱国主义行为。她在《空袭中对和平的思索》的草稿中写道："对局外人来说：新闻。生产玩具士兵插在西装扣眼里：以平衡白色羽毛。"[②]这条简短的速记表明，对于痴迷权力和统治的人，可以送他们玩具士兵来羞辱他们危害国家的行为，以平衡时下给不参军的人送白色羽毛的做法。伦敦遭到德国飞机轰炸后，伍尔夫被迫离开城市，躲到苏克萨斯的罗德麦尔，再也没有回去。在罗德麦尔居住期间，出于对伦敦的认同，伍尔夫在一封信中重新定义了"爱国主义"，认为忠实于伦敦城市所体现的男性英国文学传统也是一种爱国行为。她在给好友艾瑟尔·史密斯女爵士的信中写道："当了这么多年的伦敦佬，再来当一名乡下妇女真是奇怪啊！这可能是我人生中第一次在伦敦没有一张床……你感受不到我对那座伟大城市的热爱。……可是，在我思想梦境的某个角落，它代表着乔叟、莎士比亚、狄更斯。它是我唯一的爱国主义。"（《信六》：460）乔叟、莎士比亚、狄更斯不仅让伍尔夫燃起对"那座伟大城市的热爱"，这段话还表明，伦敦也给了她相似的经验，使她得以在他们代表的文学传统中赢得一席之地。

在《空袭中对和平的思索》一文中，伍尔夫引用威廉·布莱克

① 有关扩音器在伍尔夫作品中的意义的启发性探讨，参见玛格丽特·康斯托克，《扩音器与人类声音》。

② 布兰达·R.希尔弗，《〈三个基尼〉写作前后》，270。

的诗句致敬英国文学传统。她用布莱克的《弥尔顿》来支持“思想的战斗”这一爱国行为，而城市是该行为的核心：

我不会停止思想的战斗，
亦不会让剑在手中沉睡，
直到我们将耶路撒冷
建立在英格兰常青而美好的土地上。[①]

雷蒙德·威廉斯有力地说明布莱克诗中的都市意象有着悠远而丰富的英国文学传统：“城市一直都具有象征维度，在‘圣城’‘上帝之城’这类宗教意象中，其象征意义最为强大。威廉·布莱克对伦敦的理解……及其想建立耶路撒冷的表达，是这种模式的一个变体。”[②]然而，正如诗的名字所示，布莱克的圣城沿袭了基督教启示录中的父系传统，而伍尔夫在《空袭中对和平的思索》中呼吁我们为其而战的圣城却带有明显的反父权色彩：男人们放下荣耀与枪支，女人们放弃家中特力——包括她们充满占有欲的“母性本能”(《飞蛾》,247)。

伍尔夫对布莱克的城市意象进行了修改，使之符合她的女权主义与和平主义构想。这种借鉴与修改的双重行为也代表着伍尔夫文学生涯的主要策略，因为重塑城市的意义——既包括它作为实际场所的意义，也包括它作为文学意象的意义——在伍尔夫艺术成长过程中起着核心作用。在早期，伍尔夫眼中的城市代表着一种充满激烈竞争的环境，这种环境强调等级、财产和父权，将她

---

① 威廉·布莱克，《弥尔顿》，引自《英国浪漫主义作家集》，大卫·珀金斯，115。
② 雷蒙德·威廉斯，《乡村与城市》，235。

拒之门外。在后期的成熟作品中,城市代表着一种新的环境,它为实现平等的女权主义社会提供了可能。这种转变之所以能实现是因为伍尔夫自信地借鉴和转化了男性文化与文学形式。因此,在早期小说《夜与日》中,伍尔夫仍然在运用有关城市生活的传统概念。但是,尽管她借鉴了菲尔丁的传统城市小说模型,以一名富有冒险精神的年轻男性的螺旋式都市之旅为主线,她却改变了情节和人物,以此对菲尔丁的都市构想提出间接批判。《达洛维夫人》也体现出这种修改,对将都市空间划分为公共男性领域与私人女性领域的传统模式提出质疑。伍尔夫通过都市环境来探讨女性(如克拉丽莎·达洛维)在私人家庭中的地位与男性(如塞普蒂默斯·史密斯、理查德·达洛维和彼得·沃尔什等)在战争、政治等外部世界中的经验之间的联系。《阿弗小传》也在多处对传统的城市观提出挑战。这部小说在描述城市生活时不仅出其不意地用一只狗的视角来挑战以人类为中心的价值体系,还在白教堂一章的情节中探讨了现代大都市中人们拒绝承认的贫富之间的联系。小说提出了一种可能性,即在对待边缘者这件事情上,伦敦也许不是最文明的城市,而是最缺乏文明的。此外,《阿弗小传》还通过描述伊丽莎白·巴芮特·勃朗宁在比萨和佛罗伦萨快乐的母亲生活和作家生活,公然藐视了将母性与无知的乡下退隐生活联系起来的传统。最后,伍尔夫还在《岁月》中颠覆了传统的家庭编年史形式,它描写的不是那些伟大男人们的一生,而是那些默默无闻的女性不完整的人生,先后记录了她们在父权家庭中的经历以及她们逃离家庭后在外部世界为自己赢得一席之地的过程。

虽然伍尔夫在小说与散文创作中对都市环境与父权社会中女性地位的构想越来越与时俱进,而且往往更为乐观,可是二战的爆发却粉碎了她对人类改变与进步的美好信仰。下面两则写于二战爆发之初的日记展现了一个阴郁的中世纪大都市：

9月11日　星期一　（战争爆发）

日落后的伦敦仿佛一座中世纪城市，暗无天日，盗贼蜂起。康诺利先生听出租车司机说他刚刚被抢了，头也被强盗打伤了。他们说，最糟糕的是暗无天日。

1939年10月22日　星期日

我们在伦敦待了一周。贴在温布尔顿的海报上写着："战争爆发了……希特勒说，战争现在开始了。"我们在开车前往梅克伦堡广场的路上，我说战争爆发的第一天来伦敦太愚蠢了。我们仿佛眼睁睁地开进了陷阱。一开始的几天，这种感觉是如此强烈……在伦敦你无法逃避战争。所有人都在想着这件事。人们都想做完每天的工作。但是总有各种各样的困难挡在前面。公交车太少——地铁停运——孩子们不出来——没人闲逛——每个人都戴着防毒面具。艰辛和阴郁。夜晚的城市植被茂密、幽暗阴暗，让人觉得会有獾或狐在人行道上徘徊。整个国家空旷而寂静，仿佛回到中世纪，一排排黑色的房子仿佛一片森林……人们在黑夜中摸索着，回到各自的巢穴……

城市从理性、文明的环境倒退成最原始的荒芜，这让伍尔夫深感不安，而对她打击最大的是轰炸对伦敦的实际摧毁。她在信中痛苦地记录下她所深爱的城市被摧毁的细节，他们在梅克伦堡广场的房子、塔维斯托克广场的房子，以及凡妮莎和邓肯在菲茨罗伊街的工作室都先后被炸为废墟。霍尔本"堆满了玻璃，污水横流，法院街上有一条鸿沟”，如同“梦魇一般”，“上帝啊！圣殿是如此混乱！我深爱的广场都已不再”（《信六》，428，429，462）。她在给艾瑟尔·史密斯的信中写道：“伦敦城是我生命的挚爱——看着伦敦被炸为废墟……我心如刀割。”（《信六》，431）

伦敦被轰炸对于伍尔夫想象力的打击是不可估量的，在实际的城市被摧毁之后，对她创作至关重要的有力的伦敦意象也随之泯灭。当城市生活无法继续，当她自己的房子、她打字员的办公室、她的出版社，甚至最熟悉的广场都变成残垣断壁、一片焦土时，写作过程也变得日益艰难。1940 年 9 月，伍尔夫在给艾瑟尔·史密斯的信中说伦敦“仿佛一座死亡之城”（《信六》，443）。1941 年 2 月，伍尔夫在日记中写下“好久没有散步了”，然后问道：“我还能再写出让我感到如此愉快的句子吗？在罗德麦尔，没有回声——只有颓丧的空气。”再也没有伦敦的城市漫步来激发她的想象，再也没有城市为她提供读者的回声，伍尔夫发现自己无法完成最后一部小说《幕间》。她在把手稿寄给好友约翰·雷曼的时候写道：“我刚把我这本所谓的小说读了一遍，我真的认为写得不好，内容太浅，太简略了。莱纳德不这样认为，所以我们决定问问你是否介意读一遍，投下你决定性的一票？……我很确信，不论从哪个方面来看，出版它都是一个错误。”（《信六》，482）

《幕间》不仅反映了痛失伦敦这一想象力之源后伍尔夫作为作家的个人停滞状态，也反映了她的战时视野——“整个国家空旷而寂静，仿佛回到中世纪”。小说中展现的对人类境况的极度悲观态度与伍尔夫写给希娜（西蒙夫人）信中的内容一致：“不，我不知道对战争能做什么。它的男性气质，而男性气质又滋生女性气质——两者都一样可憎。”（《信六》，464）《幕间》以二战为背景，描写了占有欲极强的母亲伊莎与侵略欲极强的父亲贾尔斯之间的关系，令人绝望地驳斥了《空袭中对和平的思索》提出的观点。小说最后的场景将我们带回原始时代——一个连城市甚至公路都没有的时期——迫使我们承认人性是由本能决定的，它无法改变，因此冲突是不可避免的：

> 他们（贾尔斯和伊莎）还是第一次单独在一起，他们都没有说话。他们独处的时候，敌意便显露出来；爱意也显露出来。睡觉之前，他们必定会争吵；争吵之后，他们会拥抱。从那个拥抱中也许会诞生出另一个生命。可是在这之前他们一定会争吵，就像公狐狸和母狐狸一样，在这黑暗的中心，在这夜幕下的田野间……这是世界上还没有修路、没有盖房的一个夜晚。这是穴居人从高处的岩石间注视的夜晚。
>
> （《幕间》，219）

《幕间》的场景从城市退回到原始的乡村世界，这让人联想到伍尔夫最早的习作小说《琼・马丁夫人的日记》[①]。但是《幕间》表明，随着熟悉的都市景观被摧毁，伍尔夫来之不易的成熟设想也破灭了，她构想中既没有引发战争的男性侵略欲也没有女性占有欲的乌托邦城市破碎了。[②] 在伍尔夫最后这部小说中，人们都依恋着远离战时围城的乡间生活，而琼・马丁夫人一直和朱迪斯・莎士比亚一样——或者说，和年轻的弗吉尼亚・伍尔夫一样——热切地渴望到伦敦去："我的思绪自然围绕着……这座或许我永远不会见到的城市，虽然它一直出现在我的梦里。"（《琼・马丁》，254）

---

① 《弗吉尼亚・伍尔夫的〈琼・马丁夫人的日记〉》，苏珊・M. 斯奎尔和路易丝・A. 德萨沃（编）。也可参见德萨沃，《莎士比亚的另一个妹妹》。

② 参见萨莉・希尔斯，《战争剧场：弗吉尼亚・伍尔夫的〈幕间〉》。

琼·马丁去世时只有30岁，她去伦敦的愿望并未实现。而对于弗吉尼亚·伍尔夫来说，伦敦在她漫长而多产的创作生涯中起着核心作用。1926年，她在一篇日记中愉快地写道："伦敦这座城市永远吸引着我，激励着我，赋予我戏剧、故事与诗歌的灵感，这毫不费劲，我唯一要做的就是在它的街道间穿行。"（《日记三》，186）"二战"中对伦敦的轰炸使得伍尔夫无法继续城市生活。当她再也不能在深爱的广场上散步时，她也丧失了长久以来伦敦赋予她的创作灵感。弗吉尼亚·伍尔夫于1941年离世，《幕间》尚未完成，由此可见伦敦在她的艺术与生命中占据的重要地位。

参考文献

Abel, Elizabeth. "(E)merging Identities: The Dynamics of Female Friendship in Contemporary Fiction by Women." *Signs* 6 (Spring 1981): 413–35.

Anderson, Stanford, ed. *On Streets*. Cambridge: MIT Press, 1978.

Baker, Richard, ed. *The Fatal Caress*. New York: Duell, Sloan and Pearce, 1947.

Banks, Olive. *Faces of Feminism*. New York: St. Martin's Press, 1981.

Beker, Miroslav. "London as a Principle of Structure in *Mrs. Dalloway*." *Modern Fiction Studies* 18 (Autumn 1972): 375–85.

Bell, Quentin. *Virginia Woolf: A Biography*. New York: Harcourt Brace Jovanovich, 1972.

Benjamin, Walter. *Illuminations*. Ed. Hannah Arendt; trans. Harry Zohn. New York: Schocken, 1969.

Berger, John. *About Looking*. New York: Pantheon, 1980.

Berman, Marshall. *All That Is Solid Melts into Air*. New York: Simon & Schuster, 1982.

Blake, William. "Milton." P. 115 in *English Romantic Writers*, ed. David Perkins. New York: Harcourt, Brace & World, 1967.

Bradbury, Malcolm. "The Cities of Modernism." Pp. 96–104 in *Modernism: 1890–1930*, ed. Malcolm Bradbury and James McFarlane. Harmondsworth, England: Penguin, 1976.

Brewster, Dorothy. *Virginia Woolf's London*. New York: New York University Press, 1960.

Burke, Kenneth. *The Philosophy of Literary Form*. Berkeley: University of California Press, 1973.

Byrd, Max. *London Transformed: Images of the City in the Eighteenth Century*. New Haven: Yale University Press, 1978.

Carlyle, Thomas. *On Heroes, Hero-Worship, and the Heroic in History*. Philadelphia: Henry Altemus, 1894.

Chevigny, Bell Gale. "Daughters Writing: Toward a Theory of Women's Biography." *Feminist Studies* 9 (Spring 1983): 79–102.

———. *The Woman and the Myth: Margaret Fuller's Life and Writings*. Old Westbury, N.Y.: Feminist Press, 1976.

Child, Harold. "Unsigned Review, *Times Literary Supplement*." P. 75 in *Virginia Woolf: The Critical Heritage*, ed. Robin Majumdar and Allen McLaurin. London: Routledge & Kegan Paul, 1975.

Chodorow, Nancy. *The Reproduction of Mothering*. Berkeley: University of California Press, 1978.

Cixous, Hélène. "The Laugh of the Medusa." Pp. 249–51 in *New French*

Feminisms, ed. Elaine Marks and Isabelle de Courtivron. Amherst: University of Massachusetts Press, 1980.

______. "Sorties." Pp. 90–98 in *New French Feminisms* (see above).

Comstock, Margaret. "'The Current Answers Don't Do': The Comic Form of *Night and Day*." *Women's Studies* 4 (1977): 153–71.

______. "The Loudspeaker and the Human Voice: Politics and the Form of *The Years*." *Bulletin of the New York Public Library* 80 (Winter 1977): 252–75.

Cooper, Helen. "Elizabeth Barrett Browning." Unpublished MS.

Czarnowski, Thomas V. "The Street as a Communications Artifact." In *On Streets*, ed. Stanford Anderson. Cambridge: MIT Press, 1978.

Daiches, David, and Flower, John. *Literary Landscapes of the British Isles: A Narrative Atlas*. New York and London: Paddington Press, 1979.

Davidoff, Leonore. "Class and Gender in Victorian England: The Diaries of Arthur J. Munby and Hannah Cullwick." *Feminist Studies* 5 (Spring 1979): 87–141.

de Beauvoir, Simone. *The Second Sex*. Trans. H. M. Parshley. New York: Bantam Books, 1979.

DeSalvo, Louise A. "Shakespeare's Other Sister." Pp. 61–81 in *New Feminist Essays on Virginia Woolf*, ed. Jane Marcus. London: Macmillan Press, 1981.

______. "1897: Virginia Woolf at Fifteen." Pp. 78–108 in *Virginia Woolf: A Feminist Slant*, ed. Jane Marcus. Lincoln: University of Nebraska Press, 1983.

______, and Squier, Susan M., eds. "Virginia Woolf's *The Journal of Mistress Joan Martyn*." *Twentieth Century Literature* 25 (Fall/Winter 1979): 237–69.

Di Battista, Maria. *Virginia Woolf's Major Novels: The Fables of Anon*. New Haven: Yale University Press, 1980.

Dinnerstein, Dorothy. *The Mermaid and the Minotaur: Sexual Arrangements and the Human Malaise*. New York: Harper & Row, 1976.

Edel, Leon. *Bloomsbury: A House of Lions*. Philadelphia and New York: J. B. Lippincott, 1979.

Fanger, Donald. *Dostoevsky and Romantic Realism*. Cambridge: Harvard University Press, 1972.

Forster, E. M. "The Novels of Virginia Woolf." First published in *New Criterion*, April 1926; reprinted on pp. 171–78 in *Virginia Woolf: The Critical Heritage*, ed. Robin Majumdar and Allen McLaurin. London: Routledge & Kegan Paul, 1975.

Fussell, Paul. *Abroad*. New York: Oxford University Press, 1980.

Gardiner, Judith Kegan. "The (US)es of (I)dentity: A Response to Abel on (E)merging Identities." *Signs* 6 (Spring 1981): 436–41.

Gilbert, Sandra, and Gubar, Susan. *The Madwoman in the Attic: The Woman Writer and the Nineteenth-Century Literary Imagination*. New

Haven: Yale University Press, 1979.
Goffman, Erving. *Frame Analysis*. New York: Harper Colophon Books, 1974.
Grace, Sherrill E. "Quest for the Peaceable Kingdom: Urban/Rural Codes in Roy, Laurence, and Atwood." Pp. 193–209 in *Women Writers and the City: Essays in Feminist Literary Criticism*, ed. Susan M. Squier. Knoxville: University of Tennessee Press, 1984.
Hardy, Thomas. "Hap." P. 1717 in *The Norton Anthology of English Literature*, II, 3rd ed., ed. M. H. Abrams. New York: W. W. Norton, 1974.
Harris, Neil. *Humbug*. Boston: Little, Brown, 1973.
Hawthorn, Jeremy. *Virginia Woolf's "Mrs. Dalloway": A Study in Alienation*. London: Sussex University Press, 1975.
Hill, Katherine C. "Virginia Woolf and Leslie Stephen: Literary History and Literary Revolution." *PMLA* 96 (May 1981): 351–62.
Himmelfarb, Gertrude. "The Culture of Poverty." Pp. 707–36 in *The Victorian City: Images and Realities*, II, ed. H. J. Dyos and Michael Wolff. London: Routledge & Kegan Paul, 1973.
Hirsch, Marianne. "Mothers and Daughters." *Signs* 7 (Autumn 1981): 200–222.
Homans, Margaret. *Women Writers and Poetic Identity: Dorothy Wordsworth, Emily Bronte, and Emily Dickinson*. Princeton: Princeton University Press, 1980.
Howe, Irving. "The City in Literature." *Commentary* 51 (May 1971): 61–68.
Hulcoop, John F. "Note Appended to 'Letter One.'" Virginia Woolf [Articles] Berg Collection of the New York Public Library. 8 March 1971.
———. "Second Thoughts." *Virginia Woolf Miscellany* 3 (Spring 1975): 3–4, 7.
Hunter, Diane. "Hysteria, Psychoanalysis, and Feminism: The Case of Anna O." *Feminist Studies* 9 (Fall 1983): 465–88.
Jaye, Michael C., and Watts, Ann Chalmers, eds. *Literature and the Urban Experience: Essays on the City and Literature*. New Brunswick, N.J.: Rutgers University Press, 1981.
Keating, Anthony. "Fact and Fiction in the East End." Pp. 585–602 in *The Victorian City: Images and Realities*, II, ed. H. J. Dyos and Michael Wolff. London: Routledge & Kegan Paul, 1973.
Kirkpatrick, B. J. *A Bibliography of Virginia Woolf*. Oxford: Clarendon Press, 1980.
Leaska, Mitchell A. "Introduction." *The Pargiters: The Novel-Essay Portion of* The Years, ed. Mitchell A. Leaska. New York: New York Public Library, 1977.
———. *The Novels of Virginia Woolf*. New York: The John Jay Press, 1977.

———. "Virginia Woolf, the Pargeter: A Reading of *The Years*." *Bulletin of the New York Public Library* 80 (Winter 1977): 172–210.

Levitas, Gloria. "Anthropology and Sociology of Streets." Pp. 225–40 in *On Streets*, ed. Stanford Anderson. Cambridge: MIT Press, 1978.

Mansfield, Katherine. "Review." First published in *Athenaeum*, 21 November 1919; reprinted on pp. 79–82 in *Virginia Woolf: The Critical Heritage*, ed. Robin Majumdar and Allen McLaurin. London: Routledge & Kegan Paul, 1975.

Marcus, Jane. "Enchanted Organs, Magic Bells: *Night and Day* as Comic Opera." Pp. 96–122 in *Virginia Woolf: Revaluation and Continuity*, ed. Ralph Freedman. Berkeley: University of California Press, 1980.

———. "Putting Her in Her Place: New Approaches to Virginia Woolf." *Virginia Woolf Miscellany* 4 (Fall 1975): 3–4.

———. "Storming the Toolshed." *Signs* 7 (Spring 1982): 622–40.

———. "'Taking the Bull by the Udders': Sexual Difference in Virginia Woolf, A Conspiracy Theory." Unpublished MS.

———. "Thinking Back through Our Mothers." Pp. 1–30 in her *New Feminist Essays on Virginia Woolf* (see below).

———. "*The Years* as Greek Drama, Domestic Novel, and *Götterdämmerung*." *Bulletin of the New York Public Library* 80 (Winter 1977): 276–301.

———, ed. *New Feminist Essays on Virginia Woolf*. London: Macmillan, 1981.

———. *Virginia Woolf: A Feminist Slant*. Lincoln: University of Nebraska Press, 1983.

Marks, Elaine, and de Courtivron, Isabelle, eds. *New French Feminisms*. Amherst: University of Massachusetts Press, 1980.

McLaurin, Allen. *Virginia Woolf: The Echoes Enslaved*. Cambridge: Cambridge University Press, 1973.

McNichol, Stella, ed. "Introduction." *Mrs. Dalloway's Party*, ed. Stella McNichol. New York: Harcourt Brace Jovanovich, 1973.

Mitchell, David. *The Fighting Pankhursts*. New York: Macmillan, 1967.

Mitchell, Juliet. *Psychoanalysis and Feminism*. New York: Random House, 1975.

Moore, Madeline, ed. "Special Issue: Virginia Woolf." *Women's Studies* 4 (1977).

Neumann, Erich. *The Great Mother*. Princeton: Princeton University Press, 1963.

Ortner, Sherry B. "Is Female to Male as Nature Is to Culture?" Pp. 67–88 in *Women, Culture & Society*, ed. Michelle Z. Rosaldo and Louise Lamphere. Stanford: Stanford University Press, 1974.

Pike, Burton. *The Image of the City in Modern Literature*. Princeton:

Princeton University Press, 1982.
Radin, Grace. "'Two enormous chunks': Episodes Excluded during the Final Revisions of *The Years.*" *Bulletin of the New York Public Library* 80 (Winter 1977): 221–51.
———. *Virginia Woolf's "The Years": The Evolution of a Novel.* Knoxville: University of Tennessee Press, 1981.
Raleigh, John Henry. "The Novel and the City: England and America in the Nineteenth Century." *Victorian Studies* 11 (March 1968): 291–328.
Rosaldo, Michelle Z. "Women, Culture, and Society: A Theoretical Overview." Pp. 17–42 in *Women, Culture & Society*, ed. Michelle Z. Rosaldo and Louise Lamphere. Stanford: Stanford University Press, 1974.
Rubin, Gayle. "The Traffic in Women: Notes on the Political Economy of Sex." Pp. 157–210 in *Toward an Anthropology of Women*, ed. Rayna Reiter. New York: Monthly Review Press, 1975.
Ruddick, Sara. "Learning to Live with the Angel in the House." *Women's Studies* 4 (1977): 181–200.
———. "Private Brother, Public World." Pp. 185–215 in *New Feminist Essays on Virginia Woolf*, ed. Jane Marcus. London: Macmillan, 1981.
Ruotolo, Lucio P. "*Mrs. Dalloway*: The Journey Out of Subjectivity." *Women's Studies* 4 (1977): 173–78.
———. *Six Existential Heroes: The Politics of Faith.* Cambridge: Harvard University Press, 1973.
Schafer, Roy. *Aspects of Internalization.* New York: International Universities Press, 1968.
———. *Language and Insight.* New Haven: Yale University Press, 1978.
Schlack, Beverly Ann. *Continuing Presences: Virginia Woolf's Use of Literary Allusion.* University Park: Pennsylvania State University Press, 1979.
Schorske, Carl E. "The Idea of the City in European Thought: Voltaire to Spengler." Pp. 95–114 in *The Historian and the City*, ed. Oscar Handlin and John Burchard. Cambridge: MIT Press, 1963.
Sears, Sallie. "Notes on Sexuality: *The Years* and *Three Guineas.*" *Bulletin of the New York Public Library* 80 (Winter 1977): 211–20.
———. "Theater of War: Virginia Woolf's *Between the Acts.*" Pp. 212–35 in *Virginia Woolf: A Feminist Slant*, ed. Jane Marcus. Lincoln: University of Nebraska Press, 1983.
Sennett, Richard, ed. *Classic Essays on the Culture of Cities.* Englewood Cliffs, N.J.: Prentice-Hall, 1969.
———. *The Fall of Public Man.* New York: Alfred A. Knopf, 1977.
———. *The Uses of Disorder: Personal Identity and City Life.* New York: Alfred A. Knopf, 1970.
Shelley, Percy Bysshe. "Ozymandias." P. 971 in *English Romantic Writers*,

ed. David Perkins. New York: Harcourt, Brace & World, 1967.
Showalter, Elaine. *A Literature of Their Own*. Princeton: Princeton University Press, 1977.
Silver, Brenda R. "*Three Guineas* Before and After: Further Answers to Correspondence." Pp. 254–76 in *Virginia Woolf: A Feminist Slant*, ed. Jane Marcus. Lincoln: University of Nebraska Press, 1983.
———. *Virginia Woolf's Reading Notebooks*. Princeton: Princeton University Press, 1983.
Simmel, Georg. "The Metropolis and Mental Life." Pp. 47–60 in *Classic Essays on the Culture of Cities*, ed. Richard Sennett. Englewood Cliffs, N.J.: Prentice-Hall, 1969.
Skura, Meredith. *The Literary Uses of the Psychoanalytic Process*. New Haven: Yale University Press, 1981.
Smith-Rosenberg, Carroll. "The Female World of Love and Ritual: Relations between Women in Nineteenth-Century America." *Signs* 1 (Autumn 1975): 1–30.
Spears, Monroe K. *Dionysus and the City: Modernism in Twentieth-Century Poetry*. Oxford: Oxford University Press, 1972.
Spitz, René. *The First Year of Life*. New York: International Universities Press, 1965.
Squier, Susan M. "Mirroring and Mothering: Reflections on the Mirror Encounter in Virginia Woolf's Works." *Twentieth Century Literature* 27 (Fall 1981): 272–88.
———. "'A Track of Our Own': Typescript Drafts of Virginia Woolf's *The Years*." *Modernist Studies: Literature & Culture 1920–1940* 4: 218–31. Reprinted in *Virginia Woolf: A Feminist Slant*, ed. Jane Marcus. Lincoln: University of Nebraska Press, 1983.
———. "Tradition and Revision in Woolf's *Orlando*: Defoe and the Jessamy Brides." *Women's Studies*, 1984.
———, ed. *Women Writers and the City: Essays in Feminist Literary Criticism*. Knoxville: University of Tennessee Press, 1984.
———, and DeSalvo, Louise A., eds. "Virginia Woolf's *The Journal of Mistress Joan Martyn*." *Twentieth Century Literature* 25 (Fall/Winter 1979): 237–69.
Stange, G. Robert. "The Victorian City and the Frightened Poets." *Victorian Studies* 11 (Summer 1968): 627–40.
Stimpson, Catharine R., ed. "Women and the American City: Special Issue." *Signs* 5 (Spring 1980).
Strouse, Jean. *Alice James: A Biography*. Boston: Houghton Mifflin, 1980.
Szladitz, Lola L. "The Life, Character and Opinions of Flush the Spaniel." *Bulletin of the New York Public Library* 74 (April 1970): 211–18.
Tillich, Paul. "The Strange and the Familiar in the Metropolis." Pp.

346–48 in *The Metropolis in Mental Life*, ed. Robert Moore Fisher. New York: Russell & Russell, 1955.
Vidler, Anthony. "The Scenes of the Street: Transformations in Ideal and Reality, 1750–1871." Pp. 29–112 in *On Streets*, ed. Stanford Anderson. Cambridge: MIT Press, 1978.
Walkowitz, Judith R. "Jack the Ripper and the Myth of Male Violence." *Feminist Studies* 8 (Fall 1982): 543–74.
Wasserman, Jerry. "'A Curious Kind of Relationship': Virginia Woolf and Logan Pearsall Smith." *Virginia Woolf Miscellany* 10 (Spring-Summer 1978): 5–6.
Welsh, Alexander. *The City of Dickens*. Oxford: Clarendon Press, 1971.
Williams, Raymond. *The Country and the City*. New York: Oxford University Press, 1973.
Winnicott, D. W. *Playing and Reality*. Harmondsworth, England: Penguin, 1971.
Wolff, Cynthia Griffin. *A Feast of Words: The Triumph of Edith Wharton*. New York: Oxford University Press, 1977.
Woolf, Virginia. "Abbeys and Cathedrals." *Good Housekeeping* 21: 3 (May 1932): 18–19, 102.
———. "'Anon' and 'The Reader': Virginia Woolf's Last Essays." Ed. Brenda Silver. *Twentieth Century Literature* 25 (Fall/Winter 1979): 356–68.
———. *Between the Acts*. New York: Harcourt Brace Jovanovich, 1969.
———. *The Captain's Death Bed and Other Essays*. New York: Harcourt Brace Jovanovich, 1950.
———. *The Common Reader*. New York: Harcourt, Brace & World, 1953.
———. *The Death of the Moth and Other Essays*. New York: Harcourt Brace Jovanovich, 1970.
———. *The Diary of Virginia Woolf*. Ed. Anne Olivier Bell. New York: Harcourt Brace Jovanovich. I, 1915–19 (1977); II, 1920–24 (1978); III, 1925–30 (1980); IV, 1931–35 (1982).
———. "The Docks of London." *Good Housekeeping* 20: 4 (December 1931): 16–17, 114, 116–17.
———. *Flush: A Biography*. New York: Harcourt Brace Jovanovich, 1961.
———. "Great Men's Houses." *Good Housekeeping* 21: 1 (March 1932): 10–11, 102–3.
———. *Granite & Rainbow*. New York: Harcourt Brace Jovanovich, 1958.
———. *A Haunted House*. Harcourt, Brace & World, 1949.
———. "Introductory Letter." Pp. xv–xxxix in *Life as We Have Known It*, by Co-operative Working Women. Ed. Margaret Llewelyn Davies. New York: W. W. Norton, 1975.

______. "Virginia Woolf's *The Journal of Mistress Joan Martyn*." Ed. Susan M. Squier and Louise A. DeSalvo. *Twentieth Century Literature* 25 (Fall/Winter 1979): 237–69.
______. *The Letters of Virginia Woolf*. Ed. Nigel Nicolson and Joanne Trautmann. New York: Harcourt Brace Jovanovich. I, 1888–1912 (1975); II, 1912–22 (1976); III, 1923–28 (1977); IV, 1929–31 (1978); V, 1933–35 (1979); VI, 1936–41 (1980).
______. *The London Scene*. New York: Frank Hallman, 1975; London: Hogarth Press, 1982.
______. *The Moment*. New York: Harcourt Brace Jovanovich, 1947.
______. *Moments of Being: Unpublished Autobiographical Writings*. Ed. Jeanne Schulkind. New York: Harcourt Brace Jovanovich, 1976.
______. *Mrs. Dalloway*. New York: Harcourt, Brace & World, 1953.
______. *Night and Day*. New York: Harcourt Brace Jovanovich, 1948.
______. *Orlando: A Biography*. New York: Signet, 1960.
______. "Oxford Street Tide." *Good Housekeeping* 20: 5 (January 1932): 18–19, 120.
______. *The Pargiters: The Novel-Essay Portion of* The Years. Ed. Mitchell A. Leaska. New York: New York Public Library, 1977.
______. "Portrait of a Londoner." *Good Housekeeping* 22: 4 (December 1932): 28–29, 132.
______. *A Room of One's Own*. New York: Harcourt, Brace & World, 1957.
______. "Street Music." *National Review* 45 (1905): 144–48.
______. *The Second Common Reader*. New York: Harcourt, Brace & World, 1960.
______. "'This is the House of Commons.'" *Good Housekeeping* 22: 2 (October 1932): 18–19, 110–12.
______. *Three Guineas*. New York: Harcourt, Brace & World, 1966.
______. *To the Lighthouse*. Harcourt, Brace & World, 1955.
______. *A Writer's Diary*. Ed. Leonard Woolf. New York: Harcourt Brace Jovanovich, 1954.
______. *The Years*. New York: Harcourt, Brace & World, 1965.

《城市研究系列》总目

☑ 已出版，□ 待出版

☑ 马克思主义与城市
☑ 保卫空间
☑ 城市空间的社会生产
☑ 城市：非正当性支配
☑ 现代性和大都市
☑ 驱逐：全球经济中的野蛮性与复杂性
☑ 浮现的世界：21 世纪的城市与区域
☑ 空间问题：文化拓扑学和社会空间化
☑ 文化崩溃：创意阶层的衰落
☑ 城市的视角
☑ 世界城市网络：一项全球层面的城市分析
☑ 社会理论与城市问题
☑ 全球城市政治：国家的非正规化
☑ 城市理论与城市经验：遇见城市
☑ 未来是什么?
☑ 贫困资本：小额金融与促进发展
☑ 在线游戏的社会与文化意义
☑ 新国家空间：城市治理与国家形态的尺度重构
☑ 阁楼生活方式：城市变化中的文化与资本
☑ 边缘处的地方：现代性的另类地理
☑ 城市与全球资本主义
☑ 郊区化的世界：自外向内打造世界城市
☑ 伍尔夫与伦敦：城市的性别政治
□ 城市发展的基本趋势
□ 大都市与精神生活
□ 新城市空间：城市理论与尺度问题
□ 城市发展史
□ 空间、城市和社会理论
□ 拱廊街计划
□ 支离的城市主义